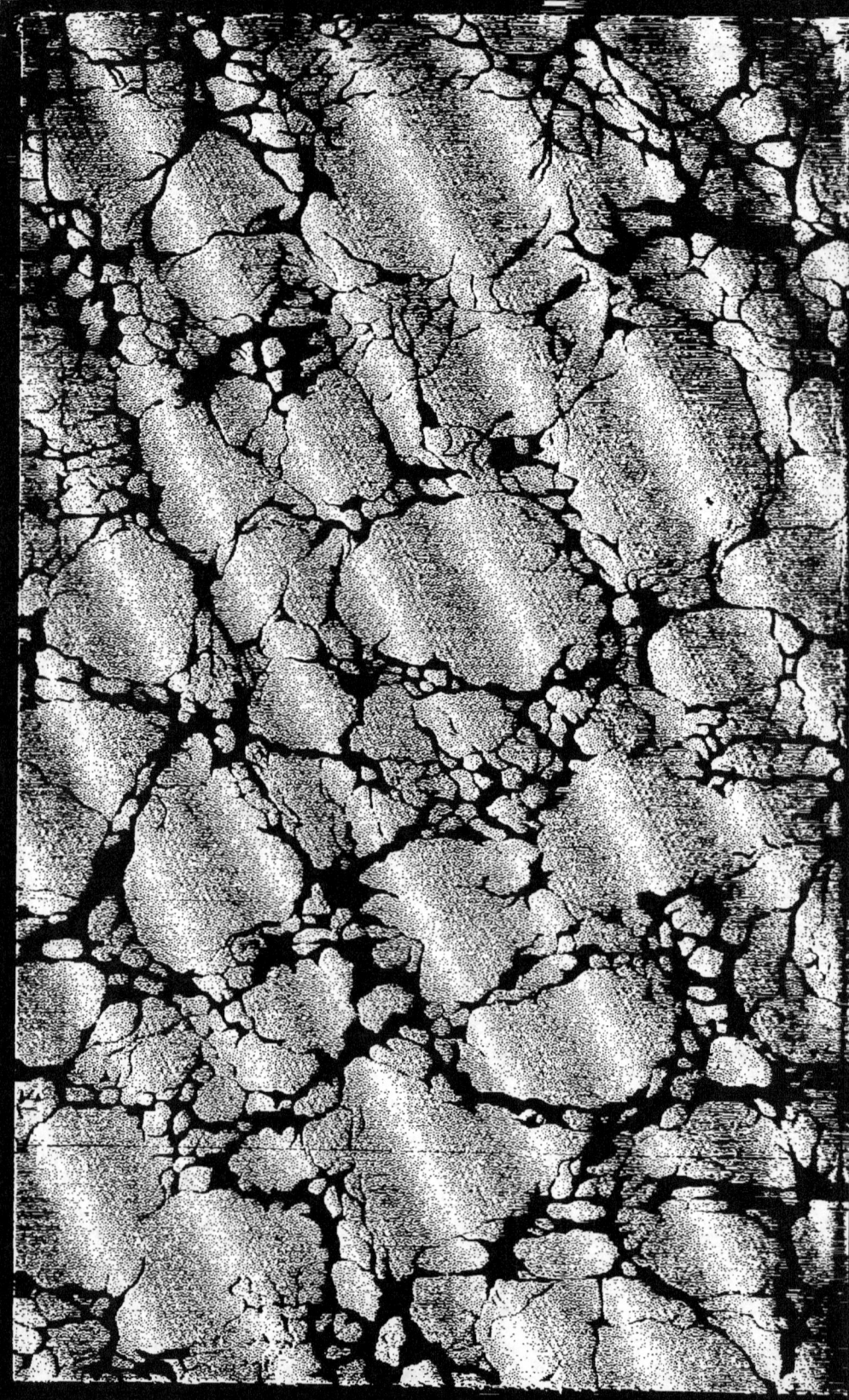

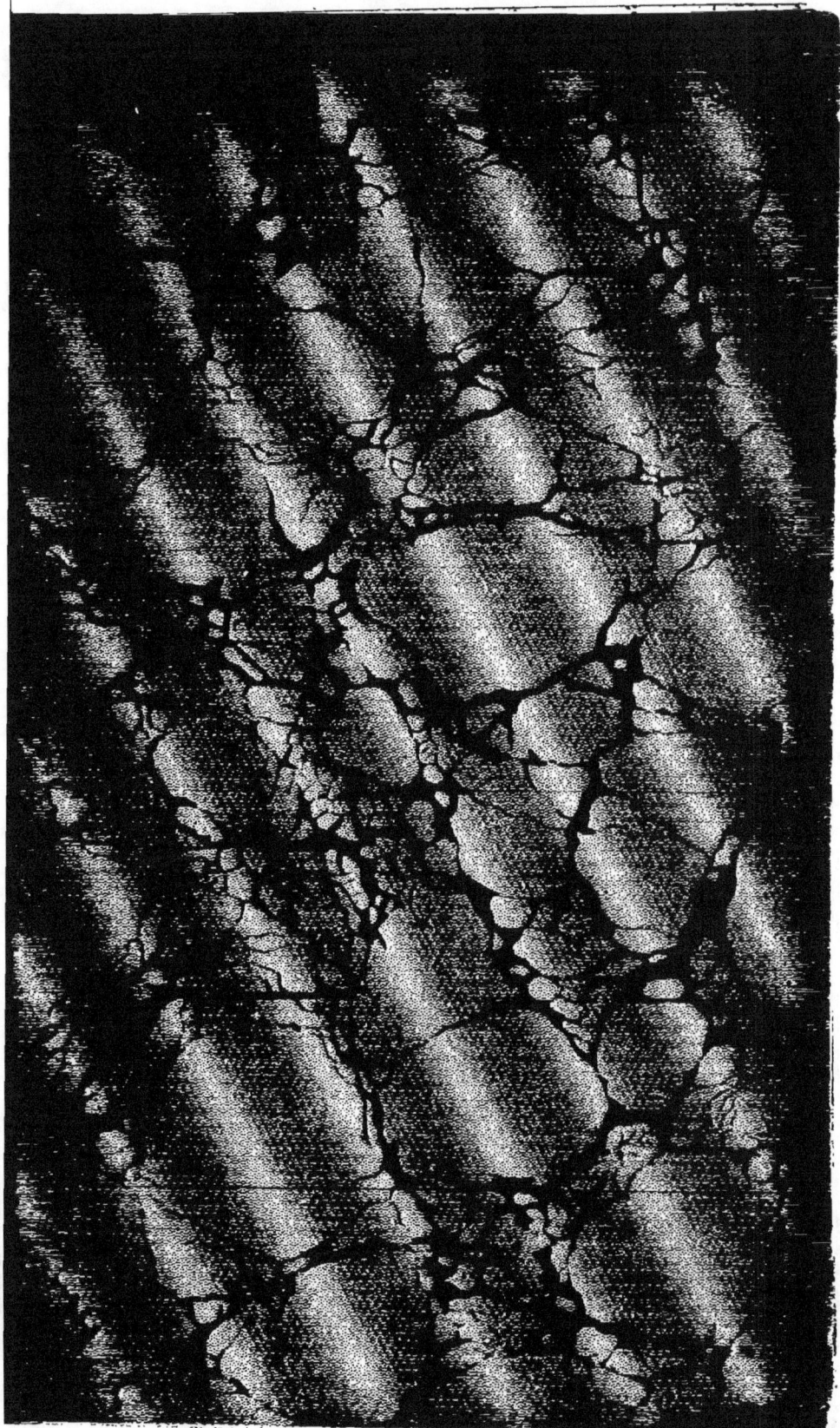

BIBLIOTHÈQUE ROSE ILLUSTRÉE

A LA MER!

PAR

LE CAPITAINE MAYNE-REID.

TRADUIT DE L'ANGLAIS

PAR Mme HENRIETTE LOREAU.

PARIS

LIBRAIRIE DE L. HACHETTE ET Cie

RUE PIERRE-SARRAZIN, N° 14

—

1859

PRIX : 2 FRANCS

A LA MER!

TYPOGRAPHIE DE CH. LAHURE ET Cie
Imprimeurs du Sénat et de la Cour de Cassation
rue de Vaugirard, 9

A LA MER!

PAR

LE CAPITAINE MAYNE-REID.

TRADUIT DE L'ANGLAIS

PAR Mme HENRIETTE LOREAU.

———◦❖◦———

PARIS

LIBRAIRIE DE L. HACHETTE ET Cie

RUE PIERRE-SARRAZIN, N° 14.

—

1859

A LA MER !

CHAPITRE PREMIER.

Je venais d'avoir seize ans lorsque je m'enfuis de la maison paternelle pour m'engager comme matelot. Ce n'était pas que je fusse malheureux dans ma famille ; je quittais, au contraire, des parents affectueux et remplis d'indulgence, des sœurs et des frères qui m'aimaient et qui me pleurèrent longtemps après que je fus parti.

Mais, dès ma plus tendre enfance, la mer m'avait toujours attiré, moins par envie d'être marin que pour voyager sur l'Océan, dont je voulais contempler les merveilles. Il fallait que ce vif désir fût inné chez moi, car mes parents étaient loin d'encourager mes dispositions maritimes ; ils faisaient même tout ce qui était en leur pouvoir pour me détourner de la carrière que je voulais suivre, et ils me destinaient à une profession tout opposée à la vie que je rêvais ;

1

mais les conseils de mon père, les supplications de ma mère furent complétement inutiles; je dirai plus, et je l'avoue à ma honte, ils produisirent un effet diamétralement contraire à celui qu'ils en attendaient : loin d'éteindre en moi cette passion du vagabondage qui me poussait à courir le monde, ils me firent chercher avec plus d'ardeur que jamais tous les moyens possibles d'arriver à mon but. Il en est souvent ainsi chez les natures obstinées, et l'entêtement, quand j'étais jeune, constituait mon principal défaut. L'amour du fruit défendu est, il est vrai, commun parmi les hommes, et peut-être, en ne rêvant qu'à l'objet qui m'était interdit, ressemblais-je à beaucoup d'autres. Toujours est-il qu'en dépit des remontrances de mon père et des efforts qu'il faisait pour me détourner de la marine, toutes mes pensées, toutes mes aspirations étaient dirigées vers l'Océan. Mais personne n'eut jamais autant de motifs que moi de regretter d'avoir désobéi à ses parents : je ne tardai pas à me repentir et à songer avec amertume au chagrin que j'avais causé à tous ceux qui m'aimaient.

Il me serait impossible de me rappeler comment cette passion m'était venue; je la retrouve dans ma mémoire unie à mes premiers souvenirs, et comme antérieure à tous les faits qui reviennent à mon esprit. Je suis né au bord de la mer; tout enfant, je m'asseyais à la fenêtre, regardant sans cesse les bateaux avec leurs voiles blanches, et suivant des yeux les beaux navires aux mâts élancés qui passaient à l'horizon. Pouvais-je ne pas admirer ces vaisseaux à la fois pleins de force et de grâce? Pouvais-je ne pas désirer d'être à bord de l'un de ces édifices mouvants, qui m'emporterait bien loin sur l'eau transparente et bleue?

Plus tard, j'eus entre les mains des livres qui avaient rapport à la mer; ils m'entretenaient de pays enchantés que l'on trouve sur ses rivages, d'animaux singuliers, d'hommes étranges, de plantes curieuses, de palmiers, de figuiers aux larges feuilles, de bananiers, de boababs gigantesques, de merveilles sans nombre, qui augmentaient le désir que j'éprouvais de traverser l'Océan. De plus, j'avais un oncle qui était un vieux capitaine de la marine marchande, et qui n'avait pas de plus grand bonheur que de rassembler tous ses neveux autour de lui et de leur raconter ses voyages, que nous écoutions tous avec avidité. Que de longues soirées d'hiver passées au coin du feu à l'entendre avec une émotion toujours nouvelle! car, ainsi que la Shéhérazad des contes arabes, il avait mille et une histoires à nous dire : aventures de terre et de mer, d'ouragans et de naufrages, longues courses en bateaux non pontés, rencontres de pirates, combats avec des Indiens, avec des baleines plus grosses que des maisons, luttes sanglantes avec les requins, les

ours, les lions, les loups, les crocodiles et les tigres.
Mon oncle avait eu toutes ces aventures, ou du moins
il le disait, ce qui était la même chose pour son
auditoire rempli d'admiration.

Il faut ne pas s'étonner si, après de semblables récits, la maison paternelle me sembla trop étroite,
la vie quotidienne fastidieuse, et si, ne pouvant
plus résister à la passion qui m'entraînait, je partis
enfin un beau jour pour aller vivre en mer.

J'avais alors seize ans, comme je l'ai dit plus haut.
Ce qui m'étonne, c'est que j'aie attendu jusque-là ;
mais ce n'était pas ma faute : depuis que je pouvais
parler, j'avais constamment supplié mon père et ma
mère de me laisser embarquer ; ils auraient pu facilement trouver à me caser d'une manière avantageuse,
à me placer comme apprenti à bord de quelque
grand navire faisant voile pour les Indes, ou à me
faire entrer comme aspirant dans la marine royale,
car ils n'étaient pas sans influence ; mais ni l'un ni
l'autre n'avaient jamais voulu écouter mes prières.

Persuadé à la fin qu'ils n'y consentiraient pas, je
résolus de m'enfuir et de m'engager sur le premier
vaisseau où l'on voudrait me recevoir. Depuis l'âge
de quatorze ans, je m'étais donc offert maintes et
maintes fois aux navires qui se trouvaient dans le
port voisin ; mais j'étais trop jeune, personne ne
voulait de moi. Quelques-uns des capitaines auxquels je m'adressai me refusèrent, parce qu'ils sa-

vaient que ma famille s'opposait à mon départ. C'était précisément avec ceux-là que j'aurais voulu partir ; la conscience dont ils faisaient preuve m'eût assuré de bons traitements : toutefois, puisqu'ils persistaient dans leurs refus, je n'avais pas d'autre ressource que d'aller frapper ailleurs, et je finis par m'arranger avec un homme beaucoup moins scrupuleux, qui m'accepta comme apprenti sans la moindre difficulté. Il savait parfaitement que je me sauvais du toit paternel, et ne m'en aida pas moins à exécuter mon projet, en me faisant connaître le jour et l'heure où il s'éloignerait du port.

Je me rendis au navire avec exactitude, et avant qu'on eût pu faire des recherches, avant même que ma disparition eût pu être remarquée, le vaisseau avait déployé ses voiles, et nulle poursuite ne pouvait plus m'atteindre.

CHAPITRE II.

Il n'y avait pas douze heures que j'étais à bord, douze minutes, pour mieux dire, que ma fièvre maritime était complétement guérie ; j'aurais volontiers donné ma meilleure dent pour me retrouver sur la terre ferme. A peine avais-je mis le pied sur le vaisseau que le mal de mer s'était emparé de moi, et je me trouvais si malade que je me croyais près de mourir.

Le mal de mer est toujours fort déplaisant, même pour un passager de première classe, bien installé dans une bonne cabine, et entouré des soins du chef qui sympathise à ses souffrances; mais qu'il est bien autrement pénible pour un pauvre garçon isolé comme je l'étais, rudoyé par le capitaine, souffleté par le contre-maître, raillé par l'équipage, et quel équipage! Le navire se serait ouvert que je n'aurais pas même essayé d'échapper à la mort.

Néanmoins, au bout de quarante-huit heures, les vomissements s'arrêtèrent : car il en est de ce triste mal comme de tous les autres, il passe d'autant plus vite qu'il a été plus violent; et deux jours après mon embarquement, je pouvais me lever et parcourir les ponts.

Le capitaine était méchant et bourru, le contre-maître d'une brutalité sans égale, et je n'exagère pas en disant que l'équipage se composait de bandits. A l'exception d'un ou deux hommes qui s'y trouvaient par hasard, je n'ai jamais rencontré une bande de pareils coquins, et le sort a voulu pourtant que je fusse parfois mêlé à d'étranges compagnons.

Non-seulement le capitaine était bourru par nature, mais il devenait féroce quand il avait bu ou qu'il était en colère, et il était bien rare qu'il ne fût pas ivre ou furieux. Malheur à qui l'approchait alors, surtout malheur à moi! car c'était principalement sur les êtres faibles et sans résistance qu'il déchargeait sa rage.

Il était impossible que je ne fisse pas tout d'abord quelque méprise qui m'attirât sa mauvaise humeur, et j'eus bientôt un échantillon de sa cruauté, qui ne se démentit plus à mon égard. Implacable dans ses rancunes, lorsqu'une fois sa colère était éveillée contre quelqu'un, rien au monde ne parvenait à l'apaiser.

C'était un homme trapu, ayant un visage régulier, des joues rondes et grasses, des yeux saillants et le nez légèrement retroussé; une de ces figures que l'on emploie souvent dans les tableaux comme types de bonhomie, et qui passent pour appartenir à de braves gens, d'une gaieté pleine de franchise, mais qui sont bien trompeuses. L'expérience m'a toujours montré, derrière ces masques d'une trivialité joviale, la perfidie la plus cynique s'alliant au caractère le plus violent et le plus cruel; et c'était aux mains d'un pareil homme que je m'étais imprudemment livré!

Le contre-maître était la doublure du capitaine, dont il se faisait l'écho. La seule différence qu'il y eût entre eux, c'est que le premier ne buvait jamais.

Leur liaison n'en était que plus intime. A jeun, quand son chef était ivre, le contre-maître supportait patiemment les injures que le capitaine lui adressait alors, et pas la moindre dispute ne diminuait la cordialité de leur entente ; chien couchant du *skipper*[1], dont il léchait les bottes, suivant l'expression des matelots, il renchérissait encore sur la brutalité de son chef, et quand celui-ci disait : « Frappe ! » il répondait : « Assomme ! »

Nous avions un troisième officier, mais des plus insignifiants, qui ne mérite pas qu'on en parle, et qui se confondait presque avec les hommes de l'équipage, sur lesquels il n'exerçait qu'une autorité fort restreinte.

Il y avait encore un charpentier, grand buveur, dont le nez était rougi et gonflé par le rhum, et qui faisait partie de la société du capitaine ; puis un gros nègre effroyablement laid, qui était à la fois cuisinier et commissaire des vivres ; hideux personnage, dont l'aspect et la nature étaient assez diaboliques pour lui mériter une place dans les cuisines de l'enfer. Tels étaient les officiers de l'abominable équipage dont je faisais maintenant partie ; et c'était pour me trouver à la merci de pareilles gens que je m'étais arraché à la tendre protection de ma famille, à la société de mes amis et de mes frères ! Combien

1. Capitaine d'un navire marchand.

je me reprochais ma folie! comme je détestais mon
pauvre oncle, ce vieux loup de mer qui m'avait séduit par ses contes fantastiques, dont je maudissais
aujourd'hui l'influence! combien je me repentais
de l'avoir écouté, d'avoir cédé à mes folles visions!
Plût à Dieu que je ne l'eusse jamais connu! je serais
encore chez mon père.

Mais à quoi bon le remords? Il arrivait trop tard;
il me fallait supporter l'existence que je m'étais
faite; c'était moi qui l'avais voulu. Que de temps
encore à souffrir! que de longs jours de tortures!
que de longues années, plutôt! car je me rappelais
que ce misérable capitaine m'avait fait signer un
engagement que je n'avais même pas lu, et par
lequel, ainsi qu'il me l'avait dit plus tard, je devais
rester cinq ans à bord en qualité d'apprenti; cinq
ans d'esclavage, cinq ans à la disposition de cette
brute infernale, qui pouvait me gronder, me souf-
fleter suivant son bon plaisir, me fouetter ou me
mettre aux fers, s'il lui en prenait fantaisie!

Et pas moyen d'échapper à cette perspective
effrayante! Séduit par les visions qui m'attiraient
vers l'Océan, j'avais tout accepté, ma signature en
faisait foi; j'étais lié sans appel, le capitaine me
l'avait dit et le contre-maître me l'avait confirmé. Si
j'essayais de m'enfuir, je devenais déserteur, et je
serais ramené impitoyablement pour subir la punition que j'aurais alors encourue; même un port

étranger ne pouvait me servir d'asile, en supposant
que je pusse m'échapper du navire : j'y serais bientôt reconnu. Pas d'autre espoir de mettre un terme
à cette existence qu'en me jetant à la mer ou en me
pendant au bout d'une vergue. J'y songeai sérieusement, et le suicide me tenta plus d'une fois ; mais
j'en fus détourné par les principes religieux qui
m'avaient été donnés dès l'enfance, et qui me revenaient à l'esprit au milieu de ces épreuves.

Il me serait impossible de détailler les cruautés
sans nombre, les indignités révoltantes dont j'étais
accablé ; mon existence n'était qu'une série de mauvais traitements ; jusqu'au sommeil, dont j'avais
tant besoin, et qui m'était refusé ! Je ne possédais
ni matelas, ni hamac ; j'étais venu à bord n'empor-
tant que les habits dont j'étais couvert : ma veste
d'école et ma casquette. J'étais sans argent et sans
bagage, n'ayant pas même l'équipement du fugitif :
le paquet dans un mouchoir de poche au bout d'un
bâton, encore moins un hamac, et pas d'endroit où
me coucher. Tous les cadres étaient pris, la plupart
avaient deux occupants ; les matelots qui étaient seuls
ne voulaient pas de compagnon, et ces gens sans
cœur étaient si durs qu'ils ne me permettaient pas
de reposer sur les coffres qui étaient rangés devant
leurs cadres, et qui occupaient tout l'espace ; je
n'avais pas même le droit de m'étendre sur le plancher ; d'ailleurs il était souvent mouillé par le la-

vage, ou, pis encore, par des crachats nombreux.
Il y avait bien un coin du pont où j'avais la chance
de n'être pas dérangé, mais il y faisait si froid que
je ne pouvais pas y rester. Je n'avais pour couverture que mes habits fort minces, presque toujours
imbibés d'eau; je grelottais sans pouvoir dormir, et
je revenais m'étendre sur l'un des coffres du gaillard
d'avant, d'où le propriétaire me jetait brutalement
sur le plancher, bien heureux quand il ne me ren-
voyait pas sur le pont.

Ajoutez à cela que je travaillais continuellement,
la nuit tout aussi bien que le jour, et il n'y avait pas
de sale besogne qui ne me fût imposée; je n'étais
pas seulement l'esclave des officiers : chaque homme
de l'équipage se croyait le droit de me donner des
ordres, jusqu'à Boule-de-Neige, l'affreux nègre, qui,
du fond de la cambuse, me commandait avec arro-
gance, tout fier qu'il était d'avoir un blanc à son
service. J'étais le cireur de bottes du capitaine et des
contre-maîtres, le rinceur de bouteilles du cuisinier
et le valet de tous les matelots; triste rôle que la plupart des mousses ont à remplir, surtout quand ils se
sont engagés eux-mêmes, ainsi que je l'avais fait.
Oh! j'étais bien puni de ma désobéissance, bien
guéri de ma passion pour la mer.

CHAPITRE III.

Je subis longtemps sans rien dire cette affreuse existence. A quoi bon me plaindre? à qui d'ailleurs pouvais-je parler de ma misère? Je n'avais personne à implorer, personne qui voulût prêter l'oreille à mes paroles; tout le monde, autour de moi, était indifférent à mes souffrances, ou du moins paraissait l'être, puisque personne n'essayait d'en alléger le fardeau, ou même de parler en ma faveur.

A la fin cependant, une circonstance imprévue me fit en quelque sorte le protégé de l'un des matelots, qui, s'il ne pouvait rien contre les brutalités du capitaine, était du moins assez fort pour faire cesser à mon égard les indignités dont ses pareils m'accablaient journellement. Cet homme s'appelait Ben Brace[1]. J'ignore si c'était son véritable nom, ou s'il l'avait pris en mer; toujours est-il que je ne lui en ai jamais connu d'autre, et que c'était sous le nom de Ben Brace qu'il était porté sur le livre de bord. Du reste, il n'est pas rare de voir des mate-

1. Cordage amarré au bout de la vergue.

lots s'appeler Tom Bowline[1], Bill Buntline[2] etc.,
noms de famille que leur ont transmis une longue
série d'aïeux, simples matelots comme ils le sont
eux-mêmes.

Mon protecteur s'appelait donc Ben Brace, et, bien
qu'un autre ait rendu ce nom fameux, je le lui con-
serve par amour pour la stricte vérité. Ce n'est certainement pas mon mérite qui m'attira la protection
de Ben; ce ne fut pas davantage l'effet d'une tendre
sympathie : son cœur avait depuis longtemps perdu
cette sensibilité qui s'émousse au contact des misères affreuses que l'on rencontre; il avait d'ailleurs supporté lui-même d'odieux traitements, dont
l'injustice l'avait endurci à l'égard des autres; et si,
à l'époque où je l'ai connu, ses manières étaient
rudes et son humeur farouche, c'est à ce qu'il avait
souffert qu'il fallait l'attribuer; car on trouvait en
lui ce fonds de bienveillance et de bonté qui appar-
tient à la plupart des hommes.

C'était un beau loup de mer que Ben Brace, le
meilleur matelot qui fût à bord, de l'aveu même de
tous ses camarades, bien qu'il ne fût pas sans un
ou deux rivaux. Il fallait le voir, à l'approche de la
rafale, escalader les haubans pour carguer une
voile de perroquet, sa belle chevelure épaisse et

---

1. Bouline, corde qui sert à tendre la voile et à la porter de
côté pour courir dans la direction du vent.
2. Cargues-fond, cordes amarrées au bas de la voile.

frisée flottant derrière lui, et laissant voir sur ses
traits énergiques cette expression à la fois pleine de
calme et d'audace qui semblait défier la tempête.
Il était grand et bien proportionné, souple et nerveux plutôt que robuste, et avait la tête couverte
d'une masse énorme de cheveux bruns; car il était
jeune, et l'âge n'avait encore ni éclairci ni pâli cette
chevelure opulente. Sa figure, hâlée par le vent et
le soleil, était loyale et bonne, en dépit de sa ru-
desse, et, bien que ce fût étrange pour un marin,
qui n'a guère le temps de se raser, il ne portait ni
barbe ni moustaches; il aimait, disait-il, qu'on eût
la figure propre, et la sienne en fournissait la
preuve. Ce n'est pas qu'il fût l'un de ces fashionables
de bord que l'on voit en belle jaquette bleu de ciel,
à collet de fantaisie; jamais, au contraire, il ne portait, même les jours de fête, qu'une chemise de
Guernesey bleu foncé, juste au corps, et dessinant
les proportions heureuses de son buste et de ses
bras. Un statuaire aurait admiré la ligne hardie et
pure de son cou, sa poitrine large et pleine, qui
malheureusement, comme celle de tous les matelots, était défigurée par le tatouage : on y voyait, de
même que sur ses bras nerveux, les hiéroghyphes
que l'on rencontre en pareille circonstance; une
ancre, deux cœurs réunis et percés d'une flèche,
deux BB accompagnés de nombreuses initiales, et,
sur le côté gauche de la poitrine, une figure de

femme grossièrement dessinée par des lignes de points bleus, ayant l'intention de représenter quelque Sallie aux yeux noirs, ou quelque Suzanne de la côte d'Angleterre.

Tel était mon ami Ben Brace, et voici à quelle occasion il devint mon protecteur.

Peu de temps après mon arrivée à bord, j'avais découvert avec surprise que plus de la moitié de l'équipage était composée d'étrangers. Cela m'étonna beaucoup; j'avais toujours pensé qu'un navire anglais était monté par des matelots nés dans les trois royaumes, et il se trouvait que les trois quarts des hommes de *la Pandore*, c'est ainsi qu'on appelait notre vaisseau, appartenaient à des nations différentes. Il y avait des Français, des Espagnols, des Portugais, des Hollandais, des Suédois, des Américains, des Italiens; on aurait dit que chaque peuple maritime s'était fait représenter, dans cette réunion de bandits, par le plus affreux sacripant qu'il eût pu trouver parmi ses membres. Des quarante individus qui formaient l'équipage de *la Pandore*, je ne fais d'exception qu'en faveur de Ben Brace et d'un Hollandais qui n'avait aucune malice, pauvre homme dont l'existence était bien malheureuse.

Au nombre des Américains était un nommé Bigman[1], qui mérite une mention particulière. Son

1. Gros homme.

nom lui allait à merveille : c'était un homme gras
et trapu, grossier de corps et d'esprit, au visage
féroce, couvert d'une barbe qu'un pirate aurait pu
envier. Du reste, j'ai su plus tard qu'elle appartenait
effectivement à un écumeur de mer.

Bigman était d'humeur querelleuse, et, chaque
fois qu'il trouvait moyen de chercher noise à quelqu'un, il n'y manquait jamais; c'était d'ailleurs un
homme courageux, bon marin, et l'un des deux ou
trois individus qui se partageaient, avec Ben Brace,
le droit de battre les autres et de redresser les torts.
Il est inutile d'ajouter qu'ils étaient nécessairement
rivaux, et que le préjugé national était au fond des
sentiments qu'ils nourrissaient l'un contre l'autre.
C'est à leur rivalité que je dus la protection de Ben
Brace.

J'avais, sans le vouloir, fait quelque chose qui
avait blessé l'Américain, je ne me rappelle plus à
quel propos, mais c'était une bagatelle; toujours
est-il que Bigman se tenait pour offensé et me faisait
expier mon tort de mille manières. Il en vint même
un jour à me frapper au visage; Ben était présent;
il sentit son cœur bondir en voyant cet acte de violence d'autant plus cruel qu'il était immérité, et
sautant de son hamac, où il se trouvait alors, il se
précipita vers Bigman et lui appliqua sur le menton
un coup de poing à la John Bull.

L'Américain chancela et vint tomber contre l'un

Le petit Will a trouvé un protecteur.

des coffres qui se trouvaient derrière lui; mais, se
remettant aussitôt, il monta sur le pont suivi de
mon défenseur, et tous les deux se boxèrent au
milieu des matelots attentifs, pour lesquels ce combat était plein d'intérêt. Quant aux officiers, ils ne
s'interposèrent ni les uns ni les autres. Le contre-
maître s'approcha, mais non pour empêcher la
lutte, qui semblait au contraire lui offrir un spectacle assez divertissant; et le capitaine demeura sur
le tillac, sans s'inquiéter de la manière dont tout
cela finirait. Cette absence de discipline m'étonna
bien un peu; toutefois, il se passait chaque jour tant
d'autres choses surprenantes à bord de *la Pandore*,
que je ne m'y arrêtai pas.

Le combat dura longtemps, mais il se termina
comme il arrive toujours quand une partie de boxe
est engagée entre un Anglais et un Américain : Bigman fut affreusement bourré de coups, et la partie
de son visage qui n'était pas couverte de barbe devint d'un bleu noirâtre sous les poings fermés de
son rude antagoniste; à la fin il tomba sur le pont
comme un bœuf à l'abattoir, et fut obligé de reconnaître que son adversaire l'avait battu.

« Assez pour aujourd'hui, n'est-ce pas? s'écria
Ben en lui donnant le coup final. Eh bien, je te le
dis, si tu touches encore l'enfant du bout des doigts,
je t'en servirai plus du double; tiens-toi pour averti.
Ce garçon-là est Anglais tout comme moi, et il en

supporte assez de la part des autres sans être insulté
par un fils de Peau-Rouge; souviens-toi de mes paroles. Et vous tous, tant que vous êtes, ajouta Ben
en regardant ses camarades, ne le touchez pas, ou
c'est à moi que vous aurez tous affaire. »

. Personne depuis lors ne porta plus la main sur
le protégé de Ben; le châtiment de Bigman avait
produit son effet, et mon existence devint plus tolé-
rable. Toutefois mon nouvel ami, assez puissant
pour mettre un frein aux brutalités de l'équipage,
ne pouvait rien contre les officiers, et j'avais toujours le capitaine, le contre-maître et le charpentier
pour tourmenteurs.

CHAPITRE IV.

Ma position, néanmoins, s'était bien améliorée;
j'avais maintenant ma part entière de pâté, de lob-
scous, de plum-duff; je n'étais plus mis à la porte
du gaillard d'avant, on me permettait même de
dormir sur un coffre, et l'un des hommes de l'équipage, voulant gagner l'estime de Ben, me fit présent d'une vieille couverture; un autre me donna

un couteau orné d'une ficelle en guise de chaîne,
pour le suspendre à mon cou; un troisième m'apporta une assiette d'étain; bref, chacun y contribuant, je fus bientôt équipé, et, grâce à l'influence
du patronage de Ben, je ne manquai plus de rien.

Je ressentis une vive reconnaissance des brimborions qui m'étaient donnés, bien qu'ils me vinssent,
pour la plupart, d'individus qui ne m'avaient épargné ni les coups de pied, ni les soufflets; mais je
n'ai jamais eu de rancune, et, dans l'isolement où
je me trouvais alors, il m'était bien facile de pardonner à ceux qui me faisaient quelques avances;
j'avais d'ailleurs beaucoup souffert de la privation
des objets dont on venait de me faire cadeau, et je
ressentais une joie réelle d'en être enfin pourvu.
On ne s'embarque jamais sans vêtements de rechange; on est muni d'assiettes, d'un couteau, d'une
fourchette, d'un gobelet, en un mot, de tout ce qui
est nécessaire; mais, dans l'empressement que
j'avais mis à fuir la maison paternelle, je n'avais
songé à me pourvoir d'aucun des objets les plus
indispensables; j'étais parti les mains vides, sans
même emporter de chemise.

J'avais donc été dans un affreux embarras jusqu'au moment où Ben Brace avait battu mon agresseur, et changé ma position par le patronage qu'il
m'avait accordé; aussi lui en avais-je une profonde
gratitude. Mais bientôt un nouvel incident accrut

ma reconnaissance plus que je ne saurais vous le
dire, et parut augmenter l'affection que mon protecteur ressentait à mon égard.

L'incident que je vais raconter avait souvent eu
lieu avant que j'en fusse le triste héros, et probablement il se renouvellera jusqu'à ce que des lois
plus sages aient réglé le service de la marine du
commerce, et posé des limites au pouvoir trop
absolu dont jouissent aujourd'hui les capitaines des
vaisseaux marchands. Il est certain que la plupart
des skippers s'imaginent pouvoir infliger les traitements les plus cruels à tous les malheureux qu'ils emploient, et qu'ils le peuvent en effet, sans avoir la
moindre punition à encourir à propos de la conduite
barbare qu'ils ont envers leur équipage; leur brutalité
n'a d'autre limite que la patience et la résignation de
leurs victimes. En général, ceux qui, parmi les matelots, ont un caractère indépendant, une humeur
audacieuse, n'ont rien à craindre de l'arbitraire des
officiers, qui reconnaissent leurs droits et qui leur
accordent des priviléges. Mais les natures faibles et
timides ont énormément à souffrir quand elles se
trouvent sous la domination d'un capitaine brutal;
et, je le dis avec regret, il en existe beaucoup de
cette espèce parmi les skippers de la marine anglaise.

On ne peut pas se figurer la somme de souffrances
qui peut être subie en pareil cas; la vie des mousses,

des matelots novices, des vieux marins eux-mêmes qui ne savent point résister à cette odieuse tyrannie, est vraiment insupportable : forcés de travailler sans cesse, accablés de fatigue jusqu'à pouvoir en mourir, flagellés pour la moindre faute, et parfois sans motif, ils sont traités en esclaves par un maître qui ne s'intéresse pas même à leur conservation.

Le châtiment qu'on leur inflige, si toutefois on peut appeler de ce nom les coups donnés à un homme qui ne les a pas mérités, est souvent assez grave pour mettre en danger la vie du malheureux qui est contraint de le subir ; il n'est pas très-rare qu'une mort immédiate en soit la conséquence, et il en résulte dans presque tous les cas des germes de maladies qui prennent plus tard un développement fatal.

Chacun admet que l'autorité d'un capitaine de vaisseau doit être plus étendue que celle d'un chef d'usine ou du directeur d'une entreprise quelconque ; la sûreté du navire en dépend ; on l'a répété sur tous les tons, et personne ne le conteste : mais ce n'est pas la nature du pouvoir accordé au capitaine qui a jamais fait l'objet des réclamations élevées à cet égard, c'est l'absence de responsabilité relativement à l'emploi de ce pouvoir sans limite, l'absence de lois pénales suffisantes pour réprimer les abus qui en découlent.

Jusqu'ici, la peine encourue en pareille circon-

stance n'a jamais été appliquée, ou bien s'est trou-
vée tellement disproportionnée au crime qu'elle était
destinée à punir, que, loin de servir d'exemple aux
autres, elle les a confirmés dans cette idée qu'ils
n'étaient pas responsables des actes de violence
commis par eux à bord. En outre, le capitaine, appuyé par ses contre-maîtres, protégé à la fois par
son argent et par la terreur qu'il inspire à l'équipage, principalement à ceux qui ont à se plaindre
de lui, peut toujours donner un démenti à la victime de sa cruauté, victime qui elle-même n'ose
pas dénoncer le fait dont elle a eu à souffrir,
dans la crainte de ne pas obtenir justice et d'avoir
plus tard à expier cette démarche imprudente. Souvent aussi, la joie de se retrouver à terre, de revoir
sa famille, ses amis, de se sentir délivré de ses tourments, fait perdre de vue tous les projets de vengeance que l'on avait formés à bord, et le malheureux qui avait résolu de porter plainte laisse repartir
son bourreau sans l'avoir fait punir.

L'histoire de l'émigration abonde en faits odieux
de toute espèce dont les pauvres exilés furent victimes en se rendant au désert. Que de récits na-
vrants, de chapitres douloureux ne pourrait-on pas
écrire sur les indignités auxquelles ces innocentes
créatures ont été soumises de la part de ceux qui
devaient, au contraire, les protéger et les soutenir!
Il est à regretter que les gouvernements n'agissent

pas à cet égard d'une manière plus énergique, et ne veillent pas avec plus de sollicitude sur l'infortuné à qui la misère fait chercher une nouvelle patrie.

De bonnes lois qui restreindraient l'arbitraire des capitaines de navires marchands seraient d'autant plus utiles, qu'en dehors de l'autorité qu'ils exercent dans leurs navires, les skippers sont généralement honnêtes et ne manquent pas d'humanité. C'est parce que leurs pouvoirs sont mal définis, parce qu'ils savent qu'ils n'auront pas à répondre de leurs actes, qu'ils abusent de leur position; et, ne connaissant d'autres règles que leur bon plaisir, ils ne tardent pas à suivre la pente commune à tous les hommes, et finissent par devenir des tyrans de la pire espèce.

On a fait depuis peu, il est vrai, quelques exemples salutaires, et l'un de ces capitaines inhumains, qui l'avait certes bien mérité, fut même condamné au dernier supplice; mais il est à craindre que l'on ne retombe dans l'indifférence accoutumée, et que la tyrannie du skipper et de son contre-maître ne continue comme autrefois à faire de nombreuses victimes.

Les observations qu'on vient de lire n'étaient pas même applicables à l'incident qui me concerne; les démons qui me torturaient n'en auraient pas moins exercé leurs cruautés en dépit des tribunaux les

plus sévères : ils vivaient en dehors de toutes les
lois divines ou sociales, et ne connaissaient ni le
remords du crime, ni l'appréhension du châtiment
qu'il entraîne. On verra par le fait suivant qu'ils se
faisaient un jeu de m'exposer à la mort.

CHAPITRE V.

L'une des choses les plus pénibles pour celui qui
débute dans la carrière maritime, est l'obligation
où il se trouve de monter en haut des mâts. Si le
capitaine avait la moindre bienveillance, il permettrait au novice de vaincre peu à peu le vertige dont
il est saisi en gravissant les haubans, et commen-
cerait par ne l'envoyer qu'aux étages inférieurs,
tout au plus au mât de hune; il lui donnerait le
temps d'habituer ses mains et ses pieds aux cordages qui doivent lui servir d'appui, et le laisserait
passer un certain nombre de fois par le trou du
chat, au lieu de le forcer à descendre par les haubans de revers.

La pratique ne tarderait pas à le délivrer du vertige; et, lui interdisant alors le passage du trou du

chat, on l'enverrait par degrés jusqu'au perroquet volant et à la pomme de girouette, sans qu'il y eût pour lui ni terreur ni péril; c'est ainsi que, du reste, agissent les capitaines qui ont une certaine humanité.

Mais, hélas! il y en a bien peu qui soient assez bons ou assez prudents pour y songer; que de pauvres élèves, en mettant le pied pour la première fois sur le pont d'un navire, sont envoyés aux grandes vergues de perroquet, plus haut encore, s'il est possible, et combien d'entre eux ont été victimes de cet ordre cruel, qui, dans tous les cas, les soumet à une affreuse torture!

Quinze jours s'étaient écoulés depuis mon départ de la terre ferme, et le capitaine ne m'avait pas encore adressé le mot *aloft*[1]. Si j'avais escaladé les premiers haubans, c'était moi qui l'avais bien voulu, parce que j'avais le désir de m'habituer à grimper aux cordages; avant de monter sur *la Pandore*, je n'avais jamais dépassé les branches de nos pommiers, et je comprenais la nécessité d'apprendre le plus tôt possible à me mouvoir avec aisance au milieu de tous les agrès du navire.

Malheureusement, je n'avais pas eu l'occasion d'exercer ma bonne volonté; une ou deux fois j'avais grimpé aux enfléchures, et, passant par le trou du

1. En haut!

chat, j'étais arrivé jusqu'à la grande hune, expédition qui m'avait paru assez glorieuse, car le vertige
m'avait saisi plus d'une fois pendant que je l'ac-
complissais ; j'aurais poussé plus loin mon escalade,
mais la voix du capitaine ou celle du contre-maître
m'avait toujours rappelé sur le pont, où ils m'ordonnaient, en jurant, de frotter leur cabine, de nettoyer le tillac, de cirer leurs bottes, ou de me livrer
à quelque autre opération du même genre.

Je commençais à m'apercevoir que mon ivrogne
de commandant n'avait nulle intention de m'ensei-
gner la moindre des choses qu'un marin doit apprendre, et qu'il m'avait engagé tout simplement
pour me transformer en esclave à tout faire, bon à
recevoir les coups de pied de tout le monde, et par-
ticulièrement les siens.

Cette détermination du capitaine, qui devenait
chaque jour de plus en plus évidente, me causait
un vif chagrin, non pas que je voulusse alors rester dans la marine. Si j'avais pu à cette époque me
retrouver en Angleterre, il est probable que jamais
je n'aurais remis le pied sur le pont d'un vaisseau.
Mais je savais que nous étions partis pour faire un
long voyage. Combien devait-il durer ? c'est ce que
je ne pouvais dire ; et, en supposant qu'il me fût possible de déserter de *la Pandore*, projet que je nour-
rissais au fond du cœur, que deviendrais-je en pays
étranger, sans amis, sans argent, sans rien savoir

ni du commerce, ni d'autre chose? Comment vi-
vrais-je, et par quel moyen revenir en Angleterre?
Si j'avais au moins su mon métier de matelot, j'aurais pu offrir mes services pour payer mon passage,
afin de rentrer dans ma famille. J'étais incapable
de le faire, et voilà pourquoi je regrettais si vivement de ne pas savoir ce qu'en définitive j'étais
convenu d'apprendre.

J'ignore d'où me vint cette audace, mais un matin j'en parlai au capitaine, et je lui reprochai, avec
toute la délicatesse dont j'étais susceptible, de ne
pas remplir les conditions de mon brevet d'apprentissage. Pour toute réponse, je fus immédiatement
jeté sur le dos, accablé de coups de pied qui me
marquetèrent de taches bleues ; et le seul résultat
de mon impudence fut d'être encore plus maltraité
que je ne l'étais auparavant.

Moins que jamais il m'était permis de gravir
aux cordages et de m'exercer à la pratique des manœuvres. Une fois cependant, au lieu de m'entendre
crier : *à bas!* on m'ordonna d'aller en haut ; et je
puis dire que j'en eus ce jour-là beaucoup plus
que je ne l'aurais voulu.

Profitant de l'heure où je pensais que le contre-
maître et le capitaine faisaient la sieste, j'étais monté
jusqu'à la grande hune.

Quiconque a jeté les yeux sur un navire dont le
gréement est complet, a dû remarquer, à une cer-

taine hauteur au-dessus du pont, une plate-forme
qui entoure le grand mât; si c'est un grand vaisseau, la même chose existe au mât de misaine et à
celui d'artimon. Cette plate-forme s'appelle hune;
elle a pour objet de tendre les échelles de corde ap-
pelées haubans, qui partent de son bord extérieur,
et vont se fixer à la tête du mât qui s'élève au-dessus d'elle. Un navire ou une barque a trois mâts : le
mât de misaine, qui est à l'avant; le grand mât,
qui se dresse au milieu, et le mât d'artimon, qui
est à l'arrière. Mais chacun de ces mâts se divise
en plusieurs parties, c'est-à-dire en plusieurs mâts
qui portent des noms différents dans le vocabulaire
du marin; pour celui-ci, le grand mât n'est pas
l'ensemble de cette énorme perche qui se dresse
au milieu du navire, et qui s'élève jusqu'aux nuages;
le grand mât se termine un peu au-dessous de la
plate-forme que nous venons de mentionner, et qui,
par ce motif, se nomme la grande hune; là, com-
mence un autre mât tout à fait distinct de celui qui
le supporte, dont la longueur est à peu près égale
à celle du précédent, mais qui est plus mince, et
qui s'appelle mât de la grande hune; un troisième
est superposé à celui-ci au moyen de barres qui le
soutiennent; il est plus court, plus mince que le
mât de hune, et s'appelle mât de perroquet; il supporte à son tour, et de la même façon, le mât de
catacois, seulement en usage sur les plus grands

vaisseaux ; l'extrémité du catacois est ordinairement couronnée d'une pièce de bois circulaire nommée pomme de girouette ou de pavillon, et qui est le point le plus élevé du navire.

Les mâts de misaine et d'artimon sont divisés de la même manière : seulement celui-ci est plus court que les autres ; il porte rarement des voiles de perroquet, et plus rarement encore des voiles de catacois.

J'ai donné cette explication afin que vous puissiez comprendre qu'une fois à la grande hune, j'étais bien loin d'être arrivé à la plus grande élévation qu'on pût atteindre sur le navire, mais seulement à la plate-forme qui couronne le grand mât, tel que l'entendent les marins.

La grande hune est souvent nommée *le berceau* par les hommes de l'équipage, et avec assez de raison, car un navire dont le vent gonfle les voiles est fortement bercé d'un côté à l'autre ou de l'avant à l'arrière, d'après les mouvements qui lui sont imprimés. Le berceau est l'endroit le plus agréable du navire pour celui qui aime la solitude ; vous ne voyez plus sur le pont, à moins de regarder par-dessus le bord ou de vous incliner vers le trou du chat, dont j'ai parlé plus haut ; et le bruit des voix, qui vous arrive à peine, se confond avec celui du vent qui siffle au milieu des cordages ou qui tambourine sur les voiles. Mon plus grand bonheur était de passer quelques minutes dans cet endroit solitaire; le cœur soulevé par l'horrible compagnie à laquelle je m'étais si imprudemment associé, dégoûté des blasphèmes continuels qui frappaient mes oreilles, j'aurais donné tout au monde pour que chaque jour il me fût permis de rester quelques instants dans ce berceau aérien; mais je n'avais pas de loisir, car mes tyrans ne me laissaient ni repos ni trêve. Le contre-maître surtout paraissait prendre plaisir à me tourmenter sans cesse; il découvrit ma prédilection pour la grande hune, et décida que, de tous les endroits du navire, ce serait précisément celui où je ne m'arrêterais pas.

Toutefois, un jour, persuadé que le capitaine et le contre-maître étaient allés dormir, je saisis cette occasion pour monter à mon berceau favori; j'allongeai mes membres fatigués sur les planches de la hune, et j'écoutai les soupirs du vent qui se mêlaient à ceux des vagues; une brise pleine de douceur rafraîchissait mon front, et, malgré le danger qu'il y avait à s'endormir sur cette plate-forme dont rien n'entourait les bords, je fus bientôt dans le royaume des songes.

CHAPITRE VI.

Mes rêves n'étaient nullement agréables, et la chose est facile à comprendre ; le cœur accablé de regrets, ployant sous les injures et les dégoûts qui remplissaient ma vie, le corps épuisé des fatigues d'un labeur incessant, il n'était pas possible que je pusse faire de beaux rêves.

Toutefois les miens devaient être d'une bien courte durée ; il n'y avait pas cinq minutes que j'étais endormi, lorsque je fus brusquement réveillé, non pas par une voix qui m'appelait, mais par la sensation cuisante d'un instrument que les matelots appellent *un bout de corde*, et qu'une main vigoureuse m'appliquait sur la hanche.

Un premier coup avait suffi pour me faire bondir, et j'étais sur pied lorsque la main du bourreau se releva pour frapper une seconde fois ; la promptitude avec laquelle j'avais bondi empêcha la corde de m'atteindre, et quelle ne fut pas ma surprise en reconnaissant Bigman dans celui qui m'avait réveillé !

Je savais qu'il était fort disposé à me frapper; il nourrissait contre moi une rancune implacable, et, si j'avais été seul avec lui dans un endroit écarté, je n'aurais pas été surpris de le voir m'assommer tout à fait; mais depuis la correction que Ben lui avait infligée, il était muet comme une souris; et bien que, à vrai dire, son visage devînt plus sombre toutes les fois qu'il venait à me rencontrer, je n'avais eu depuis lors à subir de sa part ni injure ni mauvais procédé.

Comment osait-il m'attaquer en cet instant où Ben devait être sur le pont? Qui avait pu le faire changer ainsi de conduite? Avais-je, sans le vouloir, offensé mon protecteur, qui m'abandonnait tout à coup à la vengeance de cet affreux bandit? Bigman s'était-il imaginé que personne ne pourrait le voir de l'endroit où nous étions placés? Mais non, cette idée ne lui était pas venue, car je pouvais crier, me faire entendre de Ben, ou tout au moins lui raconter plus tard cette odieuse agression, qu'il ne manquerait pas de venger.

Toutes ces pensées traversèrent mon esprit en une seconde; elles avaient à peine rempli l'intervalle que mon bourreau avait mis entre le second et le troisième coup qui m'était destiné, car le bout de corde s'était relevé de nouveau. Je lui échappai d'un bond, et, me précipitant vers le mât, je regardai par le trou du chat si j'apercevais Ben. Je ne vis pas

mon protecteur, et j'allais l'appeler, quand mes
yeux rencontrèrent deux individus qui, debout sur
le tillac, avaient la tête levée et regardaient la
grande hune. La voix expira sur mes lèvres : je venais de reconnaître la face ronde et jubilante du
skipper, flanquée du visage féroce du contre-maître;
il n'y avait pas à s'y méprendre, Bigman et moi
nous étions leur point de mire; c'était l'horrible
traitement qu'ils me faisaient infliger qui allumait
les regards joyeux du capitaine et qui donnait ce
rictus de bête fauve à son affreux coadjuteur.

L'attaque imprévue de l'Américain, son audace,
tout m'était expliqué : c'était pour les autres, non
pour lui, qu'il agissait ; à voir le capitaine, son attitude et celle du contre-maître, il était évident qu'ils
assistaient à l'exécution des ordres qu'ils lui avaient
donnés; et, à l'expression infernale qui éclatait sur
leurs figures, il m'était facile de comprendre qu'ils
me réservaient quelque nouveau supplice.

A quoi bon appeler Ben? Sa force ne pouvait
rien en pareil cas. S'il avait osé me défendre, élever
seulement la voix en ma faveur, ces hommes, qui
me faisaient battre pour leur bon plaisir, pouvaient
le faire mettre aux fers, et, s'il était venu à mon secours, ils avaient le droit de le tuer, la loi était
pour eux.

Il n'aurait pu qu'assister à mon supplice; il valait mieux lui en épargner la vue et ne pas l'expo-

ter à lutter avec ses supérieurs; je gardai donc le silence et j'attendis les ordres qui allaient être donnés; mon incertitude ne fut pas longue.

« Damné lourdaud, chien de paresseux! s'écria le contre-maître; réveille-le à coups de corde, Yankee. Ronfler en plein jour! Frappe encore, encore! fais-le chanter, mon brave !

— Non, interrompit le capitaine; fais-le grimper, Yankee; conduis-le tout en haut; il aime à s'élever, il veut être marin; qu'il apprenne le métier!

— Parfait! répondit le contre-maître en ricanant, parfait! C'est lui qui l'a voulu; faisons-lui prendre l'air; courage, Yankee, fais-le grimper, mon brave ! »

Bigman se tourna vers moi la corde levée, et m'ordonna de monter.

Je ne pouvais qu'obéir; posant les pieds sur les haubans du mât de hune, je saisis les enfléchures à pleines mains, et je commençai ma périlleuse ascension.

CHAPITRE VII.

Je franchissais les degrés d'un pas nerveux, lentement et par saccades, recevant un coup de corde
à chaque fois que je m'arrêtais ; Bigman frappait
avec rage ; il cherchait à me faire souffrir le plus
possible et parvenait à son but, car les nœuds de la
corde me causaient une vive douleur ; je n'avais
pas d'autre alternative que d'avancer ou de me sou-
mettre à cet affreux supplice, et je continuai à gravir les haubans.

J'atteignis les barres du mât de la grande hune,
j'y posai les pieds ; quelle effroyable chose que de
regarder en bas ! je n'apercevais que l'abîme. Les
mâts inclinés par le vent étaient loin d'avoir conservé leur position verticale ; j'étais suspendu au
milieu des airs et je ne voyais partout que des vagues qui scintillaient au-dessous de moi.

« Plus haut, plus haut ! » criait l'Américain en agitant sa corde.

Plus haut ! mon Dieu ! mais comment faire ? Au-
dessus de ma tête se dressaient les cordages du

perroquet; mais pas d'enfléchures, pas d'anneaux où l'on pût mettre le pied, rien que les deux cordes noires et tendues qui convergeaient vers l'extrémité du mât. Comment faire pour les franchir? cela me paraissait impossible.

Mais l'hésitation même ne m'était pas permise; la brute qui m'avait suivi jusque-là me frappait les jambes à coups redoublés et me menaçait, avec des jurons atroces, de ne pas me laisser un pouce de chair sur le corps, si je n'avançais immédiatement.

J'essayai donc, et, me plaçant entre les cordes, je montai en me hissant à grand'peine jusqu'à la vergue de perroquet, où je m'arrêtai sans pouvoir aller plus loin; j'étais à bout d'haleine, et c'est tout au plus s'il me restait assez de force pour me retenir aux cordages.

Le mât de catacois se dressait encore au-dessus de ma tête, et j'avais à mes pieds la face menaçante de Bigman, qui eut un sourire de triomphe en voyant mon agonie.

« Plus haut! criaient toujours le capitaine et le contre-maître; plus haut, Yankee! reste encore le catacois! »

Je crus entendre la voix de Ben crier à son tour: « Assez, assez! vous voyez bien qu'il est en péril! »

Je jetai un regard oblique vers le pont, tous les matelots étaient sur le gaillard d'avant; ils me parurent se quereller, sans doute à propos de moi;

La première fois que le petit Will monte à la vergue de perroquet.

j'étais trop ému pour y faire attention, et mon bourreau d'ailleurs ne m'en donna pas le temps.

« Allons, allons ! cria-t-il, monte, ou, mille sabords ! je te fais crever à coups de corde ; grand
lâche, vas-tu monter ? sacrrr... »

L'instrument de torture retomba sur mes reins
avec plus de violence que jamais.

C'est une chose périlleuse, même pour celui qui
a l'habitude de monter aux cordages, que d'atteindre la vergue de catacois d'un grand navire ;
mais pour l'apprenti qui débute, c'est tenter l'impossible ; je n'avais pour y arriver qu'une corde lisse,
n'offrant pas même un nœud pour me servir d'appui ; il me fallait traîner le poids de mon corps de
mes mains épuisées.... perspective effroyable ! mais
après cela je n'aurais plus rien à franchir ; une fois
que je serais parvenu à l'extrémité du dernier mât,
mes bourreaux seraient probablement satisfaits ;
d'ailleurs je n'avais pas à choisir, et, le désespoir aidant, je saisis la corde et je continuai mon ascension.

J'étais à moitié chemin, j'allais atteindre la vergue,
un peu plus et je pouvais la saisir, quand la force
m'abandonna complétement ; le vertige s'empara de
ma tête, mon cœur défaillit, mes doigts lâchèrent la
corde, et je me sentis tomber... tomber et perdre haleine sans pouvoir respirer.

Toutefois je conservai ma connaissance ; je voyais

l'abîme; j'étais persuadé que j'allais être noyé, si
je ne me brisais pas à la surface de l'eau; j'atteignis les vagues, je me sentis enfoncer profondément dans la mer; il me sembla néanmoins que je
n'y étais pas arrivé directement du catacois : j'avais
une idée confuse d'avoir rencontré dans cette horrible descente quelque chose qui en avait changé la
direction. Je ne me trompais pas, comme je l'appris
ensuite : j'étais d'abord tombé sur la grande voile
qui, gonflée par une forte brise, m'avait renvoyé
comme une balle, et qui, en atténuant la violence
du choc, m'avait sauvé d'une mort certaine; au lieu
de me précipiter la tête la première, comme cela
m'était arrivé au moment où j'avais lâché la corde,
j'avais fait la culbute en rencontrant la voile, et
c'est par les pieds que je m'enfonçais dans l'eau.
Tous ces détails m'ont été donnés plus tard par une
personne qui avait suivi tous mes mouvements avec
anxiété.

Lorsque je remontai à la surface de l'eau, je fus
tout surpris de me retrouver de ce monde; ce fut
d'abord une perception confuse : je sentis que je
vivais, que j'étais dans la mer, je levai les yeux et
j'aperçus le vaisseau, dont j'étais à la distance d'un
câble, et qui s'éloignait de moi. Je crus voir des
hommes penchés sur le *taffrail*[1], et quelques autres

1. Couronnement de la poupe dans les vaisseaux anglais.

échelonnés sur les haubans; mais le navire fuyait toujours et me laissait derrière lui.

J'étais bon nageur pour un garçon de mon âge; n'étant pas blessé, je me débattis contre les flots, instinctivement et pour m'empêcher de couler à fond, plutôt que dans l'espérance de rejoindre le navire; je regardais autour de moi si je ne voyais pas une corde à laquelle je pusse me rattacher; il me semblait qu'on devait m'avoir jeté quelque chose du vaisseau. Je n'aperçus rien d'abord, mais, en remontant à la crête d'une vague, je distinguai un objet rond qui se trouvait entre moi et la coque du bâtiment; j'avais le soleil dans les yeux, néanmoins je reconnus que c'était la tête d'un homme; il était assez loin, mais évidemment il se dirigeait vers moi; lorsqu'il fut plus près, je reconnus la figure de mon protecteur Ben Brace; en me voyant tomber à la mer, il avait sauté par-dessus le bord et arrivait à mon secours.

« Bien, mon garçon! très-bien! s'écria-t-il quand il se fut approché; nous nageons comme un canard; et pas de blessure, n'est-ce-pas? Appuie-toi sur moi, si tu es fatigué. »

Je lui répondis que je me sentais assez de force pour nager encore pendant une demi-heure.

« Parfait! reprit-il; nous aurons plus tôt que ça un bout de corde à saisir; de la corde! tu dois en avoir assez, pauvre enfant! Que les maudits gueux

soient pendus! Je te vengerai, mon garçon, n'aie
pas peur! Oh! du vaisseau! cria-t-il, par ici la
corde, par ici! Ohé! ohé! »

Le bâtiment pendant ce temps-là virait de bord
et se dirigeait de notre côté. Si j'avais été seul,
comme je l'ai su plus tard, cette manœuvre n'aurait
certainement pas eu lieu; mais Ben Brace avait trop
d'importance pour être sacrifié impunément: ni le
skipper, ni le contre-maître n'auraient osé l'abandonner à son sort, et ils avaient immédiatement
donné des ordres pour que l'équipage se mît en
mesure de nous recueillir.

Par bonheur, la brise était douce, la mer assez
calme, et nous nous retrouvâmes bientôt sur le
pont, où les matelots nous hissèrent au moyen des
cordes qu'ils nous avaient lancées.

La haine de mes persécuteurs paraissait être apai-
sée; je ne vis ni l'un ni l'autre jusqu'au lendemain
matin, et il me fut permis de descendre et de
passer dans le gaillard d'avant tout le reste de la
journée.

CHAPITRE VIII.

. Chose assez bizarre ! je fus dorénavant beaucoup
moins maltraité par le capitaine et par le contre-
maître : non pas que leur nature se fût adoucie ou
qu'ils éprouvassent des remords de leur conduite à ·
mon égard ; mais parce qu'ils s'étaient aperçus de
l'impression défavorable que leur injustice avait
produite sur l'équipage. La plupart des matelots
étaient les amis ou les admirateurs de Brace, et ne
craignaient pas de se joindre à lui pour désapprou-
ver le jeu cruel dont j'avais failli être victime. On en
parlait assez haut dans les réunions qui se tenaient
autour du cabestan pour que cela parvînt aux oreilles des officiers ; d'ailleurs Ben, en se jetant à la mer
pour venir à mon secours, avait gagné de nouveaux
amis : car le véritable courage est vivement appré-
cié, même par ces natures grossières ; et la faveur
dont il jouissait parmi ses camarades imposait une
certaine réserve à nos deux commandants. Il avait
pris ma défense, protesté avec force contre l'abominable traitement qu'on m'avait fait subir ; il avait

osé commander à Bigman de me faire descendre,
tandis que ses chefs ordonnaient qu'on me fît monter ; et le capitaine, qui se trouvait sur le tillac,
n'avait pas même eu l'air de s'en apercevoir. Un
autre, en pareil cas, eût été sévèrement châtié ;
mais, grâce à l'influence de Ben, personne ne fut
puni pour avoir osé me défendre, et, comme je le
disais tout à l'heure, on me traita désormais avec
moins de cruauté.

A partir de cette époque, j'eus la permission de
me joindre aux matelots pour exécuter les manœuvres, et je fus délivré d'une partie de la sale besogne que j'avais faite jusqu'à présent. Le pauvre Hollandais, simple et douce créature que j'ai déjà citée,
partagea dorénavant le gros ouvrage avec moi, et
reçut les trois quarts de la colère qu'il fallait absolument que le capitaine déchargeât sur quelqu'un.

C'était un être bien malheureux que ce pauvre
Hollandais, le plus triste échantillon de toutes les
misères humaines ; si l'on détaillait les infamies
dont cet homme fut victime de la part du skipper et
du contre-maître de *la Pandore*, personne n'ajou-
terait foi à la réalité de pareils faits, personne ne
voudrait croire qu'il y ait tant d'insensibilité dans
certains cœurs ; mais il en est ainsi chez les natures
profondément vicieuses : toutes les fois qu'elles ont
trouvé à exercer leur passion du mal sur une victime qui ne leur oppose aucune résistance, leur fu-

reur, au lieu de s'apaiser, augmente sans cesse, comme la férocité des bêtes sauvages qui ont goûté du sang. Les officiers de *la Pandore* en fournissaient l'exemple ; s'ils avaient eu à se plaindre du pauvre Hollandais, leur vengeance aurait été depuis long-temps assouvie ; c'était, au contraire, parce qu'ils n'avaient rien à lui reprocher, qu'ils se plaisaient à faire souffrir cet être faible et craintif, dont ils n'avaient pas à redouter la colère.

Je me rappelle qu'on attachait ce malheureux par les pouces et qu'on lui fixait les mains sur le plancher du pont ; cette posture, qu'on l'obligeait à garder pendant des heures entières, et qui ne semble pas très-pénible à celui qui n'en a pas fait l'expérience, est un supplice digne de l'Inquisition, et qui arrachait bientôt des gémissements à la pauvre victime.

Une autre distraction du capitaine et de son acolyte consistait à faire suspendre au bout d'une vergue l'infortuné matelot, qu'on attachait par la ceinture à une corde volante, ce qu'ils appelaient ironiquement la balançoire du singe, par allusion à l'un des jeux favoris de l'équipage.

On l'enferma une fois dans un tonneau vide où il resta plusieurs jours sans manger ; le malheureux allait périr de faim et de soif, lorsqu'un peu de biscuit et d'eau lui furent passés par la bonde et lui conservèrent l'existence. Il y avait encore bien d'au-

tres châtiments qui lui étaient infligés, mais qui
sont trop abominables pour que je puisse vous les
dire; et, chose étrange, cet infortuné, qui n'avait
pas d'amis, excitait à peine la commisération des
hommes de l'équipage : c'était un de ces déshérités
auxquels personne ne s'attache, et que leurs habitudes empêchent d'avoir même des camarades.

Toujours est-il que je profitais de sa misère et
qu'il recevait chaque jour une foule de mauvais
traitements que j'aurais éprouvés sans lui; placé
entre moi et nos bourreaux communs, il me servait
de plastron. Je lui en étais reconnaissant, mais je
n'osais lui montrer ni pitié ni sympathie; j'avais
moi-même trop besoin de compassion, car, en dépit du changement qui s'était opéré à mon égard,
j'étais toujours bien malheureux.

Et pourquoi ? demanderez-vous; pourquoi me
plaindre, alors qu'ayant vaincu les premières diffi-
cultés, je faisais des progrès rapides dans la carrière que j'avais embrassée avec tant d'amour ? Rien
n'est plus vrai; sous la direction de Ben Brace, je
devenais bon matelot; huit jours après le fameux
plongeon qui pouvait m'être si funeste, je grimpais
à la vergue de catacois sans la moindre terreur, et,
par bravade, j'allais même jusqu'à poser la main sur
la pomme de pavillon; je savais tresser une garcette[1]

_____

1. Cordage d'environ deux ou trois mètres, qui sert à diminuer l'ampleur des voiles lorsque le vent devient trop fort.

ou faire une épissure[1] tout aussi proprement que certains hommes de l'équipage, et plus d'une fois il m'était arrivé, lorsqu'il faisait grand vent, d'aller avec les autres carguer les voiles de perroquet. Ce dernier exploit, qui n'était pas sans mérite, m'avait attiré l'approbation de Ben Brace. Oui vraiment j'étais en train de devenir bon matelot; et cependant j'étais loin de me trouver satisfait; moins que cela, j'étais franchement malheureux.

Vous en demandez la raison; je vais vous la dire en peu de mots.

Dès mon arrivée sur *la Pandore*, j'avais été frappé du caractère que présentait le navire; la composition de l'équipage et son absence de discipline étaient loin de répondre à ce que j'avais lu dans certains livres, où il était question de l'obéissance et du respect scrupuleux des matelots envers leurs officiers. Il était possible, après tout, que ce respect et cette obéissance ne fussent de rigueur que sur les vaisseaux de guerre, et que la discipline des navires du commerce en différât complétement; je m'imaginai que l'équipage de *la Pandore* en fournissait la preuve; cette découverte ne laissa pas que de m'humilier profondément. Quelle amère déception! J'avais rêvé l'existence du navigateur si noble et si heureuse, et j'étais à la fois dégoûté du marin

1. Réunir deux cordes bout à bout au moyen de l'épissoir.

et de la vie qu'il menait. Mon attention n'était pas
moins attirée par le nombre des hommes qui se
trouvaient avec moi : *la Pandore* n'était que de
cinq cents tonneaux ; ce n'était pas même un navire ; à franchement parler, ce n'était qu'une barque, en d'autres termes, un vaisseau dont le mât
d'artimon n'avait pas de perroquet.

Je sais bien que, pour une barque, la *Pandore*
était d'assez belle taille, qu'elle portait une voilure
complète, ayant même son clin-foc [1], ses bonnettes [2],
ses voiles de catacois, et qu'elle était surtout l'un
des plus fins voiliers qu'on pût trouver en mer ;
néanmoins je ne pouvais pas m'expliquer pourquoi
nous étions si nombreux ; la moitié des hommes n'é-
taient jamais employés, alors même qu'il fallait vi-
rer de bord, et j'étais persuadé qu'une vingtaine de
matelots auraient complétement suffi à l'exécution
de toutes les manœuvres. Comment se faisait-il que
nous fussions quarante, y compris Boule-de-Neige ?

Cette circonstance avait fait sur moi une impression assez légère, il est vrai ; mais la conduite des
officiers et de l'équipage, les conversations étranges,
dont certaines phrases m'arrivaient aux oreilles, finirent par éveiller dans mon esprit des soupçons

---

1. Voile triangulaire qui se place à l'avant du bâtiment.
2. Voile supplémentaire que l'on étend sur un bout-dehors,
dans le prolongement du plan d'une voile principale dont on
augmente ainsi l'étendue.

inquiétants: bref, je craignis de m'être engagé dans
une bande de fieffés scélérats.

Pendant les premiers jours qui avaient suivi notre
départ, les écoutilles[1] étaient demeurées baissées et
recouvertes de toile; la brise s'était soutenue, et le
vaisseau marchant bien, il n'avait pas été nécessaire
de descendre à la cale; on ne m'y avait pas envoyé;
j'ignorais donc de quelle nature était la cargaison.
J'avais bien entendu dire qu'elle se composait principalement d'eau-de-vie que nous transportions au
Cap; mais je n'en savais pas davantage.

Quelque temps après néanmoins, lorsque nous
nous fûmes rapprochés du tropique, le prélart[2] fut
enlevé, on ouvrit les écoutilles de l'avant et de l'arrière, et chacun à son gré put parcourir les entre-
ponts.

La curiosité me fit descendre, et ce que je vis dans
la cale me remplit de terreur et me confirma ce que
j'avais soupçonné. Notre chargement, ainsi que je
l'avais entendu dire, avait bien l'air de se composer
d'eau-de-vie : d'énormes tonneaux remplissaient à
peu près toute la cale; on y voyait en outre du fer
en barres, plusieurs caisses de marchandises et une
pile de sacs, probablement remplis de sel.

Rien de tout cela, direz-vous, n'était fait pour

1. Ouvertures carrées pratiquées au milieu du pont pour descendre dans l'intérieur du bâtiment.
2. Toile goudronnée.

m'effrayer : aussi n'étaient-ce pas ces objets qui avaient provoqué mon effroi ; c'était un monceau de ferrailles qui gisait sur le bas pont et dont les formes hideuses m'inspiraient une horreur profonde : car, malgré mon inexpérience, j'y reconnaissais des menottes, des carcans, de grosses chaînes munies d'anneaux. Pourquoi *la Pandore* était-elle chargée de ces instruments de torture ?

Je ne tardai pas à le savoir ; le charpentier faisait une espèce de grille avec de fortes pièces de chêne, et c'était pour clore le passage des écoutilles. Cela suffisait pour m'éclairer ; j'avais lu maint récit des atrocités commises dans cet affreux passage : plus de doute, *la Pandore* était un négrier.

CHAPITRE IX.

Oui, je me trouvais sur un négrier, sur un navire équipé pour faire le commerce d'esclaves, armé pour ce trafic inhumain : car, si nous n'avions pas de canons, j'avais remarqué un nombre considérable de coutelas, de mousquets, de pistolets, qu'on avait tirés de leur cachette et distribués aux hommes de

l'équipage, afin de les nettoyer et de les mettre en
état. Il était évident que *la Pandore* avait pour but
quelque entreprise dangereuse et qu'elle saurait
disputer à un autre navire sa cargaison de chair
humaine; toutefois, trop faible pour engager le
combat avec le moindre vaisseau de guerre, c'était
plutôt à ses voiles qu'à ses armes que notre capitaine devait, en cas de poursuite, demander son
salut; à vrai dire, construite et gréée comme était *la
Pandore*, peu de vaisseaux de la marine royale auraient pu la rejoindre en pleine mer si elle avait
eu un bon vent.

J'ai dit que je ne doutais plus de la nature de
notre expédition; d'ailleurs l'équipage n'en faisait
pas un secret; les matelots s'en glorifiaient au contraire comme d'une noble entreprise; ils célébraient
dans leurs chansons bachiques le hardi négrier,
dont le joyeux équipage allait montrer sa bravoure,
et d'atroces plaisanteries circulaient continuellement sur la cargaison de peaux noires.

Nous avions alors dépassé le détroit de Gibraltar
et nous traversions des parages où, selon toute pro-
babilité, nous n'avions pas à craindre de rencontrer
un vaisseau de guerre. C'est beaucoup plus au sud,
le long des côtes où se font en général les charge-
ments d'esclaves, que vont et viennent les croiseurs
dont l'unique affaire est d'empêcher la traite des
nègres. Aussi l'équipage de *la Pandore*, délivré de

3

toute inquiétude, ne songeait-il qu'à s'amuser la plus grande partie du jour, et du matin jusqu'au soir on buvait, on dansait, on chantait à bord du négrier.

Peut-être vous demandez-vous comment une barque si ouvertement destinée à la traite des nègres avait pu sortir sans encombre de l'un des ports d'Angleterre. Il faut se rappeler que je parle de ma jeunesse, et par conséquent d'une époque assez ancienne; mais je ne ferais pas d'anachronisme, alors que je placerais mon histoire en 1857; plus d'un négrier, aujourd'hui même, s'équipe sur les côtes de la Grande-Bretagne, et, malgré tous les efforts dont nous nous vantons pour réprimer la traite des noirs, le nombre des Anglais qui se livrent à cet odieux trafic est tout aussi grand que celui des marchands d'esclaves appartenant aux autres pays.

Les tentatives que l'on a faites pour mettre un terme à la vente des Africains n'ont jamais été qu'une mystification; tous les gouvernements qui ont pris part à ce projet philanthropique n'y ont apporté que de la tiédeur; et les efforts, plus apparents que sincères, qu'ils ont faits pour réprimer cet abominable commerce, n'ont jamais eu d'autre but que d'apaiser les clameurs de certains négrophiles. Pour un négrier que l'on capture, vingt autres passent tranquillement et vont décharger leur cargaison amaigrie sur les rivages du Nouveau-Monde.

Assurément si l'Angleterre, y mettant plus d'ardeur, avait assimilé la traite des nègres à la piraterie, et qu'on eût pendu le capitaine et l'équipage d'un négrier aux vergues du navire, il y a des années que cet odieux trafic aurait disparu. Pourquoi laisser la vie aux négriers lorsqu'on pend les pirates? Si vous admettez que la vie d'un noir ait la même valeur que celle d'un blanc, le négrier est doublement assassin; n'est-il pas avéré qu'un tiers au moins de la cargaison humaine qui franchit l'Atlantique périt dans la traversée? Pourquoi dès lors se montrer plus indulgent pour le voleur de chair que pour le voleur de marchandises? Je ne peux pas comprendre la différence qui existe aux yeux du législateur entre ces deux sortes de bandits; cela dépasse ma logique, et je me demande toujours pourquoi l'un ne partage pas le sort de l'autre. Il est probable que, traités de la même façon, les négriers seraient maintenant aussi rares que le sont devenus les pirates; mais, hélas! le commerce d'esclaves est plus florissant que jamais.

J'étais trop jeune, lors de mon premier voyage, pour faire toutes ces réflexions philosophiques; mais déjà la traite des nègres m'inspirait autant de dégoût qu'à la plupart de mes compatriotes. C'est alors que l'Angleterre, entraînée par Wilberforce et

par quelques autres bons cœurs, offrait au monde
un noble exemple et donnait vingt millions de livres
sterling (cinq cents millions de francs) à la cause de
l'humanité. Gloire à ceux qui ont pris part à cette
souscription généreuse! J'avais donc entendu souvent raconter les horreurs de la traite des nègres,
qu'en ce moment les philanthropes dénonçaient à
l'Angleterre.

Figurez-vous la douleur que j'éprouvais en me
trouvant à bord d'un navire engagé dans cette criminelle opération, la honte que je ressentais en me
voyant l'associé des hommes qui m'inspiraient le
plus de dégoût, le désespoir qui me saisissait en
pensant que je faisais partie de leur bande et que je
devais les assister dans leur affreux commerce.

Toutefois cette découverte m'aurait encore plus
péniblement affecté si elle avait été soudaine; mais
j'y étais arrivé peu à peu; les soupçons avaient longtemps précédé la certitude; j'avais pensé d'abord
que je me trouvais au milieu d'une société de pirates; ce genre de bandits n'était pas rare à cette
époque, et l'équipage de *la Pandore* pouvait, certes,
rivaliser avec les brigands de la pire espèce. J'é-
prouvai une sorte de soulagement à découvrir qu'il
ne s'agissait pas de piraterie; non pas que mes camarades m'en parussent moins odieux, mais la
fuite me semblait plus facile, et je me promettais
d'en essayer à la première occasion.

Dès que j'avais un instant de loisir, je l'employais à chercher les moyens de recouvrer ma liberté; mais, hélas! une perspective effrayante se présentait à mon esprit; des mois entiers pouvaient s'écouler avant que j'eusse la moindre chance de m'échapper de cet horrible vaisseau; des mois!... je devrais dire des années! Je ne craignais plus mon brevet d'apprentissage, dont les conditions m'avaient jadis inquiété; je ne pouvais être contraint légalement à faire un service réprouvé par la loi; ce n'était pas cela qui m'effrayait, mais la difficulté d'échapper au contrôle des êtres infernaux qui disposaient de mon sort.

Le navire se dirigeait vers la côte de Guinée; ce n'était pas là que je trouverais l'appui nécessaire pour me protéger contre les prétentions du capitaine. Je ne rencontrerais là-bas que des chefs indigènes ou de vils marchands d'esclaves, qui seraient heureux de prouver leur dévouement au négrier en me faisant ramener auprès de lui. Me sauverais-je dans la forêt? mais ce serait pour y mourir de faim ou pour y être dévoré par les bêtes féroces qui abondent en Afrique. Je pouvais encore être tué par les sauvages ou devenir leur prisonnier, l'esclave d'un affreux nègre.... Quelle effroyable pensée!

Je traversais alors en imagination l'océan Atlantique, et j'examinais les chances de salut que pourrait

m'offrir le rivage opposé. *La Pandore*, en quittant
la côte de Guinée, irait certainement au Brésil,
ou à l'une ou l'autre des Antilles ; mais ce serait
d'une manière clandestine qu'elle déchargerait sa
cargaison ; elle aborderait pendant la nuit à quelque plage déserte, où elle se hâterait de jeter ses
nègres pour échapper aux croiseurs ; puis elle re-
partirait le lendemain matin, et peut-être pour
une expédition du même genre. On ne me laisserait pas descendre à terre, où je me serais enfui
sans scrupule, remettant à Dieu le soin de ma conservation.

Plus je réfléchissais, plus j'étais convaincu de
l'extrême difficulté que j'éprouverais à m'échapper
de ma prison flottante, et le désespoir s'emparait de
mon esprit.

Si nous pouvions être poursuivis par un croiseur
anglais ! Quelle joie d'entendre les boulets siffler
à travers les cordages, faire craquer la mâture et
s'enfoncer dans les flancs de *la Pandore !*

CHAPITRE X.

Toutefois je m'abstenais avec soin d'exprimer les sentiments qu'on vient de lire ; Ben Brace lui-même aurait été impuissant à me protéger contre la fureur de mes compagnons, si je leur avais laissé voir le dégoût que m'inspirait leur société ; et je ne faisais qu'obéir à la prudence la plus élémentaire en ne divulguant pas l'impression que je ressentais à l'égard de *la Pandore* et de son affreux équipage.

Il paraît cependant que ma figure trahissait ma pensée, car plus d'une fois mes odieux camarades m'avaient pris à partie, et, me raillant de mes scrupules, m'avaient appelé marin d'eau douce, blanc-bec, fils de coq et de poule, etc., m'appliquant toutes les épithètes injurieuses dont ils possédaient un riche vocabulaire.

Je redoublai d'attention pour ne pas leur montrer les sentiments qui remplissaient mon cœur ; mais je résolus d'en causer avec Ben et de lui demander son avis. Je pouvais me confier à lui sans crainte ; néanmoins, la chose était délicate, et réclamait des précautions oratoires; car enfin il faisait partie de la bande et pouvait se choquer de mes paroles, supposer que je blâmais sa conduite, et me retirer sa protection.

Je m'imaginais pourtant qu'il ne m'en voudrait pas; deux ou trois mots que je lui avais entendu dire me donnaient tout lieu de croire qu'il était fatigué de l'existence qu'il menait, et ne l'avait prise que malgré lui, contraint qu'il y avait été par les rigueurs du sort. Je désirais qu'il en fût ainsi, car je l'aimais infiniment; chaque jour me fournissait une nouvelle occasion d'apprécier la différence qui existait entre lui et les autres matelots : bien qu'on finisse en général par prendre le ton des personnes avec lesquelles on est sans cesse, Ben Brace avait une manière de voir et d'agir qui n'appartenait qu'à lui, une sorte d'idiosyncrasie morale qu'il avait su conserver en dépit des souillures auxquelles il se trouvait exposé. Je pris donc la résolution de lui confier mes tourments, et de le consulter sur la manière dont il fallait agir.

Il existe sur le beaupré un endroit fort agréable, surtout quand l'étai de la voile du mât de hune de misaine est baissé et repose sur le mâtereau; deux ou trois individus peuvent s'y asseoir ou se coucher sur la toile et causer avec abandon, sans crainte que personne vienne surprendre leurs secrets; il est rare qu'on ait le vent debout, il souffle au con-

traire de la poupe et chasse vos paroles en dehors
du navire. Les matelots d'humeur méditative recherchent cette petite solitude ; et sur les vaisseaux
qui sont chargés d'émigrants, les passagers les plus
audacieux grimpent souvent jusque-là pour se confier le programme de leur vie transatlantique.

C'était la place favorite de Ben, et souvent, à la
fin du jour, il allait s'y asseoir pour y fumer sa
pipe.

J'avais eu plus d'une fois le désir de l'y accompagner, mais j'avais craint de lui déplaire, et je m'en
étais abstenu. A la fin, cependant, je m'étais glissé
à côté de lui sans rien dire ; il m'avait adressé la
parole ; j'avais cru voir que ma présence ne lui
était pas désagréable, et qu'il semblait éprouver un
certain plaisir à m'avoir pour compagnon.

Un soir, je l'avais suivi comme à l'ordinaire, bien
résolu cette fois à lui confier mes tourments.

« Ben ! lui dis-je en m'adressant à lui avec cette
familiarité qui existe entre tous les matelots, Ben !

— Qu'est-ce qu'il y a, mon garçon ? »

Il vit que j'avais quelque chose à lui dire et me
prêta une oreille attentive.

« Le navire où nous sommes, qu'est-ce que c'est ?
lui demandai-je après un instant de silence.

— Ce n'est pas un navire, mon enfant, c'est une
barque.

— Mais après ?

— C'est une barque.

— Je voudrais savoir de quelle espèce.

— Une belle barque, bien équipée, régulièrement gréée. Si c'était un vaisseau, le mât d'artimon, qui est à l'arrière, porterait en haut des voiles carrées ; et comme il n'en a pas, c'est pour ça qu'elle est une barque et non pas un vaisseau.

— Je le sais bien, tu me l'as dit plusieurs fois ; mais je voudrais savoir quel genre de barque est *la Pandore*.

— Qu'est-ce que tu demandes ? Elle est d'un genre excellent. Jamais plus fin voilier n'a fendu la mer de sa proue ; elle n'a qu'un défaut, c'est d'être un peu faible, à mon idée ; elle plonge un peu trop par le gros temps ; si elle n'est pas lestée comme il convient, ça ne m'étonnerait pas qu'un de ces jours la mâture allât se promener par-dessus le bord, et bonsoir l'équipage.

— Tu ne vas pas te fâcher, Ben ; mais tu me l'as déjà dit, et c'est autre chose que je tiendrais à savoir.

— Et que diable as-tu besoin de savoir ? Je veux être pendu si je te comprends.

— Ben, réponds-moi : là, bien vrai, est-ce une barque marchande ?

— Oh ! oh ! c'est là que tu veux en venir ? Cela dépend, mon garçon, de ce que tu appelles marchandises ; il y en a de plusieurs espèces. Il y a des

navires qui en portent d'une manière; les uns sont
chargés....

— Et de quelle espèce est la cargaison de *la Pandore?* »

Je lui posai ma main sur le bras, et, l'implorant
du regard, j'attendis sa réponse. Il hésita pendant
quelques instants; puis, voyant qu'il était impossible d'éluder ma question : « Des nègres, répondit-il; ce n'est pas la peine de te le cacher, faut
toujours bien que tu le saches; *la Pandore* n'est pas
un vaisseau marchand, non, c'est un vrai négrier.

— Oh! Ben, lui dis-je d'une voix suppliante, n'est-
ce pas une horrible chose?

— Oui; tu n'étais pas fait pour cette vie-là, pauvre
enfant; j'ai du chagrin de t'y voir. La première fois
que tu es venu sur *la Pandore*, je voulais te glisser
un mot à l'oreille, et je l'aurais fait si j'en avais eu
l'occasion; mais le vieux requin t'avait cloué avant
que j'aie seulement pu t'approcher; il avait besoin
d'un mousse, et tu faisais l'affaire. La seconde fois
que tu as mis le pied à bord, j'étais dans mon cadre;
bref, te voilà parmi nous autres; non, petit Will,
non, tu n'es pas ici à ta place.

— Et toi, Ben?

— Assez, mon cadet, assez! Après tout, je ne
t'en veux pas; il est naturel que cette idée-là te soit
venue. Je ne suis peut-être pas aussi mauvais que
tu l'imagines.

— Je ne te crois pas mauvais, Ben, au contraire, et c'est pour cela que je te parle ainsi ; je fais une très-grande différence entre toi et les autres ; je....

— Tu as peut-être raison, peut-être que tu as tort. Il fut une époque où je te ressemblais, Will, une époque où je n'avais rien de commun avec tous ces bandits ; mais il y a dans ce monde des tyrans qui rendent les hommes mauvais, et qui m'ont fait ce que je suis. »

Ben s'arrêta ; un profond soupir s'échappa de sa poitrine, et sa figure exprima une amertume suprême : quelque souvenir révoltant surgissait dans sa mémoire.

« Non, Ben, me hasardai-je à lui dire, ils t'ont rendu malheureux, mais tu n'es pas méchant.

— Merci, petit Will, répliqua mon pauvre ami, tu es bon de me dire cela, bien bon, mon enfant ; tu me fais sentir ce que je ressentais autrefois. Je te dirai tout ; écoute bien, tu vas comprendre.... »

Une larme tremblait dans les yeux de Ben, la première qu'il eût versée depuis bien longtemps ; et je vis sur sa figure bronzée un mélange d'affection et de tristesse.

Je me plaçai de façon à l'écouter attentivement.

« C'est une histoire qui n'est pas longue, reprit-il, et qui n'exige pas beaucoup de paroles. Je n'ai pas toujours été ce que tu me vois aujourd'hui. J'ai fait longtemps partie de l'équipage d'un vaisseau de

Ben raconte son histoire au petit Will.

guerre ; et, bien que ce soit moi qui te le dise, il
n'en est pas moins vrai qu'ils étaient rares, ceux qui
connaissaient leurs devoirs et qui les remplissaient
mieux que moi. Tout cela n'a rien empêché, Will.
C'était à Spithead, où la flotte se trouvait alors ; j'en
vins par hasard à dire son fait au contre-maître, à
propos d'un brin de fille qui était ma bonne amie ;
il prenait avec elle trop de libertés ; cela me fit
bouillir le sang ; je ne fus plus maître de moi, et je
le menaçai.... Je ne fis que le menacer.... Regarde,
enfant, voilà ce qui en est résulté. »

En parlant ainsi, Ben ôta sa jaquette et releva sa
chemise jusqu'aux épaules : son dos était couturé
dans tous les sens de profondes cicatrices, marques
implacables des blessures que lui avait faites le
cat o' nine tails[1].

« Maintenant, poursuivit Ben, tu sais comment il
se fait que je sois sur *la Pandore*. J'ai déserté le
vaisseau, et j'ai tâché de me placer dans la marine
marchande : mais je portais avec moi la marque de
Caïn, elle me suivait en tous lieux ; d'une manière
ou de l'autre elle se découvrait toujours, et cela me
forçait de partir. Ici, vois-tu, je ne fais pas dispa-
rate ; il y a plus d'un dos labouré comme le mien
parmi notre équipage. »

1. Mot à mot chat à neuf queues, martinet à neuf courroies
dont on se sert pour fustiger les matelots dans la marine anglaise.

Ben cessa de parler. J'étais moi-même trop ému
par l'histoire que je venais d'entendre, pour ne pas
garder le silence. Quelques minutes après, néanmoins, j'abordai la question qui me tenait tant au
cœur.

« Ben, lui dis-je, c'est une horrible vie que celle
que l'on mène sur *la Pandore*; tu n'as certainement
pas l'intention de continuer à vivre ainsi? »

Pour toute réponse, il détourna la tête.

« Quant à moi, je ne supporterai pas cette existence; je suis bien résolu à m'enfuir dès que j'en
trouverai l'occasion, ajoutai-je; et tu m'aideras,
n'est-ce pas?

— Enfant, nous partirons ensemble, répondit Ben
Brace.

— Oh! quel bonheur!

— Oui, je suis fatigué de la vie que je mène,
poursuivit-il. J'ai songé plus d'une fois à quitter *la
Pandore*; c'est mon dernier voyage, tout au moins
pour ce genre de trafic. Il y a déjà quelque temps
que je pense à m'enfuir et à t'emmener avec moi.

— Que je suis heureux, Ben! mais quand parti-
rons-nous?

— C'est là ce que j'ignore, petit Will; nous sauver sur la côte d'Afrique, ce serait risquer notre vie
parmi les noirs, qui probablement nous assassine-
raient. Ce n'est pas de ce côté-ci de l'Océan que
nous pouvons quitter le navire. Il faut faire la tra-

versée avec lui ; mais, en arrivant en Amérique, nous arrangerons l'affaire ; sois tranquille, je te garantis que nous filerons.

— Que de temps encore à souffrir !

— Tu ne souffriras pas, c'est moi qui te le dis ; j'y veillerai, n'aie pas peur. Seulement, fais attention à ne pas laisser voir que telle ou telle chose te déplaît ; surtout, pas un mot de ce que nous avons dit ce soir ; pas un mot, entends-tu ? »

Je promis à Ben d'observer fidèlement toutes ses recommandations, et, comme on l'appelait pour être de quart, je descendis avec lui sur le pont ; c'était la première fois que je me sentais le cœur léger depuis l'instant où j'avais mis le pied sur *la Pandore*.

CHAPITRE XI.

Je ne vous ferai pas le détail des incidents qui signalèrent notre course vers la côte de Guinée ; un voyage sur mer offre peu d'événements, et le journal d'un marin est assez monotone : une bande de marsouins, une ou deux baleines, des poissons volants, des dauphins, quelques espèces d'oiseaux et des requins, sont à peu près les seuls êtres vivants que l'on rencontre pendant les plus longues traversées.

Nous nous dirigions en droite ligne vers le tropique du cancer, et, plus nous avancions, plus la chaleur était grande; il faisait tellement chaud, que le goudron fondait partout, et que nos souliers s'attachaient aux planches, d'où ils se décollaient en craquant à chaque pas que nous faisions.

On apercevait presque tous les jours quelques voiles à l'horizon; la plupart de ces vaisseaux allaient aux Indes ou retournaient en Angleterre. Nous vîmes aussi des bricks, une ou deux barques sous pavillon anglais, qui, probablement, se rendaient au Cap ou à la baie d'Algoa; mais ni les uns ni les autres ne semblaient jaloux de faire connaissance avec le négrier; nous paraissions nous-mêmes assez désireux d'éviter leur visite, et aucun de ces navires ne fut hélé par le capitaine de *la Pandore*.

Toutefois, il s'en trouva un dans le nombre qui semblait au contraire vouloir se rapprocher de nous; il avait changé de direction dès qu'il nous avait aperçus, et courait à toutes voiles pour tâcher de nous atteindre. Comme nous étions maintenant dans le golfe de Guinée, à peu près à cent milles de la côte d'Or, il était probable que le vaisseau qui nous poursuivait avec tant d'acharnement était un

croiseur, c'est-à-dire la plus mauvaise rencontre
que pût faire le capitaine. La chose fut bientôt hors
de doute; la marche de ce navire, son gréement,
qui était celui d'un cutter[1], cette poursuite audacieuse de la part d'un bâtiment beaucoup plus petit
que le nôtre, prouvait d'une manière évidente que
c'était un vaisseau de la marine royale ou peut-être
un pirate, et dans tous les cas un navire beaucoup
mieux armé que ne l'était *la Pandore.*

A cette époque, la piraterie était beaucoup moins
rare qu'à présent, et, si nous avions été dans une
région différente, il aurait été fort possible que
nous eussions affaire à l'un de ces brigands maritimes qui détroussaient les navires; mais l'endroit
où nous nous trouvions alors n'était guère fréquenté
par les pirates; les vaisseaux qui font le commerce
de ces parages ne sont que de petits bâtiments
chargés de sel, de fer, de rhum, de clinquant, de
brimborions de toute espèce, ayant beaucoup de
valeur aux yeux des sauvages de Dahomey et d'As-
hanti, mais qui en réalité sont fort insignifiants.
Néanmoins, quelques-uns revenaient chargés de
poudre d'or et d'ivoire, et constituaient une prise
assez avantageuse; cela suffisait pour qu'il y eût
plusieurs de ces hardis flibustiers, même sur la

---

1. Petit bâtiment léger et rapide, ayant un seul mât planté en
avant du centre de longueur du navire et penché en arrière.

côte de Guinée, bien qu'ils y fussent moins nombreux que dans la mer des Indes ou aux environs
des Antilles. Si donc nous avions été plus près du
cap de Bonne-Espérance, nous aurions pu prendre
le cutter pour un pirate, et l'inquiétude de notre
équipage aurait été beaucoup moins vive, car cette
espèce de gens a bien moins peur des pirates que
d'un honnête vaisseau de guerre : ils savent que les
premiers les regardent à peu près comme étant de
leur famille, et qu'ils n'ont pas grand'chose à redouter de ces bandits qui sont comme eux à l'index
de la loi. Ceux-ci, d'ailleurs, ne pouvaient nous faire
subir qu'une perte bien minime; un pirate ne s'em-
barrasserait pas du sel, du fer, ni des babioles qui
complétaient la cargaison de *la Pandore;* il n'y
avait que le rhum et l'eau-de-vie qu'il ne manquerait pas de capturer; mais il s'en trouvait tout au
plus cinq ou six tonnes; c'était de l'eau tout bonnement qui remplissait les grands muids que j'avais
pris tout d'abord pour des pipes de liqueur.

Aussi l'équipage de *la Pandore* se serait-il peu
soucié de rencontrer un pirate; en supposant même
que celui-ci eût trouvé la barque à son goût et s'en
fût emparé, c'eût été un malheur pour les proprié-
taires, mais les matelots en auraient pris leur parti;
la plupart d'entre eux se seraient mêlés volontiers
à cette vie de meurtre et de pillage, qui, j'en suis
sûr, n'aurait éveillé aucun remords dans leur âme.

Le cutter approchait néanmoins, et il était maintenant facile de le reconnaître ; il portait à son pic le pavillon de la Grande-Bretagne, et, bien qu'il soit arrivé plus d'une fois à des boucaniers d'arborer ces couleurs, l'équipage de *la Pandore* ne pouvait s'y tromper : c'était un vaisseau de guerre, un croiseur anglais, qui précisément avait pour mission d'empêcher la traite des nègres.

Aucune rencontre, avons-nous dit, ne pouvait être plus inquiétante pour un navire comme le nôtre, et, quand il fut bien avéré que c'était un croiseur anglais qui suivait notre sillage, la plus grande confusion régna sur *la Pandore*. Le cutter était un fin voilier, qui, sans se donner la peine de dissimuler sa nature, n'avait pas hésité dès le commencement à nous donner la chasse. Notre barque avait elle-même pris la fuite sans plus d'hésitation ; et, pendant plusieurs heures, ce fut une course rapide entre les deux vaisseaux, la proue du cutter se dirigeant en droite ligne vers la poupe du négrier, qui portait toutes ses voiles.

CHAPITRE XII.

Quant à moi, les yeux fixés sur le croiseur, je mesurais sans cesse la distance qui le séparait de *la Pandore;* mon cœur était plein d'espoir et battait avec force à mesure que l'espace diminuait entre les deux navires, et qu'à chaque minute je voyais le cutter se dessiner plus nettement sur les vagues. Une seule chose modérait ma joie, et par instants me faisait souhaiter d'échapper à la poursuite dont nous étions l'objet : Ben était déserteur de la marine royale; si l'équipage était fait prisonnier, on pourrait le reconnaître; les cicatrices qu'il portait sur le dos éveilleraient les soupçons, on ferait des recherches, on acquerrait des preuves, et quelle punition terrible ne devait-il pas subir? Pour moi, je souhaitais donc la prise de *la Pandore;* mais en pensant à mon protecteur, à celui qui m'avait sauvé la vie, je faisais des vœux pour le salut du négrier. Je flottais entre ces deux sentiments contraires; l'horrible existence à laquelle j'étais condamné, l'impossibilité de rompre cette chaîne odieuse, se

dressait tout à coup devant moi : j'étais alors do-
miné par le désespoir, et je regardais tout haletant
les voiles du croiseur qui se rapprochait de plus en
plus, et qui nous gagnait de vitesse.... Puis mes
yeux rencontraient Ben, qui allait et venait sur le
pont, faisant des efforts inouïs pour presser la marche de *la Pandore*, et l'effroi venait subitement remplacer l'espérance.

Je restai longtemps plongé dans cette douloureuse alternative; le vent soufflait dur, et c'était
pour le cutter un immense avantage. Ainsi que Ben
me l'avait dit, *la Pandore* était faible, elle portait
mal ses voiles quand il faisait grand vent; l'un des
vaisseaux les plus rapides qu'il fût possible de voir
lorsque la brise était douce, elle avait été choisie
pour sa vitesse et non pour un bon arrimage[1]. On
s'inquiète peu de la capacité d'un négrier : c'est une
course légère qu'on lui demande, et non des flancs
profonds; les malheureux qu'il est destiné à recevoir y sont emmagasinés tout aussi étroitement
qu'une autre espèce de marchandises, car il est rare
que celui qui trafique de chair humaine se préoc-
cupe des souffrances de sa cargaison vivante.

La Pandore avait donc été construite pour fuir
rapidement sous un vent léger, comme le sont en

---

1. Opération qui consiste à distribuer d'une manière conve-
nable le chargement d'un navire.

général ceux qu'elle devait trouver entre les tropiques et l'équateur, et qu'on appelle vents alizés.

Le cutter marchait bien aussi par la brise, mais il portait mieux le grand vent que *la Pandore*, et le temps avait considérablement fraîchi; le vent devenait impétueux, et, malgré cela, il conservait la plupart de ses voiles, tandis que *la Pandore* avait été contrainte de baisser ses voiles de catacois et de carguer complétement ses voiles de perroquet. Elle était donc bien loin d'aller aussi vite qu'elle aurait pu le faire en toute autre circonstance; mais il lui était impossible de déployer un pouce de toile de plus sans compromettre sa sûreté : l'équipage le savait bien.

Le cutter continuait à gagner du terrain, et, si la force du vent s'était soutenue pendant deux heures, *la Pandore* était rejointe et certainement capturée.

La preuve qu'on en était convaincu à bord du négrier, c'est que le capitaine donna des ordres pour que l'on fît disparaître tous les instruments qui devaient servir à son odieux trafic : les carcans, les menottes et les chaînes furent cachés dans une tonne qui fut hissée au milieu des voiles et des cordages; la grille que le charpentier avait pris tant de peine à construire fut immédiatement détruite, ses matériaux défigurés, et les mousquets, les pistolets et les coutelas furent portés dans la cale et serrés dans une cachette préparée à cette intention.

On ne pouvait pas songer à faire usage de ces armes contre un adversaire pareil à celui qui nous poursuivait. Bien que le croiseur fût moins grand que *la Pandore*, son équipage était bien plus nombreux : il avait des canons, et une bordée d'artillerie n'aurait pas manqué de répondre à la moindre tentative de résistance de la part du négrier. C'était par la fuite qu'il fallait échapper au cutter; et maintenant que cet espoir était presque perdu, l'équipage se mettait en mesure de subir la visite. Une partie des matelots commençaient à se cacher, pour ne pas faire naître les soupçons que leur chiffre n'aurait pas manqué d'éveiller : car, ainsi que je l'avais observé en arrivant, ils étaient le double de ce qu'ils auraient été sur un bâtiment de même grandeur faisant un commerce légal.

Enfin le capitaine sortit ses papiers de bord, qui avaient été préparés pour cette occurrence, et qui devaient prouver qu'il était parfaitement en règle.

Le croiseur n'était plus qu'à un mille du négrier, lorsqu'un boulet tiré de l'un de ses canons de chasse ricocha sur l'eau tout auprès de la coque de *la Pandore*; puis un signal fut hissé pour ordonner à cette dernière de mettre immédiatement en panne.

Mon cœur battait de façon à me rompre la poitrine : l'instant de la délivrance me semblait arrivé, et cependant, au fond de ma joie, quelque chose me faisait pressentir qu'il n'en serait rien encore.

Ce pressentiment, hélas! devait se réaliser; il
était écrit que nous échapperions au croiseur, et
que *la Pandore* ne serait pas capturée.

Comme si le canon lui en eût donné le signal, le
vent s'apaisa tout à coup et ne fut bientôt plus
qu'une brise légère; le soleil, qui était au moment
de se coucher, avait sans aucun doute opéré cette
transformation, et, quelques minutes après, les
voiles se détendirent et frappèrent mollement contre
les vergues.

Le capitaine de *la Pandore* saisit ce changement
d'un coup d'œil habile, et comprit aussitôt l'avantage qu'il pouvait en tirer. Au lieu d'obéir au signal
du croiseur, tous les matelots se précipitèrent sur
les enfléchures, toutes les voiles furent déployées,
celles de perroquet et de cacatois déferlèrent, les
bonnettes[1] s'arrondirent, et *la Pandore*, couverte
de toute sa toile, put s'enfuir avec rapidité.

L'effet se produisit immédiatement : le croiseur
tirait toutes ses bordées aussi vite qu'il lui était
possible de charger ses canons, mais il perdait du
terrain à chaque minute, et ses boulets étaient bien
loin d'arriver jusqu'à nous.

Une heure après, *la Pandore* était à plusieurs
milles du cutter; et, avant que la nuit eût répandu

---

1. Voile supplémentaire que l'on étend sur un bout-dehors,
dans le prolongement du plan d'une voile principale, dont on
augmente ainsi l'étendue.

La Pandore échappe à la poursuite du croiseur.

ses ténèbres sur la mer, le croiseur avait diminué successivement à nos yeux, et n'était plus à l'horizon qu'un point imperceptible.

CHAPITRE XIII.

En fuyant ainsi devant le croiseur, dont la chasse avait duré presque une journée entière, *la Pandore* s'était écartée d'environ cent milles[1] de la route qu'elle devait suivre. Elle en fit cinquante autres vers le Sud pour échapper plus sûrement au cutter, et ne rentra dans sa voie que lorsqu'il fut bien certain que l'ennemi avait abandonné sa poursuite. Elle accomplit néanmoins cette dernière partie de sa course en ligne diagonale; et au point du jour, n'apercevant plus aucun navire à l'horizon, elle fit voile de nouveau pour la côte de Guinée. L'obscurité de la nuit avait secondé ses efforts; le cutter l'avait assurément perdue de vue, et elle se trouvait maintenant hors de la portée du plus puissant télescope.

1. 161 kilomètres.

4

La déviation qu'elle avait été obligée de subir n'était rien pour un voilier aussi rapide que *la Pandore*, et le vent ayant tourné précisément dans la nuit, sans acquérir plus de force qu'il n'était nécessaire, elle fila sous ses bonnettes à raison de dix ou douze nœuds[1] à l'heure.

Nous courions directement vers la côte d'Afrique, et, avant la fin du jour, mes yeux se reposèrent sur ce rivage que la traite des nègres, c'est-à-dire la chasse et la vente des femmes, des enfants et des hommes, a rendu si tristement célèbre.

La Pandore resta pendant la nuit à quelques milles de la terre, mais elle s'en approcha dès que le soleil vint à paraître. On n'apercevait ni port ni village, pas la moindre cabane; la rive s'élevait à peine au-dessus du niveau de la mer, et semblait être couverte d'une forêt épaisse qui arrivait jusqu'au bord de l'eau. Il n'existait ni phare, ni bouée indicatrice qui pût servir à guider la marche du vaisseau. Mais le capitaine savait parfaitement vers quel point il devait gouverner; ce n'était pas la première expédition du même genre qu'il faisait dans ces parages, ni la première fois qu'il abordait à l'endroit vers lequel nous nous dirigions. Il allait à coup sûr, et, bien que le pays semblât compléte-

---

1. Dix ou douze milles marins valant chacun 1852 mètres; ce qui faisait, pour *la Pandore*, une course de 18 à 22 kilomètres par heure.

ment inhabité, il savait qu'à peu de distance de la
côte, il y avait des individus qui attendaient son
arrivée.

On aurait pu croire que *la Pandore* allait échouer
sur la grève ; nous n'avions en vue aucune baie,
aucun lieu d'abordage, et il ne semblait pas être
question de jeter l'ancre : il est vrai que la plupart
des voiles avaient été baissées, et que la course du
navire s'était sensiblement ralentie ; mais nous mar-
chions encore assez vite pour nous heurter violemment contre la côte si nous venions à la toucher.

Quelques-uns des hommes de l'équipage, qui
étaient nouveaux sur *la Pandore*, commencèrent à
exprimer leur étonnement et leurs craintes ; mais
les anciens matelots, qui étaient déjà venus plusieurs fois sur la côte des esclaves, leur répondirent
en se moquant de leurs frayeurs.

Tout à coup la surprise cessa ; le navire doubla
une pointe couverte d'un bois touffu, et une petite
nappe d'eau, qui s'enfonçait dans les terres, brisa
la ligne du rivage, qui jusqu'ici nous paraissait continue. C'était l'embouchure d'une rivière étroite et
profonde. *La Pandore* en traversa la barre sans la
moindre hésitation, remonta le courant pendant
quelques minutes, et jeta l'ancre à un mille du
rivage.

En face de l'endroit où nous nous étions arrêtés,
j'aperçus une cabane singulièrement bâtie, qui

s'élevait près de la rive, et, un peu plus loin, une autre construction beaucoup plus grande, qui était cachée dans les arbres. Devant la première, tout à fait au bord de l'eau, se tenait un groupe de sombres personnages qui firent un signal auquel répondit le contre-maître de *la Pandore*. Un canot monté par d'autres hommes apparut sur la rivière, alla chercher quelques-uns des noirs individus qui semblaient nous attendre, et les rameurs se dirigèrent de notre côté.

Les bords du fleuve étaient couverts de palmiers ; c'était la première fois que je voyais des arbres de cette espèce ; néanmoins, il m'était facile de les reconnaître d'après les gravures que j'avais trouvées dans les livres. Ils se mêlaient à des arbres énormes, d'une apparence non moins singulière, et d'une famille toute différente de ceux qui croissent dans notre pays. Mais mon attention fut bientôt absorbée par les hommes noirs qui se dirigeaient vers *la Pandore*.

La rivière n'avait pas plus de deux cents mètres de large, et, comme nous étions à l'ancre au milieu du courant, la pirogue n'avait pas grand chemin à faire pour venir nous trouver ; en quelques minutes elle fut auprès du navire, et je pus contempler tout à mon aise les affreux passagers dont elle était remplie.

Je me dis, en les regardant, que si tous leurs

compatriotes leur ressemblaient, il était certain qu'il
fallait avoir avec eux le moins de relations possible,
et je comprenais pourquoi Ben Brace ne voulait pas
quitter le navire sur la côte de Guinée : « Ce serait
folie toute pure, avait-il répondu aux instances que
je lui adressais la veille. Quelque mauvais que soient
les garnements de *la Pandore*, ils ont la peau blanche
et quelque chose d'humain tout au fond de leur
nature; mais ces gredins qui habitent la côte d'Afrique ont l'âme aussi noire que la peau. Tu les verras,
mon garçon, et tu me diras si j'ai tort. » J'examinai
donc le visage des huit ou dix individus qui se trouvaient dans la pirogue, et je fus convaincu de la
vérité de cette assertion. Jamais on n'a pu voir de
figures plus féroces; c'étaient de vrais suppôts de
l'enfer.

Ils étaient onze, la plupart aussi noirs que le cuir
de vos souliers; mais on trouvait parmi eux différentes nuances, depuis la couleur de l'ébène jusqu'à
un vilain jaune tanné. Il était évident qu'ils n'appartenaient pas à la même tribu; le mélange des races
est d'ailleurs très-commun sur la côte occidentale
d'Afrique, où le commerce d'esclaves a depuis longtemps confondu toutes les familles de nègres. Mais
si les personnages qui étaient dans la pirogue diffé-
raient entre eux sous le rapport de la couleur, ils
se ressemblaient complétement sur beaucoup d'autres points : ils avaient tous le front bombé, les

lèvres épaisses, de la laine courte et frisée sur la
tête, et la physionomie la plus brutalement féroce
qu'on puisse imaginer. Les rameurs n'avaient pour
tout vêtement qu'une bande de cotonnade enroulée
autour des hanches, et qui leur tombait à mi-cuisse.
Je suppose qu'ils appartenaient en même temps à
l'armée du pays, car il y avait des lances et de vieux
mousquets à côté d'eux. Les trois individus qu'ils
nous amenaient étaient d'un rang plus élevé, si l'on
en jugeait par leur costume, infiniment plus complet que celui des canotiers; mais l'expression de
leur visage était encore moins rassurante. Quant au
chef de ces hideux compagnons, il joignait à son
atroce figure un accoutrement si bizarre qu'on ne
savait pas tout d'abord si l'on devait rire ou trembler.

C'était un vrai nègre, aussi noir que de la poudre
à canon, d'une taille énorme et gros comme un
tonneau ; sa figure, moins *négrophiée*, si je puis
dire, que celle des gens qui l'accompagnaient, n'en
était que plus effrayante; elle offrait un mélange de
ruse et de férocité que j'ai retrouvé plus tard dans
les Indes, chez les gras despotes qui oppriment certaines parties de cette malheureuse contrée; la
moustache et la grande barbe de Sa Majesté noire
ajoutaient encore à la similitude.

Ce n'était pas la grande taille et le visage cruel
de cet homme qui donnaient envie de rire, bien au

contraire; mais c'était son costume : jamais clown
ingénieux, cherchant à se déguiser pour une pan-
tomime de tréteaux, ne serait parvenu à s'accou-
trer d'une manière aussi burlesque. Mon nègre
portait un habit écarlate dont la coupe annonçait
un vieil uniforme de l'armée du roi Georges; c'é-
tait la veste d'un ancien sergent (on y voyait encore les chevrons sur les manches), et d'un sergent
qui avait été, je vous assure, l'un des hommes les
plus gros et les plus grands de l'armée britannique.
L'habit, malgré cela, était beaucoup trop étroit pour
son présent possesseur; il s'en fallait bien de trente
centimètres que celui-ci pût le boutonner sur sa
poitrine, et les manches, beaucoup trop courtes,
laissaient à découvert les noirs poignets du chef,
dont la couleur ressortait vivement à côté de cette
étoffe qui avait été d'un rouge vif; les pans de l'habit s'écartaient violemment sur l'énorme derrière
du porteur, et laissaient flotter la braie d'une chemise rayée, qu'un matelot avait usée jadis. Quant
au pantalon, notre homme n'en avait pas, et se
trouvait absolument nu depuis la ceinture jusqu'aux
orteils.

Un vieux tricorne aux plumes râpées, aux galons
noircis, et qui avait sans doute orné la tête d'un ancien amiral, était perché sur la toison du nègre, qui
avait de plus un énorme couteau dans le ceinturon
et un grand sabre qui lui battait dans les jambes.

Partout ailleurs, cette apparition eût provoqué nos rires; mais le capitaine avait ordonné à tout le monde de recevoir avec respect Sa Majesté Dingo Bingo, et l'équipage de *la Pandore* conserva son sérieux.

Ainsi donc l'homme au chapeau retroussé, à l'habit écarlate et à la bannière volante, se trouvait être un monarque, le roi Dingo Bingo; les deux autres, partiellement vêtus de façon diverse, étaient ses conseillers, et les huit rameurs une partie de ses gardes du corps.

Au moment où ils s'approchèrent du navire, on leur jeta des cordes, le canot fut halé contre le flanc du vaisseau; une échelle avait été préparée pour faciliter l'abordage à Sa noire Majesté, qui fut accueillie avec tous les honneurs qui étaient dus à son rang.

Elle échangea de bruyants saluts avec le capitaine, et le vieux skipper, ouvrant la marche, conduisit le roi Dingo dans sa cabine, en traversant le tillac avec un certain décorum, où perçait néanmoins une jovialité de manières qui prouvait que les deux chenapans étaient d'anciennes connaissances et les meilleurs amis du monde.

Le contre-maître fit de son mieux pour divertir les conseillers d'État; quant aux gardes du corps, ils demeurèrent dans la pirogue, le roi Dingo sachant bien qu'il n'avait rien à craindre. Il connaissait le négrier, l'attendait depuis quelque temps, n'avait nulle question à lui faire, et nul doute à son égard: le skipper et le roi étaient bien faits pour s'entendre.

CHAPITRE XIV.

Je n'ai pas entendu la conversation qui eut lieu entre ces deux coquins, mais je puis vous en dire le résultat. Sa Majesté avait dans le voisinage, probablement dans cette espèce de grande maison que j'avais aperçue au milieu des arbres, une foule de pauvres nègres dont il voulait se défaire; il en avait acheté une partie dans les provinces de l'intérieur, et s'était procuré les autres en les chassant avec ses guerriers, ni plus ni moins que des bêtes fauves. Il était même probable qu'il se trouvait, parmi ses victimes, quelques-uns de ses propres sujets : car les potentats africains ne se font pas le moindre scrupule de trafiquer des membres de leur tribu, lorsqu'ils sont à court d'argent ou de cauries[1], et que la chasse à l'esclave n'a pas été heureuse.

1. *Cyprea moneta*, coquillage blanc univalve qui sert de monnaie courante sur une partie de la côte d'Afrique, dans la Sénégambie, la Nigritie, etc.

Le roi Dingo Bingo avait donc à vendre un de ces
troupeaux humains ; et le sourire joyeux qui rayonnait sur la face du capitaine, lorsque reparurent les
deux amis, prouvait que la bande était nombreuse
et que le négrier n'aurait pas besoin d'aller chercher ailleurs le complément de sa cargaison. Il arrive souvent que, par l'effet d'une compétition dé-
sastreuse, il devient très-difficile de compléter son
chargement ; et les traitants des côtes, blancs et
noirs, car il s'en trouve de toute couleur, se mon-
trent alors d'une extrême exigence. Le prix de la
marchandise forme dans ce cas-là un déboursé
considérable, et les profits sur lesquels le négrier
comptait sont diminués d'autant. Mais lorsqu'il n'y
a pas de concurrence, le prix d'achat est une simple
bagatelle. On peut s'approvisionner de balles noires,
comme le disent les traitants, pour quelques brimborions qui ne valent pas qu'on en parle ; l'acquisition du navire, le salaire de l'équipage, nécessairement nombreux, constituent presque tous les frais
du négrier ; quant à la nourriture de la cargaison,
c'est tout au plus si elle entre en ligne de compte :
elle se réduit à si peu de chose ! du millet africain,
plus ordinairement appelé sagou, et de l'huile de
palme de qualité inférieure, que l'on se procure aisément sur toute la côte de Guinée.

Le millet est bien connu ; mais on appelle ainsi,
en différentes contrées, diverses graines qui, bien

qu'elles portent le même nom, sont loin d'avoir la même origine et d'être produites par la même plante.

L'huile de palme constitue aujourd'hui l'un des articles les plus importants du commerce africain; on en exporte chaque année des milliers de tonnes en France et en Angleterre, où elle est employée à la fabrication de la bougie et du savon; elle est extraite du fruit d'un grand palmier dont on rencontre des forêts entières dans la partie de la côte occidentale qui est comprise entre les deux tropiques. Il n'y a pas très-longtemps que les Africains exploitent cette branche d'industrie; mais, depuis quelques années, les demandes d'huile de palme ont été si nombreuses que l'appât du gain a triomphé de l'indolence des indigènes, et qu'à présent ils conservent avec soin leurs forêts d'élaïs[1], et en récoltent les fruits dans la saison voulue.

L'huile de palme est extraite de la pulpe qui entoure le noyau du fruit de l'élaïs; elle devient tellement dure quand elle est refroidie, qu'il faut, pour la couper, un instrument tranchant; c'est dans cet état qu'elle fait partie de la nourriture des nègres, pour qui elle remplace le beurre et dont elle forme l'un des principaux aliments.

Puisque le millet et l'huile de palme sont les den-

1. Palmier qui fournit de l'huile de palme.

rées les moins chères que l'on puisse se procurer
en Afrique, ils sont nécessairement emportés par
les négriers pour la consommation des captifs, dont
on ne songe pas à varier la nourriture; leur unique
boisson est composée d'eau claire, et c'est afin de
pouvoir les abreuver qu'on trouve, dans la cale des
navires qui les portent, cette quantité de grands
tonneaux que j'avais remarqués dans celle de *la
Pandore*. Quand la cargaison a été déchargée, ces
tonneaux, remplis d'eau de mer, servent de lest
pour le voyage de retour; une fois sur la côte où
l'on prend les esclaves, comme l'embarquement a
presque toujours lieu dans une rivière, les tonnes
sont vidées et remplies d'eau douce pour les besoins
de la traversée prochaine.

Ces explications données, revenons à notre skipper
et à son noir monarque.

Il était évident que le capitaine de *la Pandore*
était en belle humeur; il n'avait pas de concurrent
auprès du roi Dingo, et le chiffre de la cargaison
dépassait toute espérance. Sa Majesté ne semblait
pas moins satisfaite de l'entrevue qu'elle venait d'a-
voir; elle sortait à peu près ivre de la cabine du
skipper, tenant de la main droite une bouteille de
rhum à moitié vide, et de l'autre quelques morceaux
d'étoffe de couleur voyante, quelques brimborions
étincelants, dont le capitaine venait de lui faire cadeau. Il traversa le pont en prenant des airs de ma-

tamore, faillit tomber une ou deux fois en marchant
sur son grand sabre, fit un éloge pompeux de ses
qualités guerrières, se vanta d'avoir pillé maints
villages qu'il avait mis à sac; et, se glorifiant du
nombre de captifs qu'il avait faits dans sa vie, il rappela au capitaine la superbe cargaison qu'il lui avait
rassemblée; cinq cents nègres, jeunes et forts, qu'il
tenait enfermés dans le baracon (c'est ainsi qu'il
appelait l'édifice dont j'ai déjà parlé), cinq cents esclaves qu'il livrerait le jour même, si tel était le bon
plaisir du capitaine !

Mais le skipper n'était pas encore prêt; il fallait d'a-
bord que les tonneaux fussent vidés et qu'on échan-
geât l'eau de mer dont ils étaient remplis contre la
provision d'eau douce qui devenait indispensable.

Enfin, après avoir exalté ses prouesses dans un
anglais tout émaillé de jurons, le roi Dingo Bingo
retourna dans sa pirogue et fut ramené à terre.
Quelques instants après, le capitaine de *la Pandore*,
accompagné du contre-maître et de cinq ou six
hommes de l'équipage, alla rejoindre Sa Majesté
qui, pour compléter la débauche, donnait à ces mes-
sieurs un grand repas dans la case royale, qui s'élevait au bord du fleuve.

Je suivis la guigue[1] du capitaine avec des yeux

1. Canot très-léger à fond plat, ayant les deux bouts en pointe,
sept à huit mètres de long, et marchant au moyen de six avirons
et d'une voile légère que porte un mât très-court.

d'envie : non pas que j'eusse le moindre désir de
partager le festin du roi Dingo Bingo ; mais j'aspirais vivement au bonheur de me retrouver sur la
terre ferme, de me promener au milieu de ces
beaux arbres que je voyais du navire, de m'asseoir
à leur ombre, d'écouter les oiseaux qui chantaient
dans les bois, d'être seul, d'être libre, ne fût-ce que
pour un jour.

CHAPITRE XV.

Il est probable que, sans l'intervention de Ben
Brace, on ne m'aurait pas permis de satisfaire mon
désir ; j'étais toujours le frotteur et le brosseur de
la Pandore ; j'avais du matin au soir le balai, le
torchon ou la brosse à la main. Pas un moment de
répit ! Les autres pouvaient quitter le vaisseau, une
fois leur besogne faite ; ils allaient à terre suivant
leur bon plaisir ; tout leur ouvrage était de décharger le rhum, le fer et le sel qu'on donnait en
payement au roi Dingo Bingo.

J'avais tenté à plusieurs reprises de me glisser
avec eux dans la chaloupe ; mais le capitaine et

le contre-maître m'en avaient toujours repoussé.
Lorsqu'en m'éveillant chaque matin je voyais le
soleil étinceler à la cime des grands arbres dont
il dorait le feuillage, je soupirais après la liberté ;
j'aurais donné tout au monde pour qu'il me fût
permis de parcourir ces bois resplendissants. Il
faut avoir passé des mois entiers sur un vaisseau,
enfermé dans des limites étroites, pour se faire une
idée de la puissance du désir que j'éprouvais alors ;
et je n'étais pas seulement prisonnier comme tout
le monde ; j'étais esclave, accablé de fatigue et
d'ennui, rudoyé sans cesse, dégoûté à la fois des
officiers et de l'équipage. Oh ! certainement, j'aurais
tout sacrifié pour courir pendant une heure dans
cette belle forêt qui se déployait sur les deux rives,
et dont la limite échappait à mes regards.

Je ne sais pour quel motif le capitaine et le contre-
maître s'opposaient avec tant d'acharnement à ce que
j'allasse à terre ; peut-être craignaient-ils que je ne
vinsse à m'enfuir : il est vrai que, se rappelant la
manière dont ils m'avaient toujours traité, ils pouvaient à bon droit m'en supposer l'intention.

Ils auraient été fâchés de mon départ, et c'est
pour cela probablement qu'ils ne me permettaient
pas de m'éloigner du navire. J'étais un fort bon
mousse, un excellent domestique, et mon service
leur convenait à merveille. Ils ne se seraient fait
aucun scrupule de m'assommer ou de me noyer

dans un moment de fureur, ou pour satisfaire une de leurs fantaisies; mais ils m'auraient beaucoup regretté si j'avais réussi à les priver de mes services.

La même rigueur était observée à l'égard de ce malheureux Dutchy[1], comme on l'appelait à bord. Si maltraité que je fusse, ma position était fort douce en comparaison de la sienne, et l'on devait penser qu'il chercherait tous les moyens d'échapper à ses tortures : l'instinct devait l'y pousser inévitablement; la résignation a des bornes, et la chair se révolte à la fin. Le pauvre Dutchy, par malheur, était à bout de patience et résolut de déserter; je dis par malheur! car cette tentative, bien naturelle, amena pour cet infortuné une mort effroyable, que je ne puis me rappeler sans pâlir.

Quelques jours après que *la Pandore* eut jeté l'ancre devant la case du roi Dingo, Dutchy me communiqua l'intention qu'il avait de quitter le navire; il me confiait ses projets dans l'espoir que je m'enfuirais avec lui, ou tout au moins que je lui prêterais assistance : j'étais le seul de tout l'équipage qui lui eût jamais adressé quelques paroles de commisération; il savait, de plus, que j'étais également victime de ses persécuteurs, et supposait que je ne demanderais pas mieux que d'échap-

1. *Dutch*, Hollandais.

per à nos tyrans communs. Il avait raison ; mais
Ben Brace m'ayant conseillé d'attendre que nous
fussions en Amérique, j'étais résolu à subir jusque-
là toutes les exigences et toutes les infamies du
capitaine et du contre-maître ; je savais qu'un
voyage de la côte d'Afrique à celle du Brésil ne
dure pas plus de quelques semaines, et j'avais confiance dans la promesse que mon protecteur m'avait
faite de quitter avec moi cet affreux négrier.

C'est pour cela que je refusai la proposition du
Hollandais ; je m'efforçai même de le détourner du
dessein dont il me faisait part, en lui conseillant
d'attendre que nous pussions mettre le pied sur la
côte américaine.

Malheureusement tous mes conseils furent inutiles : Dutchy avait trop souffert et ne pouvait plus
supporter cette existence.

Une belle nuit, tandis que chacun était plongé
dans un profond sommeil, on entendit à côté du
navire la chute d'un corps pesant dans l'eau : « Un
homme à la rivière ! » s'écria le matelot de quart,
et bientôt les dormeurs, dont une grande partie
avaient tendu leurs hamacs sur le pont, s'éveillèrent en se demandant qui avait pu tomber dans
le fleuve.

La lune était pleine, et le ciel était si pur, que
l'on distinguait presque aussi bien que dans le jour
les objets dont nous étions environnés. Tous les

matelots s'étaient précipités vers le bord du navire
et cherchaient du regard ce qui avait pu motiver
l'alerte qui venait d'être donnée; ils virent alors
à la surface du fleuve un point noir qui avait l'air
de flotter vers la rive : c'était évidemment la tête
d'un homme, et, à en juger d'après les ondes qui
accompagnaient les mouvements précipités qui battaient l'eau du fleuve, il était certain que le nageur
se hâtait de fuir et se dirigeait vers la terre.

Peut-être quelqu'un avait-il vu le pauvre Dutchy
faire ce plongeon fatal : car c'était lui qui venait
d'exécuter ses projets d'évasion.

Le capitaine et le contre-maître avaient, comme
la plupart des hommes de l'équipage, suspendu
leurs hamacs en plein air, à cause de la chaleur;
ils furent immédiatement sur pied, coururent
prendre leurs armes, et, avant que le déserteur eût
franchi la moitié de la distance qui le séparait de la
rive, ses tyrans se penchaient au-dessus du bord du
navire, ayant chacun leur mousquet à la main.

Ils auraient pu traverser d'une balle le corps de
leur victime ou lui faire sauter la cervelle; mais,
bien que le sang de l'infortuné dût retomber sur
leur tête, ce n'était pas de leurs mains que devait
périr le malheureux Dutchy.

Avant que leur coup fût ajusté, des rides se dessi-
nèrent à la surface de l'eau; elles décrivirent une diagonale, et semblèrent se diriger de façon à rejoindre

Un terrible incident.

les ondes qui étaient produites par le nageur; une tête se montra bientôt à l'endroit où l'on remarquait ces rides, et l'on aperçut un monstre dont la couleur était sombre et le corps très-allongé.

« Un crocodile ! un crocodile ! » s'écria-t-on de *la Pandore*.

Le capitaine et son complice ôtèrent le doigt qu'ils avaient posé sur la détente, et relevèrent leur mousquet; l'œuvre de mort allait avoir lieu sans qu'ils eussent besoin d'intervenir, et je vis une joie satanique rayonner sur leur visage.

« Pauvre Dutchy ! s'écria une voix pleine de pitié, il n'atteindra jamais la rive; c'en est fait de lui. Pauvre garçon ! le crocodile va le saisir. »

A peine ces paroles étaient-elles prononcées, que le monstrueux amphibie, qui s'était rapproché de sa victime, s'élança comme un trait, laissa voir au-dessus du fleuve son dos couvert d'écailles, saisit la cuisse du nageur entre ses mâchoires puissantes, et plongea subitement. Un cri déchirant s'échappa des lèvres du malheureux qu'il entraînait au fond du fleuve, cri suprême qui retentit dans les bois, dont les échos le prolongèrent; il vibrait encore à notre oreille, que les bulles d'eau teintes de sang, qui montaient à la surface de la rivière, indiquaient seules l'endroit où avait disparu l'infortuné Dutchy.

« C'est bien fait ! vociféra le skipper en accompagnant ces mots d'un horrible juron; la perte n'est pas grande : un marin d'eau douce, un lâche dont nous nous passerons bien.

— Assurément ! s'empressa de dire le contre-maître, qui appuya cette affirmation d'une kyrielle de blasphèmes. Avis à quiconque essayerait de déserter, ajouta l'odieux homme en se retournant vers moi. Si l'imbécile n'avait pas quitté *la Pandore*, cette aventure ne lui serait pas arrivée ; après tout, s'il préférait la panse d'un crocodile au gaillard d'avant d'un bon navire, il a ce qu'il demandait. Mais c'est tout de même dans un drôle d'équipage qu'il a fini par s'enrôler. »

Le capitaine accueillit ces paroles avec d'affreux éclats de rire auxquels se mêlèrent ceux d'une partie des matelots ; puis, ayant reporté leurs mousquets à la place où ils les avaient trouvés, le skipper et le contre-maître retournèrent à leurs hamacs, et furent bientôt profondément endormis. Les hommes de l'équipage, groupés autour du cabestan, causèrent pendant quelques minutes de l'horrible catastrophe qui venait de se passer sous leurs yeux ; mais leur conversation prouvait la cruauté de leur âme : les uns riaient des plaisanteries des autres. « Je voudrais bien savoir, disait-on, si Dutchy a fait un testament ? » Question d'autant plus piquante que le malheureux n'avait jamais possédé qu'un vieux couteau, une écuelle d'étain, une fourchette, une cuiller de fer, et quelques haillons qui lui servaient

d'habits. « Mais qui sera son héritier ? » dit quelqu'un. Et toute la bande de rire à cette demande
imprévue.

Bref, on arrêta que le lendemain matin on joue-
rait à la rafle à qui appartiendrait l'équipement du
défunt; ce point une fois réglé, tous les matelots se
dispersèrent, les uns pour retourner à leurs cadres,
les autres pour regagner leurs hamacs, qui se balançaient au vent.

Tout l'équipage fut bientôt endormi, et le silence
régna de nouveau sur *la Pandore;* quant à moi,
j'étais appuyé sur le bordage du navire, le regard
fixé à l'endroit où j'avais vu disparaître l'infortuné
Dutchy. Rien ne pouvait guider les yeux; l'écume
sanglante qui, pendant quelques minutes, avait
rougi un point du fleuve, s'était dispersée depuis
longtemps, et l'eau sombre fuyait autour de moi
sans que le moindre mouvement intérieur vint en
rider la surface; mais mon imagination frappée re-
voyait toujours cet horrible spectacle, ce monstre
hideux ayant dans sa gueule le corps de sa victime;
j'entendais toujours ce cri d'angoisse répété par
l'écho. Rien pourtant ne bruissait autour de moi;
pas une feuille que le vent fît trembler sur la rive,
pas un souffle de l'air, pas un murmure de l'onde :
on aurait dit que la nature elle-même, terrifiée
par cet effroyable événement, avait été réduite au
silence.

CHAPITRE XVI.

Je fus bien content lorsque le matin arriva, car je n'avais pas pu dormir de la nuit; le sort de mon pauvre camarade me préoccupa toute la journée suivante : il me semblait que je devais avoir une pareille destinée. C'est la terreur que m'inspirait le capitaine qui éveillait dans mon âme ces douloureux pressentiments; suivant moi, les véritables meurtriers du pauvre Dutchy étaient le skipper et son affreux contre-maître; le crocodile n'était venu là que par hasard et comme un accessoire; le Hollandais, sans lui, n'en aurait pas moins été tué par ces deux hommes qui l'avaient déjà visé; le monstre n'avait fait que les prévenir, et il était évident que, si le pauvre matelot avait succombé sous les balles de ces affreux coquins, ces derniers n'en auraient eu ni plus de remords ni plus de souci. J'avais donc de bons motifs pour les craindre, et il n'est pas étonnant que l'inquiétude assiégeât ma pensée.

Durant toute la journée, le cri suprême du pauvre matelot retentit à mon oreille, et d'une façon d'autant plus douloureuse, qu'il formait un contraste poignant avec les éclats de rire et la gaieté bruyante de tout notre équipage. C'était grande fête à bord du négrier : le capitaine recevait le roi Dingo Bingo, et Sa Majesté s'était fait accompagner, non-seulement des principaux hommes de sa tribu, mais encore des beautés à peau noire qui composaient son harem; un bal avait été organisé par les matelots, et les libations et la danse se prolongèrent fort avant dans la nuit.

Les grossières marchandises que nous avions apportées furent alors déposées sur la rive et délivrées au roi Dingo, qui, en échange, compta ses captifs au capitaine, dont ils devenaient les esclaves. Toutefois, avant de les emmagasiner à bord, il nous restait à faire quelques travaux indispensables : les grilles que l'on avait détruites pendant la chasse du croiseur devaient être remplacées; il fallait consolider les cloisons destinées à séparer les hommes des femmes, vider les tonnes et les remplir d'eau douce, enfin terminer tous nos préparatifs; on s'occuperait ensuite de charger la cargaison, chose extrêmement facile, puisqu'on n'avait pas la peine de transporter les ballots, et que d'eux-mêmes ils pouvaient prendre la place qui leur était assignée.

En attendant que *la Pandore* fût prête à les recevoir, les esclaves restèrent à l'endroit où ils étaient casernés, et l'on travailla sur le navire à

disposer tout ce qu'il fallait pour leur embarquement.

J'aspirais toujours, et avec plus d'ardeur que jamais, à passer quelques moments à terre; il me
semblait que j'aurais été bien heureux si j'avais pu
courir dans les bois, que j'y aurais puisé la force de
supporter les horreurs de la traversée que nous
allions faire, et dont la seule idée éveillait dans
mon âme les plus vives appréhensions.

Ce n'était pas la perspective de mes propres souffrances qui m'inspirait tant d'inquiétude : c'était la
pensée des tortures dont j'allais être témoin, du
spectacle de cette foule entassée dans un endroit
insuffisant pour la contenir, de tous ces pauvres nègres ayant à peine assez de place pour s'asseoir,
condamnés à passer de longues semaines sans se
coucher, à demi morts de faim et de soif, pantelants
sous une chaleur tropicale, au milieu d'un air em-
poisonné, où beaucoup de ces malheureux allaient
trouver la mort; et non-seulement j'aurais sous les
yeux le tableau de toutes ces misères, mais je serais
peut-être condamné à prendre part à l'œuvre des
bourreaux: il n'était donc pas étonnant que je fusse
d'une inquiétude affreuse.

Ma vie était déjà bien assez misérable, bien assez
pleine de regrets. Ce n'était point une vocation irrésistible pour la marine qui m'avait arraché au
foyer paternel; c'était le besoin de parcourir des

pays inconnus, la passion des voyages, l'amour des aventures qui m'avaient entraîné. » Une fois marin, me disais-je, plus d'obstacle, plus d'entraves, le monde me sera ouvert. » Quelle déception ! J'étais en Afrique, à cent mètres de la rive, et c'est tout au plus s'il m'était permis de regarder le sublime paysage qui se déroulait à mes yeux. J'étais comme un prisonnier qui, à travers les barreaux de sa geôle, entrevoit l'horizon sans limites, comme un oiseau qui, derrière le treillis de sa cage, aperçoit la feuillée qui l'attire.

Toutefois, j'avais quelque espérance de réaliser mes vœux ; Ben Brace m'avait promis qu'aussitôt qu'il obtiendrait pour lui-même la permission d'aller à terre, il demanderait que je pusse l'accompagner. Cette perspective me ravissait, bien que je ne fusse pas sans inquiétude sur la réponse qui serait faite à la requête de mon généreux protecteur.

En attendant, je m'efforçais de me distraire, de rompre la monotonie des jours, en observant avec soin toutes les choses que je pouvais découvrir. Du pont même de *la Pandore*, tout ce que j'apercevais était nouveau pour moi et m'intéressait vivement. Nous nous trouvions dans un pays tout à fait inhabité ; les baraques et les cases que l'on voyait auprès du fleuve n'étaient qu'une résidence temporaire ; elles constituaient la factorerie du roi Dingo Bingo ; mais Sa Majesté n'y demeurait pas habituel-

5

lement; sa ville et son palais étaient situés dans
l'intérieur des terres, où le sol est plus élevé et le
climat plus salubre; car les maladies abondent sur
la côte occidentale d'Afrique. Le roi ne venait ici
qu'une fois par an, à l'époque où certains négriers
entraient dans la rivière pour y prendre leur cargaison d'esclaves. Il descendait alors avec le troupeau qu'il avait rassemblé, troupeau humain qui
formait son principal revenu, et qu'il se procurait,
ainsi que nous l'avons dit, par des chasses à l'homme
et des combats sanglants; ses gardes, ses conseillers, ses épouses, toutes les femmes de sa cour, ne
manquaient pas de le suivre dans cette expédition
commerciale : car la visite du négrier, dont le chargement de rhum et d'eau-de-vie était destiné au
roi Dingo, donnait lieu à une série de fêtes ou plutôt d'orgies grossières, qui faisaient les délices des
courtisans de Sa Majesté.

Pendant tout le reste de l'année, la factorerie était
déserte; le baracon était vide, ainsi que les cases
du roi; les animaux féroces, moins cruels et moins
redoutables que l'homme, venaient prendre la place
que celui-ci avait occupée, et leurs voix troublaient
seules le silence de la nature. .

C'est pour cela que je trouvais un charme profond à la scène qui se déployait à mes yeux; son
aspect sauvage avait pour moi un puissant intérêt;
et dans le cercle restreint que ma vue pouvait sai-

sir, je découvrais de quoi satisfaire mon ardente
curiosité.

Je voyais les hippopotames géants traverser l'eau
du fleuve, et se traîner sur la rive. Il y en avait de
deux sortes : car, bien que ce soit un fait peu connu,
même des naturalistes, on en trouve deux espèces
dans les rivières de la côte occidentale d'Afrique ;
l'une est beaucoup plus petite que l'autre, et n'a pas
été décrite aussi souvent que l'hippopotame ordinaire.
Il n'y avait pas d'heure où je ne visse d'énormes
crocodiles, gisant au bord du fleuve comme des
troncs d'arbres, auxquels ils ressemblaient alors, ou
poursuivant dans la rivière quelque poisson dont
ils s'emparaient bien vite. De gros marsouins bon-
dissaient au-dessus de l'eau, et s'approchaient tellement du navire, que j'aurais pu les frapper avec
un anspect [1] ; ils habitent l'Océan, et remontaient la
rivière quelquefois jusqu'à une assez grande hauteur pour y chercher une plante qu'ils mangent
avec délices, et qui était fort commune à l'endroit
où nous étions arrêtés.

J'apercevais encore des amphibies de plusieurs
espèces ; un grand lézard, qui, pour la dimension,
pourrait rivaliser avec le crocodile, et je vis un animal rouge et très-rare, le cochon de rivière des Ca-
meroons, dont nous étions peu éloignés.

1. Levier particulier à la marine.

Des animaux terrestres passaient également sur la rive ; je remarquai un lion qui apparaissait entre les arbres, et de grands singes, les uns noirs, les autres rouges, que l'on voyait à travers les branches, et dont les cris, les gémissements et le babillage, ne cessaient pas de la nuit. Un nombre infini de ramiers, de perroquets, de magnifiques oiseaux de toute espèce, volaient constamment au-dessus de la rivière, allant d'un bord à l'autre, où, perchés à la cime des arbres, ils faisaient entendre les chants les plus variés.

Si j'en avais eu le loisir, je ne me serais jamais lassé de contempler ce spectacle rempli d'animation ; mais toutes ces voix qui frappaient mon oreille, tous ces animaux qui allaient et venaient sous mes yeux, augmentaient encore le désir que je ressentais de visiter leur retraite, et de voir de plus près ceux dont la douceur et la beauté m'inspiraient toute confiance.

Quelle ne fut pas ma joie lorsque Ben m'annonça qu'il avait congé pour le lendemain, et que je l'accompagnerais dans son expédition ! Ce n'était pas pour m'être agréable que cette faveur lui avait été accordée ; mais il avait dit que je lui serais nécessaire : il allait à la chasse, il lui fallait quelqu'un pour porter son gibier, etc. Bref, c'était uniquement par obligeance pour lui que cette permission m'avait été donnée. Quant à moi, peu m'importaient les

motifs qui avaient décidé le capitaine, ou la mauvaise grâce que celui-ci avait pu mettre à m'accorder quelques instants de repos ; j'étais trop heureux
pour m'inquiéter de ces misères, et je me préparai
à suivre Ben avec un sentiment de bonheur que
jamais plus tard la perspective d'aucun plaisir ne
m'a fait éprouver.

CHAPITRE XVII.

Le lendemain matin, au point du jour, nous quittions *la Pandore;* deux amis de Ben Brace nous
conduisirent au rivage et ramenèrent le canot. Je ne
fus pas tranquille avant d'avoir été déposé sur la
rive ; il me semblait toujours que mes tyrans allaient
se repentir de leur générosité, rappeler les rameurs
et leur donner des ordres pour que je revinsse à
bord ; je ne respirai même librement qu'après
m'être enfoncé au milieu des broussailles qui me
dérobaient enfin à mes persécuteurs.

C'est alors que je me sentis heureux ! je bondis-
sais avec ivresse, je courais comme un fou, je dan-
sais en agitant les bras, je riais et je pleurais de

joie, au point que mon compagnon crut un instant
que j'allais perdre la tête. S'il avait suffi de la perspective de cette partie de plaisir pour me donner
tant de bonheur, jugez de ce que devait être la joie
produite par la réalité; il n'y a pas de langage qui
puisse exprimer la sensation que j'éprouvais en ce
moment : je me retrouvais à terre, mes pieds reposaient sur l'herbe après avoir pressé pendant deux
mois le pont glissant d'un navire. A la place d'une
forêt de mâts, d'espars et de cordages goudronnés
qui m'environnaient à bord, j'avais de grands arbres qui balançaient au-dessus de ma tête leurs
branches flexibles et chargées de feuilles vertes; au
lieu de siffler à travers les agrès, ou de gronder en
frappant sur les voiles, le vent soupirait avec douceur en agitant le feuillage et m'apportait des chants
d'oiseaux; puis enfin j'étais libre; je pouvais penser, parler et agir : c'était la première fois, depuis
que j'avais mis le pied sur *la Pandore*, que j'avais
un instant de bonheur.

Plus de ces ignobles faces que je rencontrais sans
cesse; plus d'infâmes plaisanteries, d'affreux jurons
que des voix éraillées hurlaient à mes oreilles; ma
vue se reposait sur la belle et bonne figure de mon
courageux protecteur, dont les paroles joyeuses vi-
braient à l'unisson des miennes : car il était aussi
heureux que moi de ces quelques moments de plaisir et de liberté.

Nous avions l'intention de chasser, comme je l'ai dit plus haut, et nous étions munis des engins nécessaires pour accomplir nos projets. Toutefois il eût été difficile de voir des armes de chasse dans celles que nous portions l'un et l'autre ; Ben était chargé d'un grand mousquet à pierre du temps de la reine Anne, ayant une baguette de métal, et d'un poids à faire fléchir l'épaule d'un grenadier ; mais Ben Brace aurait chassé avec un petit canon, sans se douter qu'il portait quelque chose de pesant. Quant à moi, j'étais pourvu d'un énorme pistolet d'abordage qui me tenait lieu de fusil ; le reste de notre équipement se composait d'une livre de petit plomb que mon camarade avait mis dans sa blague à tabac, et d'une certaine quantité de poudre que nous emportions dans une bouteille qui avait contenu jadis du ginger-beer, ce breuvage favori des Anglais, bouteille dont il était impossible de méconnaître l'origine, même au sein des forêts africaines. Nous avions pris des étoupes à calfater[1] pour nous servir de bourre ; et c'est avec cet équipage que nous avions le projet d'occire toutes les bêtes, plume et poil, qui se trouveraient sur notre chemin.

Il y avait déjà longtemps que nous parcourions la forêt sans avoir découvert autre chose que la

---

1. Calfater, boucher les trous qui se font dans le navire pendant la traversée.

piste des animaux que nous cherchions; les oiseaux
chantaient ou babillaient au-dessus de nos têtes; il
était facile d'entendre qu'ils se trouvaient à portée
de notre petit plomb; mais nous avions beau regarder dans la direction des voix, pas une plume
n'était perceptible et ne pouvait nous indiquer
où il fallait viser. Les oiseaux nous voyaient parfaitement, et il est probable que nous les aurions vus
à notre tour, si nous avions pu savoir où ils étaient
cachés; mais ils se perdaient au milieu des branches ou des feuilles; car la nature revêt les animaux
sauvages de couleurs analogues au milieu qu'ils habitent : la robe du lièvre ressemble aux terrains
fauves, aux bruyères desséchées qu'il fréquente; le
plumage de la perdrix se confond avec le chaume
et la terre du sillon; je pourrais en citer beaucoup
d'autres exemples. Le même fait se produit également dans les régions tropicales : la fourrure tachetée
de la panthère et du léopard se distingue à peine,
malgré tout son éclat, des feuilles rousses dont la
forêt est jonchée; les perroquets, destinés à vivre
au milieu des arbres verts, sont eux-mêmes de cette
couleur, tandis que les espèces qui fréquentent les
rochers sont grises, et que celles qui habitent au
milieu des troncs d'arbres gigantesques sont d'une
teinte beaucoup plus sombre.

C'est par ce motif que nous avions marché pendant longtemps sans apercevoir une seule plume;

toutefois nous n'étions pas destinés à revenir à bord
sans avoir eu l'occasion de brûler un peu de poudre.
Nous vîmes enfin un gros oiseau brun qui perchait
tranquillement sur la branche inférieure d'un arbre
dépouillé de toutes ses feuilles.

Je m'arrêtai à une certaine distance, et Ben s'a-
vança pour tirer sur l'oiseau; mon protecteur ne
manquait pas d'adresse, ayant été jadis quelque peu
braconnier; le voilà donc se glissant d'un arbre à
l'autre et arrivant auprès de celui où perchait sa
victime. La simple créature ne parut pas même
faire attention au chasseur, qui ne prenait plus la
peine de dissimuler sa présence; un oiseau d'Angleterre se fut envolé depuis longtemps. Ben, qui
était résolu à ne point rentrer les mains vides,
s'approcha de manière à ne pas manquer sa proie;
l'oiseau demeura complétement immobile, vous au-
riez dit qu'il était empaillé; Ben leva sa reine Anne,
appuya sur la détente, et la bête, qu'il lui était impossible de manquer, tomba *tuée morte*, comme disent les Irlandais.

J'accourus bien vite pour ramasser l'animal, dont
j'ignorais, ainsi que Ben, le nom et la famille; c'é-
tait un gros oiseau, presque aussi grand qu'un dindon, avec lequel il offrait une singulière ressemblance; il avait, comme celui-ci, la tête et le cou
tout rouges et sans la moindre plume. Ben était
persuadé que c'était une dinde sauvage. Quant à

moi, j'étais sûr du contraire ; je me rappelais parfaitement qu'on n'en trouve qu'en Amérique et en
Australie ; mais, s'il n'existe pas de dinde sauvage en
Afrique, on y voit des outardes, des floricans[1] et
diverses espèces d'oiseaux qui ressemblent beaucoup au dindon ; j'en conclus que c'était l'un de ces
derniers, et que, pour n'être pas une dinde, notre
volatile n'en ferait pas moins un rôti succulent.
C'est dans cette espérance que Ben Brace prit l'oiseau qu'il s'attacha en bandoulière ; puis il rechar-
gea son mousquet, et nous poursuivîmes notre
chemin.

A peine avions-nous fait dix pas, que nous vîmes
le cadavre d'un animal à moitié dévoré. Ben me
dit que c'était un daim ; effectivement on pouvait le
croire ; mais j'observai que la bête avait des cornes
au lieu de bois ; j'avais lu d'ailleurs qu'il n'existait ni daim ni chevreuil en Afrique, à l'exception
d'une seule espèce que l'on trouve vers le Nord, à
une très-grande distance de l'endroit où nous étions.
Je répondis à Ben que ce devait être une antilope,
animal qui tient en Afrique la place des daims, des
chevreuils et des cerfs. Ben n'avait jamais entendu
parler d'antilopes et ne voulut point ajouter foi à
mes paroles.

« Une antilope ! s'écria-t-il avec un certain mé-

_____

1. Outarde de petite espèce.

pris ; non, non, petit Will ; c'est un daim, pas autre
chose, mon garçon ; mais quel dommage qu'il ne
soit pas vivant ! ça nous aurait fait une fameuse
cargaison, n'est-ce pas, fanfan ?...

—Oui, » répliquai-je d'un air préoccupé, car je
pensais à autre chose. Le cadavre de l'antilope
avait été déchiré par quelque bête de proie qui en
avait mangé la moitié ; Ben me disait que c'était un
chacal, peut-être un loup qui en avait fait son repas ; je le crus d'abord, et cependant les yeux de
l'antilope me firent supposer que nous étions dans
l'erreur. Quand je dis les yeux, je parle de la place
qu'ils avaient occupée ; le globe de l'œil n'existait
plus, et l'orbite se trouvait parfaitement nettoyé.
Cette circonstance me frappa ; évidemment ce n'é-
tait pas l'œuvre d'un quadrupède ; la cavité qui
avait renfermé les yeux était beaucoup trop petite
pour permettre à un chacal d'y introduire sa gueule :
c'était un bec d'oiseau qui avait produit ce résultat ;
le bec d'un oiseau qui mange de la chair morte, et
probablement c'était celui d'un vautour.

Mais quel était donc l'animal que Ben portait sur
son épaule ? Je le connaissais maintenant ; l'endroit
où nous l'avions rencontré, le voisinage de la charogne, son immobilité à l'approche du chasseur,
son aspect, sa tête chauve, son col entièrement nu,
tous ces points me confirmaient que c'était bien un
vautour. J'avais lu que cet animal est parfois si peu

farouche qu'en certains cas il est possible de le tuer à coups de bâton, surtout lorsqu'il vient de remplir son estomac ; or la présence de l'antilope à demi dévorée indiquait suffisamment que notre vautour s'était gorgé de charogne, ce qui expliquait la torpeur où nous l'avions trouvé.

J'étais donc bien convaincu de la nature de notre gibier. Mais il me coûtait d'annoncer ma découverte à mon pauvre compagnon ; j'aimais mieux qu'il s'aperçût lui-même de la méprise qu'il avait faite. Je n'attendis pas longtemps : à peine avions-nous fait cent pas, que je vis Ben Brace dénouer subitement la corde qui attachait l'oiseau, attirer celui-ci par-dessus son épaule, le porter à son nez, et le rejeter en s'écriant :

« Un dindon ! ah ! petit Will, non, non, ce n'est pas une dinde ; mille sabords ! c'est un damné vautour qui pue comme une charogne. »

CHAPITRE XVIII.

Je fis semblant d'être étonné, bien que je ne pusse m'empêcher d'éclater de rire en voyant la surprise que témoignait mon pauvre ami. Il est certain que l'affreuse odeur qui s'échappait de cet abominable vautour était absolument la même que celle de la charogne d'antilope que nous avions vue quelques instants avant; et c'est lorsque cette puanteur avait frappé les narines de Ben, que celui-ci avait fini par croire que son gibier n'était pas un dindon. Il aurait parfaitement reconnu le vautour de Pondichéry, qu'il avait vu dans l'Inde, ou bien le griffon de couleur jaunâtre, qu'il avait rencontré à Gibraltar et sur les bords du Nil. Mais celui qu'il venait de tuer, bien plus petit que les deux autres et se rapprochant beaucoup plus de la dinde, ne se trouve qu'en Afrique et sur la côte occidentale. J'ai été, depuis cette époque, dans presque tous les pays du monde, et je n'y ai jamais rencontré de vautour de cette espèce : il n'est donc pas étonnant que mon compagnon n'ait pas pu le reconnaître, puisque c'était la première fois qu'il venait dans ces parages.

L'expression qui couvrit la figure de Ben, lorsqu'il jeta au loin sa bête puante, avait quelque chose de si drôle, que j'en aurais bien ri si je n'avais craint d'ajouter au dépit qu'il paraissait éprouver. Désirant, au contraire, lui faire oublier sa déconvenue, je m'approchai de la bête immonde, je feignis d'être étonné, je reconnus qu'effectivement c'était bien un vautour ; et, la laissant à la place où Ben l'avait envoyée, nous poursuivîmes notre course au hasard, avec l'espoir de rencontrer quelque gibier dont la chair fût plus appétissante.

A peu de distance de l'endroit où Ben avait jeté son vautour, nous entrâmes dans une grande forêt de palmiers, dont la vue donnait satisfaction à l'un de mes vœux les plus ardents. Si jamais, en pensant aux rivages lointains, j'avais désiré quelque chose, c'était de contempler ces arbres d'une nature particulière, qui n'existent que dans les pays les plus chauds du globe, et dont j'avais lu tant de descriptions dans mes livres de voyage. En face de cette forêt de palmiers, je comprenais que les récits les plus brillants ne donneront jamais qu'une idée imparfaite des beautés de la nature ; de tous les chefs-d'œuvre qu'elle a produits, je n'ai rien vu qui m'ait causé plus de ravissement.

Il y a beaucoup de palmiers qui ne se réunissent

point de manière à constituer des forêts : ils poussent isolément ou par groupes de deux ou trois individus mêlés à d'autres arbres : et dans le nombre des espèces de palmiers, qui s'élève, dit-on, à un mille, vous pensez bien qu'il s'en trouve de beaucoup moins belles les unes que les autres : on en voit d'informes, de tortues, de rabougries ; quelques-unes même déploient leurs palmes sur la terre et n'offrent point de stipe[1].

Mais les palmiers qui constituaient la forêt où nous venions de pénétrer appartenaient à l'une des plus nobles familles de cette magnifique tribu. J'ignorais alors quelle en était l'espèce ; j'ai appris plus tard que c'était le palmier oléifère, que les Africains de la côte occidentale appellent *mava*, et les savants *claïs guineensis*.

Il a quelque ressemblance avec le cocotier, dans la famille duquel les botanistes l'ont placé ; d'une grosseur médiocre (c'est tout au plus s'il acquiert 90 centimètres de tour), il s'élance à une hauteur de trente mètres, où il se couronne de feuilles semblables à d'immenses plumes d'autruche, qui retombent gracieusement en forme de parasol ; chacune de ces feuilles est longue d'environ cinq mètres : elles appartiennent au genre que l'on nomme *pennées*, c'est-à-dire qu'elles sont compo-

---

1. On appelle ainsi le tronc des palmiers.

sées de folioles nombreuses, disposées parallèlement comme les barbes d'une plume ; chaque fo-
liole de ces feuilles a la forme d'une rapière, et
sa longueur est de quarante-cinq centimètres. Le
fruit de l'élaïs naît à l'ombre de cet admirable
feuillage, précisément au-dessous du point où la
feuille s'éloigne du stipe.

Ce fruit est une noix de la grosseur d'un œuf de pi-
geon ; seulement sa forme est régulière, et il se produit par grappes énormes, que l'on appelle régimes.
La coquille de cette noix est entourée d'un brou
épais et charnu, pareil à celui qui recouvre la noix
ordinaire, mais d'une nature plus oléagineuse, et
d'où l'on extrait l'huile de palme, que j'ai déjà citée
à propos de la nourriture des nègres. L'amande
peut également fournir de l'huile, qui est plus difficile à extraire, mais qui est aussi d'une qualité
supérieure à celle que l'on fabrique avec la pulpe
de l'écorce.

Rien n'est plus beau qu'un élaïs complétement
développé, avec ses longs régimes de fruits mûrs,
dont le jaune brillant contraste de la façon la plus
heureuse avec le vert foncé des frondes qui s'in-
clinent gracieusement comme pour protéger les
grappes d'or contre le soleil des tropiques.

Rien de plus beau qu'un élaïs, à moins que ce
ne soit une forêt tout entière de ces arbres splen-
dides, précisément comme la forêt où je venais

d'entrer avec Ben. Ce rude matelot, lui-même, ressentit une vive impression de la grandeur du spectacle qui s'offrait à nos yeux, et nous nous arrêtâmes instinctivement pour contempler cette admirable scène.

Tant que nos regards pouvaient s'étendre, nous n'apercevions que des colonnes élancées, tellement droites et régulières, qu'on les aurait crues faites de main d'homme ; elles soutenaient la voûte de feuillage qui se déployait au-dessus de nos têtes, et dont les courbes gracieuses, aux folioles délicates, formaient d'énormes arcades fouillées et ciselées avec un art parfait. Du haut de ces colonnes pendaient, comme autant de lustres d'or, les grappes éclatantes qui rehaussaient l'effet général, tandis que le sol était jonché de fruits sans nombre. On croyait voir un temple grandiose, élevé par la nature à la Pomone antique.

Si, au lieu de vendre ses prisonniers, ou même d'employer ses soldats à chasser des esclaves, le roi Dingo Bingo leur faisait recueillir ces fruits d'or et pressurer leur péricarpe huileux, quelle immense fortune ne ferait-il pas en peu de temps, et que de douleurs seraient épargnées à ces milliers d'êtres humains dont il fait marchandise, et dont l'infortune lui rapporte si peu de chose !

CHAPITRE XIX.

Nous avions fait plus d'un mille à travers cette forêt merveilleuse, et malgré sa beauté nous désirions vivement d'en sortir au plus vite : non pas qu'elle fut obscure ; les palmes qui tamisaient les rayons du soleil nous préservaient de sa chaleur sans nous priver de sa lumière ; la scène était riante et l'effet toujours magique. Mais il n'était rien moins qu'agréable de parcourir ces lieux enchantés : le sol était couvert de noix d'élaïs, comme le dessous des pommiers après une nuit d'orage, bien plus encore ; en maint endroit les fruits se trouvaient tellement pressés qu'il devenait impossible de ne pas les écraser ; vous glissiez alors au milieu de cette pulpe gommeuse, tenace comme de la poix, et dans laquelle se trouvaient des myriades de noyaux qui rendaient la marche excessivement pénible ; parfois une grappe entière s'attachait à vos chaussures ; il fallait s'arrêter continuellement pour se dégager de ces entraves ; nous n'avancions qu'en chancelant, et ce n'est qu'au

bout d'une heure que nous pûmes nous retrouver
à la lisière du bois.

Nous l'atteignîmes enfin, après mille et mille
peines, et je fus enchanté d'apercevoir des arbres
d'une espèce différente, beaucoup moins beaux, à
vrai dire, mais qui permettaient d'errer sous leur
ombre sans courir le risque de tomber à chaque
pas ou de se donner une entorse. Toutefois, après
avoir cheminé quelque temps sous la voûte épaisse
de cette nouvelle forêt, nous commençâmes à désirer de nous retrouver dans la plaine ; aucun gibier
n'apparaissait à nos regards ; d'ailleurs, pour celui
qui a toujours vécu dans un pays découvert, les
grands bois sont fort peu attrayants ; on est frappé
tout d'abord de leur aspect majestueux, mais on
ne tarde pas à se fatiguer de la monotonie qu'ils
présentent ; tous les arbres sont pareils, tous les
points de vue sont les mêmes ; la couche épaisse de
feuilles mortes que vous foulez en marchant produit un son que vous vous lassez d'entendre, et vous
aspirez bien vite à vous retrouver dans un endroit
où le ciel bleu se déploiera sur votre tête, où l'horizon est sans bornes, et où l'herbe fine et verte for-
mera sous vos pieds un tapis aussi moelleux qu'il
est agréable à voir.

Mon compagnon était du même avis, d'autant
plus qu'il espérait trouver du gibier lorsqu'une fois
nous serions dans la plaine. Nos souhaits furent

bientôt réalisés. Nous n'avions pas franchi un quart
de mille depuis l'endroit où nous avions quitté les
élaïs, quand nous vîmes tout à coup le soleil ruis-
seler entre les arbres et un coin du ciel apparaître.
Nous courûmes dans cette direction, où il devait
exister tout au moins une clairière ; et quelques
instants après nous étions sur le bord d'une plaine
immense, qui s'étendait à perte de vue. Çà et là
s'élevaient quelques arbres magnifiques, soit iso-
lés, soit en bouquet, et si heureusement placés
qu'on aurait dit un parc admirable, dessiné avec
art ; mais on n'apercevait ni maison ni cabane, rien
qui annonçât la présence de l'homme.

Quant à des animaux, il y en avait de charmants
qui paissaient dans la prairie ; Ben les qualifia du
nom de daims, bien que ce fussent des antilopes, je
le voyais à leurs cornes : mais peu nous importait :
quelle que fût leur espèce, nous étions enchantés de
cette rencontre qui nous permettait d'espérer une
bonne chasse. Nous nous arrêtâmes un instant au
milieu d'un bouquet d'arbrisseaux, pour décider par
quel moyen nous approcherions de ce gibier qui
excitait notre convoitise ; nous n'avions qu'un parti
à prendre, celui de nous glisser dans les taillis qui
parsemaient la plaine, et d'arriver, sans être remarqués des antilopes, à celui qui se trouvait auprès
d'elles. Nous voilà donc marchant à demi courbés,
ou rampant sur nos mains et sur nos genoux, et fi-

nissant par atteindre le bosquet d'où nous voulions attaquer notre gibier. Ce n'était pas sans peine et sans égratignures que nous étions parvenus à nous frayer un passage à travers ce fouillis d'acacias, d'aloès, d'arbustes épineux qui formaient le hallier.

Cependant, malgré tous les obstacles que nous avions rencontrés, nous nous étions enfin rapprochés du troupeau. Avec quelle émotion nous vîmes que les antilopes continuaient à pâturer sans montrer d'inquiétude, et qu'elles se trouvaient à belle portée de la reine Anne! Je n'avais pas l'intention de tirer mon pistolet, c'eût été gaspiller de la poudre sans aucune chance de réussite, et je n'avais suivi mon compagnon que pour mieux voir ce qui allait arriver.

Je n'attendis pas longtemps; Ben sentait bien qu'il fallait se dépêcher; les antilopes, jusqu'à présent si tranquilles, avaient relevé la tête, et, présentant à la brise leur mufle délicat, elles paraissaient comprendre qu'un ennemi était proche.

Mon camarade abaissa le canon de la reine Anne, le posa sur une branche, visa soigneusement et appuya sur la gâchette du mousquet.

Au même instant toutes les antilopes détalèrent, et si vite, si vite, qu'elles avaient disparu avant que l'écho eût cessé de retentir. Ben était certain, disait-il, d'avoir touché la bête qu'il s'était désignée; mais les chasseurs n'avouent presque jamais qu'ils ont

tiré à faux; si on voulait en croire les récits qu'ils
ne manquent pas de vous faire, le nombre des animaux blessés qui parviennent à s'enfuir dépasserait
toute imagination.

Le fait est que le plomb de Ben était beaucoup
trop petit pour chasser la grosse bête, et qu'il aurait pu tirer cent fois, en atteignant son but, sans
parvenir à tuer un animal de la grosseur des
antilopes.

CHAPITRE XX.

Ben regretta bien vivement de n'avoir pas pris des
balles ou tout au moins emporté quelques petits
morceaux de fer; quant au plomb, il n'en existait
pas d'autre à bord du négrier. Mais au moment de
partir, notre ambition n'allait pas jusqu'à tuer des
antilopes, et nous avions fait nos préparatifs comme
pour chasser la plume aux environs de Portsmouth.
Les oiseaux seuls avaient donc à redouter l'adresse
de mon compagnon, et les oiseaux de petite taille,
car Ben n'aurait pas abattu le vautour s'il ne s'en
était approché de manière à le tirer à bout portant.

Mais à quoi bon les regrets? nous étions beaucoup
trop loin pour songer à retourner au navire, surtout
par cette chaleur dévorante; puis il aurait fallu traverser une seconde fois la forêt d'élaïs, et nous
étions bien résolus à faire un long détour pour ne
pas y rentrer. Il fut donc décidé que nous nous pas-
serions de balles ou de mitraille; et Ben rechar-
geant son mousquet avec notre plomb à bécassine,
nous nous mîmes en quête d'un gibier plus abor-
dable.

Nous n'avions pas fait beaucoup de chemin, lorsqu'un arbre singulier attira notre attention; il était
seul, bien qu'il y en eût à peu de distance quelques autres du même genre, mais infiniment plus
petits. Impossible de s'y méprendre, ces derniers
appartenaient certainement à la même famille que
le gros arbre; néanmoins, ils présentaient avec lui
une différence très-grande, et, sans les feuilles
particulières qui les caractérisaient, on aurait pu
supposer qu'ils étaient d'une tout autre espèce;
mais les feuilles absolument pareilles, et quelques
autres signes que l'on remarquait tout d'abord,
montraient évidemment que c'était l'âge qui avait
créé cette dissemblance, tout aussi grande que celle
qui existe entre un enfant potelé, aux joues roses,
et un vieillard au front ridé. Les petits arbres, con-
séquemment les plus jeunes, avaient un ou deux
mètres de hauteur et ils pouvaient avoir cinquante

centimètres de circonférence; ce qu'il y avait de
curieux, c'est qu'ils étaient moins gros à la base
qu'à l'extrémité supérieure, comme si on les avait
arrachés et replantés la tête en bas; leur tronc bizarre ne formait pas une branche, n'avait pas une
brindille; il se couronnait tout bonnement d'une
grosse touffe de longues feuilles épaisses, droites et
roides, qui ressemblaient à des lames de sabre et
qui se dirigeaient dans tous les sens, de manière à
constituer une masse globulaire. Si vous avez vu des
aloès, il vous sera facile de vous représenter le feuillage de cet arbre singulier; toutefois il offre encore plus de ressemblance avec un autre arbre que
l'on appelle yucca; c'est au point que plus tard,
lorsque je vis des yuccas à Mexico et dans l'Amérique méridionale, je fus frappé de la similitude
qu'il y avait entre eux et que je ne doutai pas qu'ils
ne fussent de la même famille, bien que les botanistes les aient classés dans des genres différents.

A cette époque je ne connaissais pas l'yucca, et
je n'avais jamais eu l'occasion de voir l'arbre au
singulier feuillage que nous regardions avec surprise.

Ben supposait que c'était un palmier; mais il n'é-
tait pas habile à distinguer les différentes espèces
de plantes et d'animaux, et cette fois encore il se
trouvait dans l'erreur. Il fondait son opinion sur
l'aspect des jeunes arbres qui s'élevaient autour de

leur énorme ancêtre ; à vrai dire, leur absence de rameaux, leur tronc arrondi, la couronne de feuilles dont ils étaient surmontés, expliquaient la méprise de Ben, et tous ceux qui n'ont pas étudié la botanique seraient tombés dans la même erreur. Aux yeux des matelots, chaque arbre dont les feuilles émergent directement du tronc et s'irradient, comme celles de l'aloès, de l'yucca ou du zamia, sont toujours des palmiers. C'est pour cela que Ben n'hésitait pas à trancher la question qui s'élevait entre nous ; il voyait bien que ce n'était pas le même arbre que l'élaïs ou le cocotier, mais il savait qu'il y a dans le monde beaucoup d'espèces de palmiers, qui présentent entre elles d'énormes différences : il n'aurait cependant pas voulu me croire si je lui avais dit alors qu'il en existe plus de mille.

Je me serais probablement rangé à l'avis de Ben, car je n'étais guère plus fort que lui en botanique ; mais je savais par hasard que ces arbres n'étaient pas des palmiers, je pouvais même lui citer le nom sous lequel on les désigne, et je vais vous dire à quelle source j'avais puisé ma science.

Il se trouvait, parmi les livres qui m'avaient été donnés, un volume qui traitait des merveilles de la nature ; c'était l'un de mes ouvrages favoris, et je l'avais lu dix ou quinze fois, toujours avec plaisir. Au nombre des merveilles que mon auteur avait dépeintes, figurait un arbre excessivement curieux,

6

que l'on voit aux Canaries et qui est connu sous le nom de dragonnier d'Orotava. D'après M. de Humboldt, qui en a fait la description, il mesure quinze mètres de hauteur et treize mètres cinquante centimètres de circonférence. Lorsqu'on lui fait une incision, la séve qui s'écoule de sa blessure est d'un rouge sanglant, et pour ce motif elle a été nommée sang-dragon. Cet arbre, du reste, n'est pas le seul qui donne un suc rouge; il en est d'autres qui offrent cette particularité, et, bien qu'ils appartiennent à des familles différentes, ils s'appellent également dragonniers. Celui d'Orotova s'élève d'abord à une vingtaine de pieds sans branches, puis il se divise en rameaux nombreux et trapus, qui se séparent du tronc comme les branches d'un candélabre et qui supportent chacun, à leur extrémité, un de ces globes de feuilles roides que j'ai décrits plus haut; du milieu de ces touffes épaisses se dresse une hampe chargée de fleurs disposées de manière à former une panicule, et qui plus tard sont remplacées par de petites noix.

Ce qu'il y a de plus étrange dans le récit de M. de Humboldt, c'est que non-seulement les Espagnols ont trouvé le dragonnier d'Orotava lorsqu'ils vinrent aux Canaries pour la première fois, il y a plus de quatre cents ans; mais que depuis lors c'est à peine s'il a grossi d'une manière appréciable. L'éminent voyageur en conclut que ce dragonnier célèbre est l'un des arbres les plus vieux du globe, et qu'il est peut-être du même âge que l'île de Ténériffe où il s'est développé.

A l'exception de cette conjoncture, qui est purement philosophique, tout ce que j'avais lu au sujet de cet arbre curieux est matériellement vrai ; j'ai visité moi-même les Canaries et j'ai contemplé cette merveille du monde végétal, qui, par malheur, depuis la visite de M. de Humboldt, a éprouvé un accident fâcheux : pendant un orage du mois de juin 1819 la moitié de la couronne de ce géant, tant de fois séculaire, a été brisée par la tempête ; mais l'arbre continue à végéter ; les habitants d'Orotava, qui ont pour lui une vénération profonde, ont pansé sa blessure et ont inscrit la date de l'événement à l'endroit même où le dragonnier a été frappé.

Grâce aux soins dont il est entouré, je ne doute pas que cet arbre vénérable ne vive encore au moins pendant un siècle.

Vous ne devinez pas ce que le dragonnier d'Orotava peut avoir de commun avec Ben Brace et avec les arbres qui attiraient nos regards ; mais vous allez le comprendre : il était représenté dans le livre où la description m'en avait été donnée ; c'était une gravure sur bois grossièrement dessinée, mais assez exacte pour que j'eusse reconnu tout de suite à quelle famille appartenaient les arbres que nous avions sous les yeux ; à peine les avais-je aperçus que l'image de mon vieux livre m'était revenue à l'esprit. C'était bien cela : un tronc massif que la base des feuilles disparues depuis longtemps avait rendu tout raboteux ; de grosses branches verticillées[1], portant chacune un groupe de feuilles en forme de baïonnettes ; des panicules[2] de fleurs d'un blanc verdâtre, exactement comme dans la gravure de mon livre ; ce n'était donc pas un palmier dont la vue nous étonnait, mais un énorme dragonnier, peut-être du même âge que celui d'Orotava.

CHAPITRE XXI.

Je fis part de ma conviction à Ben Brace, qui persistait à voir un palmier dans l'arbre que nous regardions ensemble, et qui contesta mes paroles. Comment, disait-il, pouvais-je connaître cet arbre, puisque c'était le premier de cette espèce que je voyais ? Je lui parlai de mon livre et de la gravure

1. Disposées autour du tronc sur un même plan horizontal.
2. Épi lâche, flexible et ramifié ; celui de l'avoine, par exemple.

qui était restée présente à ma mémoire; il n'en conserva pas moins son incrédulité.

« Veux-tu que je te prouve que j'ai raison? lui
dis-je; rien n'est plus facile à établir.

— Comment cela? demanda Ben Brace.

— Si l'arbre saigne, lui répondis-je, il est évident
que ce sera un dragonnier.

— Si l'arbre saigne? reprit mon compagnon;
est-ce que tu es fou, petit Will? Qui a jamais entendu dire qu'il y avait du sang dans les arbres?

— Je parle de la séve.

— Que le diable t'emporte! il est bien certain
qu'il y a de la séve dans tous les arbres, excepté
quand ils sont morts.

— Mais non pas de la séve rouge.

— Comment! tu crois que la séve de cet arbre
que nous voyons là-bas est rouge?

— Aussi rouge que du sang, j'en suis presque
certain.

— Essayons, mon enfant, la chose est très-facile;
une entaille à ce gros arbre, et nous verrons quel
genre de séve coule dans ses horribles veines : car,
sans lui faire du tort, c'est bien le plus affreux des
madriers que j'aie rencontrés de ma vie; on n'y
ferait pas le bout d'un mât, pas même une petite
vergue; mais il est assez laid pour servir de po-
tence. »

En disant ces paroles, Ben se dirigeait vers le

dragonnier et je le suivais tranquillement ; rien ne
nous pressait, l'arbre ne s'enfuirait pas comme une
antilope ou un oiseau ; rien ne bougeait autour de
lui, ni sur ses branches ; il aurait fallu un vent plus
qu'ordinaire pour agiter ses feuilles, qui se seraient
rompues, mais non pas ébranlées. Il avait moins
l'air d'un végétal que d'un arbre de fonte. Cependant, à mesure que nous approchions, son inflexi-
bilité prenait, si l'on peut dire, un caractère plus
doux par l'aspect de ses fleurs, dont le parfum se
répandait même à une grande distance.

Immédiatement autour de l'arbre se trouvait une
couche de grandes herbes jaunies, comme les blés
à l'époque de la moisson, mais bien plus fortes et
bien plus hautes. On y voyait la passée d'un animal
pesant qui s'y était même roulé en différents endroits. Ceci n'avait rien d'extraordinaire, dans un
pays où abondent les animaux sauvages ; des antilopes avaient pu venir se reposer à l'ombre du dragonnier et laisser leur forme dans l'herbe. Nous n'y
attachâmes aucune importance, et Ben, tirant son
grand couteau, l'enfonça d'une main vigoureuse
dans le tronc colossal du prétendu palmier.

Ni l'un ni l'autre nous ne vîmes la séve qui s'é-
chappa du corps de l'arbre : car, au moment où le
couteau frappa l'écorce, un animal bondit à vingt
pas de l'endroit où nous étions placés, et nous re-
garda fixement, tout surpris de notre audace.

Il n'était pas besoin d'être un grand naturaliste pour reconnaître l'animal qui nous regardait de la sorte : à son pelage fauve, à sa crinière abondante, à cette face énorme où brillaient des yeux jaunes et féroces, où des lèvres frémissantes, ornées de longues barbes, découvraient d'effroyables canines, personne ne pouvait s'y méprendre : c'était un lion qui dormait dans les grandes herbes et que nous venions de réveiller. Un enfant l'aurait immédiatement reconnu.

La terreur nous avait paralysés ; nous restions immobiles, contemplant avec effroi l'énorme félin, qui semblait éprouver moins de colère que de surprise. Par bonheur, cette anxiété ne fut pas longue ; après nous avoir considérés pendant quelques instants, le lion poussa un grondement sourd, laissa retomber sa queue et s'éloigna d'un air maussade, comme le font en général tous les lions en présence de l'homme, surtout quand ils n'ont pas faim et qu'on ne les attaque pas.

Il marchait avec une extrême lenteur, se couchait à des intervalles rapprochés, et tournait la tête par-dessus son épaule, afin de regarder s'il était poursuivi. Nous étions loin d'en avoir la pensée ; au contraire, nous avions été nous mettre de l'autre côté du gros arbre, ce qui n'aurait pas servi à grand'chose si le lion avait eu la fantaisie de nous attaquer ; mais, quoique l'animal ne s'éloignât pas aussi vite que nous l'aurions bien voulu, il ne témoignait aucune intention de revenir sur ses pas, et nous commençâmes à nous rassurer quelque peu.

Il nous aurait été facile de nous enfuir, puisque la plaine était découverte; mais nous avions peur d'attirer le lion sur nos pas; quelques bonds lui auraient suffi pour nous rejoindre, et, d'un seul coup de son énorme patte, il nous aurait mis en pièces, ou, comme disait mon compagnon avec plus d'élégance, « il nous aurait envoyés dans le milieu de la semaine prochaine. »

Le lion se serait probablement retiré sans nous rien dire, si on l'avait laissé tranquille; mais mon ami Ben était d'une audace qui allait parfois jusqu'à la témérité; il s'impatienta de voir que notre ennemi s'éloignait avec autant de lenteur, et l'idée folle de l'effrayer par un coup de la reine Anne qui, pensait-il, lui ferait prendre la fuite, ayant traversé l'esprit de Ben, celui-ci déchargea son mousquet dans la direction du félin.

Je suis certain que l'animal fut touché; mais que pouvait sur lui notre plomb à bécassine, alors même qu'il eût été plus près de nous ?

Toutefois l'effet produit par ce coup de feu sur le moral du lion fût diamétralement opposé à celui que le chasseur en avait attendu. Au lieu de s'enfuir, comme Ben l'avait espéré, l'énorme félin poussa un rugissement furieux, et, se retournant aussitôt, accourut en bondissant vers l'endroit où nous étions.

CHAPITRE XXII.

Une minute de plus, et Ben Brace et moi nous avions cessé de vivre; j'étais persuadé que nous allions être déchirés par morceaux; et nous n'aurions pas échappé à cette horrible mort, si mon compagnon n'avait pas été l'homme de ressources par excellence. Il avisa immédiatement au moyen de fuir le péril dont nous étions menacés ; peut-être y avait-il pensé d'abord, car il eût été plus qu'imprudent de tirer sur un lion, en plaine découverte, avec du plomb à bécassine.

Quant à moi, je ne comprenais pas ce qu'il avait pu imaginer. Nous étions derrière le tronc d'arbre, mais cela ne pouvait pas nous protéger, puisque le lion nous avait vus ; d'ailleurs, il aurait bien su en faire le tour, et je m'attendais à être immédiatement dévoré.

Ben Brace était d'une opinion différente. Je

n'avais pas eu le temps de pousser un cri d'effroi,
qu'il m'avait saisi par les jambes, et que me hissant sur ses épaules : « Vite ! s'écria-t-il, saisis la
branche que tu peux atteindre, et grimpe sur la tête
de l'arbre. Vite ! vite ! ou c'est fait de nous. »

Je compris ce qu'il voulait dire, et, sans même
songer à lui répondre, je me mis en devoir d'exécuter sa recommandation. C'est tout au plus si, en
ayant les pieds sur les mains de Ben, qui m'élevait
de toute la longueur de ses bras, il me fut possible
de saisir l'une des branches du dragonnier. Restait encore à me hisser, du bout des doigts, jusqu'à
la cîme de l'arbre ; mais je grimpais maintenant
comme un singe, et avec un peu d'effort je parvins à m'établir en toute sécurité au sommet du
colosse.

Pendant ce temps-là, Ben s'efforçait d'accomplir
son ascension ; il m'avait lâché dès qu'il s'était
aperçu que mes mains avaient trouvé un point d'appui, et il usait de tous les moyens possibles pour
grimper à côté de moi ; malheureusement la branche
était beaucoup trop élevée pour qu'il pût y atteindre, et l'arbre était si gros qu'on ne pouvait
pas songer à l'entourer de ses bras : il ne lui aurait pas été plus difficile d'embrasser une muraille ;
mais l'écorce était bien loin d'être unie, elle présentait des nœuds, des trous ; les vieilles feuilles
en tombant y avaient laissé une partie de leur

Ben, à son tour, escalade le dragonnier.

base, qui formaient des espèces d'échelons. Ben, avec la rapidité de coup d'œil qui le caractérisait, ayant compris l'avantage qu'il pouvait tirer de ces inégalités, avait défait ses chaussures et gravissait comme un chat, en s'aidant des mains et des pieds.

La besogne était pénible et demandait un certain calme, afin d'être sûr de la place où il posait les doigts; car s'il eût perdu l'équilibre et qu'il fût tombé en arrière, ou qu'il eût dégringolé, c'était fini. Le lion arrivait trop vite pour lui permettre de tenter une nouvelle escalade; par bonheur j'avais pu m'établir solidement au milieu des rameaux où j'étais arrivé, et me penchant vers Ben, je finis par saisir le collet de sa veste et par l'attirer vers moi, si bien que l'instant d'après il se trouvait à mes côtés.

Jamais péril ne fut plus imminent : les pieds du matelot pendaient encore entre les branches, lorsque le lion, qui venait d'atteindre le dragonnier, bondissant contre l'arbre, en arracha d'énormes lambeaux d'écorce; il n'y avait pas trois pouces entre la plante des pieds de mon pauvre ami et les griffes de l'animal. Si les ongles du lion avaient malheureusement saisi la cheville de Ben, la dernière heure de celui-ci aurait été sonnée; mais, comme le disait Ben Brace, dès qu'on échappe au danger, un pouce est aussi bon qu'un mille. La suite de l'aventure prouva la vérité de cet adage.

Toutefois, nous étions loin d'être satisfaits du poste que nous occupions, je dirai même que nous éprouvions toujours une certaine inquiétude. Le lion ne peut pas monter à un arbre en l'embrassant, comme le font les ours, ni gravir comme un chat, dont il a cependant les ongles rétractiles, et bien qu'il soit lui-même le plus gros de tous les chats ; mais ses griffes sont généralement trop émoussées pour lui permettre de grimper à un arbre, et c'est une prétention qu'il ne saurait avoir ; néanmoins sa force est tellement grande, ses muscles ont tant d'élasticité, qu'il peut s'élancer à une grande hauteur ; et il était possible que le nôtre, en s'accrochant à l'écorce rugueuse du dragonnier, trouvât le moyen d'arriver jusqu'à la cime de l'arbre.

Il n'est donc pas étonnant que nous fussions toujours inquiets, surtout quand nous vîmes la bête féroce s'arrêter à quelques pas de notre asile, étendre ses larges pattes et songer évidemment à s'élancer vers nous.

Ce fut l'affaire d'une seconde : il franchit d'un bond la distance qui le séparait du dragonnier, et fit un saut oblique et prodigieux qui lui fit atteindre l'endroit où l'arbre se ramifiait ; par bonheur, ses griffes ne purent pas le retenir, et il retomba dans l'herbe.

Cet échec ne le découragea pas ; il se recula pour

reprendre un second élan et pour renouveler son attaque, plus résolu cette fois et certain du succès. La colère étincelait dans ses yeux, la fureur qu'on voyait sur son visage se révélait dans ses moindres mouvements ; ses lèvres retroussées découvraient ses dents blanches, et entre ses mâchoires béantes apparaissait sa langue épineuse et couverte d'écume.

Un rugissement effroyable se fit entendre, un éclair sembla frapper nos regards, et, avant que nous eussions pu dire un mot, nous vîmes la patte fauve du lion s'allonger sur la branche, et son large museau apparaître à nos pieds ; une seconde de plus, et la bête furieuse arrivait jusqu'à nous. Mais la présence d'esprit de mon protecteur ne l'abandonna pas dans cet instant critique ; le lion n'eut pas le temps de faire un nouvel effort pour atteindre le sommet du dragonnier : la lame affilée du couteau de Ben s'était abaissée à deux reprises différentes sur la patte dont le lion avait saisi la branche. Quant à moi, tirant le pistolet que je portais à ma ceinture, je le déchargeai dans la face de l'effroyable monstre.

Je ne sais pas lequel de nous deux produisit le plus d'effet ; toujours est-il qu'au moment où je lâchai la détente de mon pistolet d'abordage, le lion retomba au pied de l'arbre, et fit le tour du dragonnier en rugissant d'une voix qui se serait entendue à plusieurs milles de distance.

Il était facile de voir, à la manière dont il boitait, combien il souffrait des blessures que Ben lui avait faites, et le sang qui lui couvrait la face prouvait que mon plomb à bécassine lui avait labouré les chairs.

Nous crûmes un instant qu'après avoir été ainsi repoussé il abandonnerait la partie ; mais nous vîmes bientôt que notre espérance était une illusion : ni mon coup de feu, ni les estafilades de Ben, ne l'avaient sérieusement blessé ; nous n'avions fait qu'augmenter sa fureur et son désir de vengeance. Après avoir tourné pendant quelques minutes autour de l'arbre et s'être arrêté plusieurs fois pour mordiller avec colère sa patte sanglante, il se prépara de nouveau à franchir l'espace qui nous séparait de lui. J'avais rechargé mon pistolet, Ben tenait son couteau à la main, et, nous posant carrément sur notre perchoir, nous attendîmes l'assaut de pied ferme.

Le lion bondit une troisième fois et s'élança contre l'arbre ; mais, à notre vive satisfaction, il fut loin d'atteindre à la hauteur où il était arrivé précédemment ; sa patte, sans aucun doute, avait reçue quelque lésion profonde.

Il renouvela ses efforts à diverses reprises, et chaque fois avec moins de succès qu'auparavant. Si la fureur avait pu lui servir, il serait certainement parvenu à son but : on ne se figure pas le degré

de colère, ou plutôt de rage, auquel il était arrivé ;
et ses rugissements, entremêlés de cris aigus, vi-
braient avec une telle puissance, que je n'entendais
plus la voix de mon protecteur.

Enfin, après avoir essayé vainement de nous atteindre, le lion parut comprendre que nous étions
hors de sa portée, et sembla renoncer au projet
qu'il avait eu d'abord.

Mais son intention n'était pas d'abandonner la
place ; au contraire, il était résolu à nous faire
soutenir un siége en règle, et nous le vîmes, à notre
grand chagrin, s'établir au pied de l'arbre, où il
se coucha dans l'herbe, avec l'intention d'y rester
jusqu'au moment où nous serions contraints de
descendre.

CHAPITRE XXIII.

Il fallait donc rester à la cime du dragonnier ;
nous ne pouvions pas faire autrement : le lion s'était
placé de manière à nous saisir d'un bond à l'instant
où nous mettrions pied à terre, et c'était se jeter
dans sa gueule que de chercher à descendre. Il était

là, pelotonné sur lui-même ainsi qu'un chat ; de temps à autre il se levait, s'étendait comme s'il avait voulu ramper, se fouettait les flancs avec sa queue, montrait les dents et rugissait avec colère ; puis il s'accroupissait de nouveau et léchait sa patte coupée, en grondant d'une voix sourde, comme s'il s'était promis à lui-même de venger sa blessure.

Nous avions espéré qu'il se fatiguerait de nous attendre et que, de guerre lasse, il finirait par s'éloigner ; mais cette espérance nous abandonna peu à peu, lorsque nous vîmes l'attention constante qu'il mettait à nous guetter. Au moindre mouvement que nous faisions dans les branches, il se levait comme poussé par un ressort, et, supposant que nous allions descendre, il se mettait en mesure de nous arrêter au passage. Ceci prouvait assez qu'il n'avait pas l'intention de quitter la place, et nous étions persuadés qu'il ne lèverait pas le siége de son propre mouvement.

Notre inquiétude commençait à devenir excessive ; jusque-là, terrifiés par la violence de l'attaque et par la vue même de notre terrible assaillant, nous n'avions pas réfléchi à toute l'horreur de notre situation ; le premier effroi passé, il avait fallu se défendre, et l'avantage que nous avions d'abord obtenu avait empêché le désespoir de nous atteindre ; je dirai même que la certitude où nous

étions d'être à l'abri des mâchoires et des griffes
de l'ennemi nous avait tout à fait rassurés pendant
quelques instants.

Mais nous commencions à comprendre que nous
allions courir un danger d'une autre nature. Quelle
que fût la sûreté de notre asile, nous ne pouvions
pas y séjourner longtemps : c'est une position fort
incommode que d'être à califourchon sur une
branche ; mais ce n'était pas l'absence de confort
qui nous préoccupait : nous étions habitués l'un et
l'autre à nous trouver à cheval sur un bâton, et Ben
Brace avait dormi plus d'une fois avec le bou-
lehors de perroquet entre les jambes. Notre inquiétude avait un motif bien autrement sérieux :
c'était la perspective d'avoir à souffrir de la faim et
de la soif. Je ne devrais pas même dire la perspective : car, si nous n'étions pas encore trop affamés, la soif nous tourmentait déjà cruellement ;
nous n'avions pas avalé une goutte d'eau depuis que
nous avions quitté la rivière ; et quiconque a marché en Afrique sous un soleil tropical, sait qu'on
éprouve le désir de boire tous les quatre ou cinq cents
pas ; nous l'avions ressenti presque aussitôt après
notre départ, et j'avais cherché de l'eau depuis le
commencement de notre promenade, sans pouvoir
en trouver. Combien nous nous reprochions de
n'avoir pas emporté du navire au moins une gar-
goulette ! mais nous étions partis sans qu'il nous

vînt à la pensée que des provisions nous seraient même nécessaires. Tout à la joie que nous promettait ce jour de congé, nous avions oublié que nous nous trouvions dans un pays sauvage, et nous n'avions pas fait d'autres préparatifs que si nous avions été dans un coin du monde civilisé.

A peine étions-nous dans la forêt d'Élaïs, que la soif s'était déjà fait sentir ; mais à présent que nous étions perchés sur des branches nues, sans rien qui nous protégeât contre les rayons d'un soleil dévorant, en plein midi, près de l'équateur, nous éprouvions une véritable torture ; je souffrais tellement, qu'il me semblait impossible de ne pas mourir, pour peu que notre supplice se prolongeât. Peut-être l'aurais-je mieux supporté, si j'avais été absorbé par une besogne quelconque ; mais nous n'avions pas autre chose à faire que de nous maintenir en équilibre sur la branche, et de donner cours à nos tristes réflexions.

La perspective était loin d'être consolante. Si nous quittions notre dragonnier, nous serions dévorés par le lion ; si nous persistions à y rester, la faim, et surtout la soif, nous feraient mourir après une affreuse agonie.

Comment sortirions-nous de cette terrible alternative ? Le lion, après s'être ennuyé de nous attendre, finirait-il par aller chercher pâture ailleurs ? il n'y paraissait pas disposé ; tous ses mouvements annonçaient des intentions peu rassurantes, et je me rappelais avoir trouvé dans mes lectures beaucoup de choses qui prouvaient le caractère implacable de ce roi des forêts, qui est bien loin d'avoir la générosité qu'on lui attribue. Cette prétendue générosité n'est peut-être que de l'indifférence à l'égard des gens qui ne l'attaquent pas, et il l'éprouve surtout lorsqu'il est rassasié.

Notre lion pouvait n'avoir pas faim ; mais il avait été provoqué, blessé dans la lutte qui avait suivi la provocation, et le sentiment de la vengeance était porté chez lui à son dernier paroxysme ; nul doute que sa rage ne fût longtemps à s'apaiser. Peut-être la nuit calmerait-elle sa fureur ; mais que devenir jusqu'au soir, en supposant que les ténèbres dussent adoucir sa colère, ou nous permettre d'échapper à sa férocité ?

Nous n'avions pas compté un seul instant sur nos camarades de *la Pandore ;* Ben avait, il est vrai, des amis dans l'équipage, mais ils n'étaient pas de nature à s'inquiéter de ce qu'il avait pu devenir : d'ailleurs, quand même ils se seraient mis à sa recherche, comment retrouver quelqu'un dans ces forêts sans limite, où il n'existe pas même un sentier pour indiquer la route que nous avions pu suivre ?

La seule espérance qui nous vint de ce côté-là reposait sur un motif assez étrange ; il était possible

que le soir, en ne nous voyant pas revenir, le capitaine de *la Pandore* se figurât que nous avions
déserté, et qu'il fît battre les environs de manière
à pouvoir nous retrouver.

Quelque singulière que fût cette conjecture,
nous souhaitions vivement qu'elle se trouvât justi-
fiée, car c'était la seule chance que nous eussions
d'être secourus.

Mais notre soif devenait de plus en plus dévorante ; la gorge nous brûlait comme si nous eussions avalé du piment ; notre langue s'était entièrement desséchée, et nous n'avions plus une seule
goutte de salive.

C'est alors qu'une idée vint à l'esprit de Ben
Brace ; il tira son couteau et pratiqua une entaille
à l'écorce de la branche où il était assis. La question qui nous avait divisés, relativement à la nature de l'arbre où nous étions perchés, n'offrait
plus aucun doute ; une séve rouge s'échappa de
la blessure que Ben venait de produire : c'était
bien du sang-dragon qui s'écoulait des veines de
l'arbre.

Espérant nous désaltérer à la source qui nous
était offerte, nous appuyâmes nos lèvres sur l'incision qui avait été faite à la branche, et nous aspi-
râmes le liquide sanglant qui filtrait de sa blessure ;
nous nous en serions bien gardés si nous avions été
moins ignorants, car le sang-dragon est l'une des

substances les plus astringentes que l'on connaisse.
Hélas! nous l'apprimes bientôt à nos dépens; cinq
minutes après avoir avalé de ce liquide étrange, il
nous sembla que du vitriol nous avait été versé
dans la bouche, et notre soif était devenue tellement violente, qu'il n'y avait plus moyen d'en supporter l'angoisse. Nous nous repentions d'avoir
goûté à cette horrible séve, et nous maudissions
notre imprudence; peut-être sans cela aurions-
nous pu endurer la soif jusqu'au lendemain matin;
mais ce n'était pas possible, nous souffrions autant
que s'il y avait eu plusieurs jours que nous fussions
privés d'eau.

Qui pourrait dépeindre notre agonie? Notre supplice grandissait à chaque seconde, et ce fut au
point que Ben Brace me proposa de descendre et de
lutter corps à corps avec le lion, plutôt que de
supporter nos tortures.

CHAPITRE XXIV.

Oui ; bien que l'issue du combat ne fût pas douteuse, nous pensions à quitter notre asile et à disputer notre vie à l'animal féroce qui nous attendait au passage. Nous préférions courir la chance de cette lutte inégale et tomber sous la griffe de notre ennemi, plutôt que de supporter les souffrances indicibles qui pouvaient durer longtemps encore; mais par bonheur nous n'en fûmes pas réduits à cette extrémité.

On se rappelle le vieux mousquet de Ben Brace, cette arme pesante dont l'origine remontait à l'époque où la reine Anne gouvernait l'Angleterre; on pourrait croire que nous l'avions oubliée, mais il n'en était rien, nous y pensions toujours; elle gisait au pied de l'arbre où mon protecteur l'avait jetée dans son empressement à fuir l'ennemi qui approchait, et nous l'avions regardée plus d'une fois en nous demandant quel service nous pouvions en attendre. Mais à quoi bon y penser? elle était trop loin pour que nous pussions la ressaisir ; et, quand la chose aurait été possible, nous savions par expérience que notre plomb n'était pas assez fort pour nous délivrer de notre ennemi. Nous aurions pu tirer sur le lion jusqu'à ce que notre poudre fût complétement épuisée, sans produire d'autre résultat que d'augmenter sa rage, si toutefois sa fureur n'avait pas atteint ses dernières limites. Nous avions donc laissé la reine Anne au pied du dragonnier, sans faire le moindre effort pour en reprendre possession.

Mais au moment de nous engager dans un combat final et de chercher notre salut dans une tentative désespérée, nous pensâmes de nouveau à utiliser le vieux mousquet. Ben s'était mis dans la tête qu'il pourrait nous servir; on pouvait toujours en faire l'essai, et je ne comprends point que cette idée ne nous soit pas venue plus tôt.

Le projet de Ben était celui-ci: reprendre la reine Anne, y mettre une double charge, provoquer l'ennemi d'une manière ou d'une autre, de façon à lui faire renouveler ses tentatives d'escalade, et au moment où il atteindrait presque la branche où nous étions assis, lui décharger à bout portant notre petit plomb qui ferait balle, et qui, le frappant à la tête, ne pouvait manquer de le blesser grièvement.

La première chose à faire était de reprendre notre mousquet: il n'était pas à un mètre de l'arbre; mais, si près qu'il fût du dragonnier, il était

impossible de l'atteindre de l'endroit où nous étions
placés, car la bête féroce, qui épiait tous nos mouvements, se serait emparée de celui de nous deux
qui aurait mis pied à terre. Comment donc faire
pour ressaisir le mousquet?

Il n'avait pas été question un seul instant de descendre pour aller chercher la reine Anne, puisque
c'était courir à une mort évidente. Ben avait pensé
à me prendre par les pieds et à me tenir comme
font les singes, qui forment une chaîne en s'atta-
chant à leurs camarades pour saisir les objets que
sans cela ils ne pourraient pas atteindre; mais en
calculant la distance qui nous séparait de la terre,
il n'y avait pas moyen de songer à ce procédé:
nous étions beaucoup trop haut pour qu'il pût nous
réussir. Ben eut alors une autre idée: c'était de faire
un nœud coulant au bout d'une corde, de passer
le nœud autour du mousquet, de tirer sur la corde,
de manière à serrer la boucle, et d'amener ainsi
la reine Anne. Le plan était bon, il ne restait plus
qu'à l'exécuter.

Nous avions la corde, cela va sans dire, un matelot n'en est jamais dépourvu; la nôtre avait déjà
servi à lier le vautour sur les épaules de Ben, et
celui-ci n'avait pas manqué de la détacher soigneusement lorsqu'il avait jeté l'oiseau. Elle était juste
assez longue et assez forte pour arriver à notre but;
on n'aurait pas trouvé mieux quand on l'eût choisie

tout exprès. Qui aurait su faire un nœud coulant,
si ce n'avait été Ben ? Le nœud fut bientôt fait et la
corde descendue tout doucement, pour que la
boucle ne se serrât pas avant d'atteindre l'objet
qu'elle devait nous ramener. Guidé par la main
adroite du marin, le nœud coulant finit par reposer
sur le sol, précisément en face de la bouche du
mousquet ; par bonheur l'herbe soulevait légèrement le canon de la reine Anne, et la corde put,
sans trop de peine, glisser au-dessous de lui : mais
Ben Brace ne fut content qu'après avoir fait voyager
son nœud jusque derrière le porte-mousqueton, qui
lui offrait un point d'appui. Un coup sec fut im-
primé à la corde, ainsi qu'un matelot seul était capable de le donner, et l'instant d'après la reine Anne
était dans les mains de Ben Brace.

Ce fut l'affaire de quelques minutes pour charger
le vieux mousquet, opération qui demandait tous
nos soins ; il fallait bien prendre garde de laisser
tomber la baguette ou la bouteille qui renfermait
la poudre, la blague où était le petit plomb, et
l'étoupe dont nous faisions nos bourres : car, sans
l'un ou l'autre de ces objets, tout le reste nous devenait inutile.

Pendant tous ces préparatifs, notre adversaire ne
gardait pas le silence ; en voyant le mousquet monter mystérieusement dans l'arbre, il avait paru
deviner qu'il se tramait contre lui quelque machi-

nation plus ou moins meurtrière; et, se levant d'un bond, il avait fait le tour du dragonnier en rugissant avec force.

La reine Anne était chargée, et Ben Brace attendait que le lion s'élançât contre l'arbre, ainsi qu'il l'avait fait au début; toutefois, l'animal ne paraissait pas d'humeur à tenter un nouvel assaut; il rugissait toujours et fouettait l'air de sa queue puissante, mais il ne quittait pas la place d'où il épiait nos actions.

Un coup de pistolet amènerait peut-être le résultat que nous voulions obtenir, et Ben me conseilla de tirer; j'obéis, en déchargeant mon arme dans la direction de notre adversaire; je ne lui fis pas grand mal, c'est tout au plus si je le cinglai; néanmoins, cette provocation ne resta pas sans effet: la bête furieuse bondit en se rapprochant du dragonnier, puis elle s'arrêta de nouveau, continua de rugir et de se frapper les flancs de sa queue.

L'ennemi n'était plus qu'à huit ou dix pas de la bouche de la reine Anne, mais il était évident qu'il n'avait pas l'intention de chercher à nous atteindre: car, après être resté debout pendant quelques minutes, il s'accroupit en s'appuyant sur ses hanches à la manière des chats. Sa large poitrine se déployait en face de nous et présentait au chasseur un point de mire attrayant.

Ben Brace eut bien envie d'appuyer sur la dé-

tente du mousquet, mais l'animal était encore trop
loin pour que le plomb à bécassine pût produire le
résultat que nous espérions ; et mon ami, devenu
prudent, releva son arme qui allait partir.

Il m'avait dit de recharger mon pistolet, et je me
dépêchais de lui obéir, lorsque d'un mot à l'oreille
il m'ordonna de m'arrêter. Je l'interrogeai du regard : un nouveau projet lui était venu à l'esprit ;
sans me dire ce qu'il avait résolu, il tira, des anneaux qui la retenaient, la grosse baguette de fer
qui servait à charger la reine Anne, il prit des
étoupes dont il embobina la tête de la baguette, et
l'enfonça dans le canon du mousquet ; cette opération terminée, je le vis porter la crosse de la reine
Anne à l'épaule et viser attentivement notre adversaire ; j'entendis bientôt une détonation violente,
et le nuage de fumée qui enveloppa la cime de
l'arbre me cacha tous les objets environnants.

Mais bien qu'il nous fût impossible de juger par
les yeux du résultat qu'avait produit la décharge du
mousquet, il m'était permis de supposer que Ben
Brace avait obtenu un plein succès. Au lieu de cette
voix triomphante qui exprimait la fureur et qui
semblait une menace de mort, c'étaient des plaintes
effroyables qui frappaient notre oreille, des râle-
ments affreux, des cris étouffés, pareils aux gémissements d'un chat qui agonise.

Puis la voix s'éteignit, et lorsque, un instant

après, la fumée de la poudre se fut entièrement
dissipée, nous vîmes avec bonheur l'énorme lion
étendu sur le flanc, immobile et sans vie.

Nous le regardâmes pendant quelque temps avant
de quitter notre asile, afin d'être bien sûrs qu'il
était mort, et, quand nous fûmes certains qu'il ne
respirait plus, nous descendîmes du dragonnier
et nous nous approchâmes du corps de notre
ennemi.

La baguette de fer avait accompli son œuvre; elle
était entrée dans la poitrine de l'animal, et avait
pénétré jusqu'au cœur.

C'était assez de gibier pour un jour; Ben le pensait comme moi; un lion de cette taille suffisait à
son ambition, et nous fûmes d'avis de ne pas chercher d'autre aventure.

Ben cependant n'était pas homme à revenir à
bord sans y rapporter la preuve de son adresse
comme chasseur. Après avoir trouvé une source et
nous être complétement désaltérés, nous revînmes
à l'endroit où gisait le corps du lion, et nous le dé-
pouillâmes à l'ombre de l'énorme dragonnier.

Mon compagnon prit la peau du félin, qu'il mit
sur ses épaules; je me chargeai de la reine Anne;
et, fiers du trophée de notre victoire, nous nous
dirigeâmes du côté de *la Pandore*.

CHAPITRE XXV.

Notre intention était bien de revenir immédiatement à bord, et, comme je l'ai dit, nous nous étions
orientés de manière à rejoindre le négrier par la
voie la plus courte.

Après avoir marché pendant quelque temps, il
nous sembla que nous nous écartions de la ligne
droite, et, nous détournant tout à coup, nous prîmes
une autre direction.

Nous avions fait plus d'un mille depuis l'endroit
où nous avions changé de route, lorsque, n'apercevant pas la rivière, nous supposâmes que nous nous
étions trompés et nous revînmes sur nos pas ; nous
fîmes encore un ou deux milles, et, ne voyant pas
le moindre cours d'eau à l'horizon, nous commençâmes à croire que nous nous étions égarés ; impossible, en effet, d'imaginer dans quelle direction
pouvait être *la Pandore* ou les baraques du roi
Dingo Bingo.

Après nous être reposés pendant quelques instants, car nous étions fatigués de marcher au hasard

et de tourner dans le même cercle, sans savoir de
quel côté nous devions prendre, nous poursuivîmes
notre chemin et nous fîmes au moins trois milles
sans nous écarter de la ligne droite; mais, au lieu
d'arriver dans les bas-fonds où serpentait la rivière,
nous nous trouvâmes dans une région montagneuse
et couverte de quelques arbres épars. On y apercevait une énorme quantité de gibier, des antilopes
de toute espèce; mais nous étions beaucoup trop
préoccupés de retrouver notre chemin pour éprouver le désir de les chasser; la vue du catacois de
la Pandore nous aurait été infiniment plus agréable
que celle de toutes les antilopes de la terre.

Une montagne nous parut s'élever au-dessus des
autres, et, comme elle était également la plus rap-
prochée de nous, Ben me proposa d'en atteindre le
sommet, d'où nous pourrions découvrir tout le pays
environnant, sans doute apercevoir la rivière, et
peut-être *la Pandore*.

Me laissant guider complétement par Ben Brace,
je ne demandais pas mieux que d'accepter cette
proposition, et nous nous dirigeâmes vers la montagne qu'il m'avait désignée. Elle paraissait à un
mille ou deux tout au plus; mais, à notre grande
surprise, quand nous eûmes franchi cette distance,
elle nous sembla tout aussi éloignée.

Ce n'était rien encore; nous continuâmes à marcher pendant une demi-heure, et la montagne n'en

était pas plus prochaine ; nous avancions toujours, et l'espace qui nous séparait d'elle ne paraissait pas diminuer.

Si j'avais été seul, j'aurais certainement renoncé à l'espoir d'atteindre un but qui semblait fuir devant nous, et je lui aurais tourné le dos ; mais Ben Brace était doué d'une extrême persévérance ; il avait décidé qu'il gravirait cette montagne, et il était résolu à ne pas même faire une halte avant d'être arrivé au sommet, dussions-nous pour l'atteindre marcher jusqu'à la nuit.

Peut-être, s'il avait estimé tout d'abord qu'il y avait plus de dix milles de l'endroit où il avait formé le projet d'aborder la montagne jusqu'à la cime qu'il voulait escalader, peut-être ne se serait-il point engagé dans une pareille entreprise ; mais le ciel est tellement pur sous les tropiques, la transparence de l'atmosphère y est si grande, que, pour celui qui est accoutumé à l'horizon brumeux des campagnes anglaises, il est très-difficile de juger de la distance qui vous sépare de l'objet que vous apercevez de loin.

Il nous restait tout au plus une heure de jour, lorsque nous atteignîmes enfin l'endroit où nous voulions arriver. Les flancs abrupts de la montagne avaient rendu notre ascension très-fatigante ; mais nous étions amplement dédommagés de la peine que nous avions prise, par la vue splendide qui se déroulait à nos yeux : la rivière se déployait à l'horizon comme une ceinture d'argent posée sur un tapis de verdure ; l'une de ses extrémités s'enfonçait dans la forêt et l'autre allait se plonger dans la mer, que l'on voyait blanchir dans le lointain et se confondre avec le ciel ; nous apercevions *la Pandore,* immobile sur l'eau brillante, et nous crûmes distinguer le baracon du roi Dingo qui se détachait au milieu du feuillage. Le navire ne paraissait pas plus grand qu'une pirogue et nous semblait à l'embouchure de la rivière, bien qu'il se trouvât à plus d'un mille de la côte.

A cette vue, nous ressentîmes une joie réelle ; complétement égarés depuis quatre heures, nous commencions à devenir fort inquiets ; mais, à présent que nous avions déterminé la position de la rivière et que nous pouvions nous orienter, il nous était facile de nous rendre au bord de l'eau et d'arriver ensuite à notre destination.

Une seule chose nous tourmentait encore : il nous était impossible de franchir la distance qui nous séparait du vaisseau avant la fin du jour. Nous pouvions espérer d'atteindre la rivière au coucher du soleil ; mais une forêt épaisse en couvrait les deux rives ; on ne pouvait y marcher qu'avec une extrême lenteur ; une fois la nuit close, elle devenait impraticable, et nous serions obligés de bivouaquer dans les bois jusqu'au lendemain matin.

Puisqu'il en était ainsi, Ben pensa qu'il valait mieux rester au sommet de la montagne que d'aller coucher dans la forêt; nous aurions moins de dangers à courir de la part des bêtes féroces, dans un endroit où les arbres étaient rares, qu'au milieu des fourrés qui les abritent, surtout au bord de la rivière, où les animaux sauvages se trouvent en plus grand nombre. Nous pouvions d'autant mieux nous établir sur la montagne que la soif n'y était pas à craindre; une belle source, à laquelle nous nous étions désaltérés en arrivant, coulait à deux pas de l'endroit que nous avions choisi pour y camper : il était donc inutile de se rapprocher de la rivière dans le seul but d'avoir de l'eau.

Mais les vivres manquaient; nous n'avions pas une bouchée de viande, pas un morceau de biscuit, et nous étions affamés comme des loups. Comment faire pour supporter la faim qui nous dévorait? Nous ne pouvions l'apaiser qu'en arrivant à *la Pandore*, c'est-à-dire le jour suivant, et peut-être à une heure avancée.

Ben regrettait de n'avoir pas emporté un morceau du lion qu'il avait tué, déclarant qu'une tranche de cet animal aurait bien fait son affaire; mais nous n'en avions pris que la dépouille, et, malgré notre appétit, nous ne pouvions pas y mordre.

Nous étions allés nous asseoir au bord de la fontaine, qui alimentait un ruisseau, et nous parlions

des préparatifs que nous avions à faire pour la nuit ;
il fallait d'abord aller chercher du bois pour établir
un grand feu, non pas en prévision du froid, car la
soirée était d'une chaleur étouffante, mais pour
éloigner les animaux sauvages, que la flamme écar-
terait de notre bivouac.

Tandis que nous causions, notre faim grandissait
toujours ; elle devint tellement violente que nous
pensions à manger de l'herbe ; mais la fortune se
montra plus favorable à notre égard et nous épar-
gna cette dure nécessité. Comme nous cherchions
autour de nous s'il n'y avait pas quelque racine tu-
berculeuse dont nous pussions faire notre profit, un
gros oiseau sortit d'un bouquet d'arbres et s'avança
dans la clairière ; il ne nous voyait pas, car il s'approchait de nous en paissant d'un air calme et tout
préoccupé de choisir sa nourriture.

Ben avait rechargé la reine Anne ; la baguette s'é-
tait tordue en frappant le lion, mais le chasseur
l'avait redressée tant bien que mal, et s'en était
servi pour introduire une nouvelle charge dans le
canon du mousquet.

Voyant le gros oiseau s'avancer tranquillement,
nous nous étions couchés dans l'herbe sans faire le
moindre bruit, et, se plaçant derrière un buisson,
Ben passa entre les épines la bouche de la reine
Anne.

On aurait dit que la Providence nous envoyait cet

oiseau pour notre souper; la folle créature marchait précisément dans la direction du chasseur. Lorsqu'elle fut à dix pas du mousquet, Ben pesa sur la détente, le coup partit, et, bien que ce fût toujours avec notre petit plomb, l'oiseau tomba mort, sans même battre de l'aile. C'était une grande outarde, que Ben s'empressa de ramasser et d'apporter au bivouac.

Nous voilà plumant notre gibier, allumant notre feu, vidant la bête et la plaçant au milieu de la flamme pour la faire rôtir plus vite; il est possible qu'elle sentît la fumée, je crois même que c'est probable; mais je ne m'en suis pas aperçu, Ben encore moins, et c'est bien le meilleur repas que j'aie jamais fait de ma vie. D'ailleurs, après avoir été réduit pendant deux mois aux salaisons de *la Pandore*, une belle outarde grasse, qui est l'un des gibiers les plus savoureux que l'on puisse se procurer, était vraiment une friandise; et ce fut pour nous un tel régal, qu'étant revenus à l'assaut un peu avant de nous endormir, presque toute la bête y avait passé, en dépit de sa grande taille.

Nous arrosâmes notre souper d'abondantes libations d'eau fraîche, puisée à la source limpide qui se trouvait à nos pieds, et nous nous mîmes à chercher un bon endroit où nous pussions nous étendre pour y passer la nuit.

CHAPITRE XXVI.

Nous pensions tout d'abord à nous coucher à la place où nous avions fait cuire notre outarde et où nous l'avions mangée; l'herbe y était épaisse et nous aurait fait un bon matelas, où nous aurions reposé très-confortablement.

Toutefois, si la chaleur était encore assez grande pour qu'il fût agréable de s'endormir en plein air, il n'en serait pas de même un peu plus tard; nous le savions par expérience. Quelle que soit la chaleur du jour dans cette partie de l'Afrique, les nuits y sont parfois très-fraîches; quand, à bord du navire, on couchait sur le pont, il venait un instant où l'on cherchait ses couvertures pour se préserver des brumes épaisses qui vous glaçaient : non pas que le thermomètre descendît très-bas, mais la différence avec la chaleur de la journée était si grande, que la sensation produite par cet abaissement de température est celui d'un froid très-vif auquel on est excessivement sensible.

Il avait fait ce jour-là plus chaud qu'à l'ordinaire,

et la peine que nous avions eue à traverser la forêt
d'élaïs, le temps que nous avions passé en plein soleil à la cime du dragonnier, les taillis épineux qu'il
nous avait fallu franchir, tout cela avait augmenté
pour nous le poids de la chaleur, et nous n'avions
pas cessé d'être en nage depuis que nous étions
partis ; dépourvus de couvertures et n'ayant que
des habits excessivement légers, nous devions, par
prudence, aviser au moyen de nous trouver un
abri, ne serait-ce qu'un arbre touffu dont la voûte
nous empêcherait au moins de souffrir de la rosée.

Nous avions remarqué au versant de la montagne,
à peu de distance de la cime, un petit bois qui paraissait devoir remplir toutes les conditions voulues ;
prenant donc notre mousquet, la peau du lion,
quelques branches enflammées pour refaire un
nouveau feu, surtout n'oubliant pas les reliefs de
notre outarde, nous nous dirigeâmes vers le petit
bois en question.

C'était une espèce de taillis comme on en trouve
souvent dans les grands parcs d'Angleterre. Sa
forme était ronde et il pouvait avoir un acre [1] d'é-
tendue. Quant aux baliveaux qu'il renfermait, leur
élévation n'excédait pas dix ou douze mètres, et,
lorsque nous fûmes assez près pour en distinguer
l'espèce, nous vîmes qu'ils appartenaient tous à la

---

1. 40 ares.

même famille. Leurs feuilles étaient grandes, oblon-
gues, d'un vert brillant, digitées, c'est-à-dire que
leurs folioles étaient disposées comme les cinq doigts
de la main ; chacune de ces folioles était large
comme de grandes feuilles entières, et de chaque
bouquet de feuilles s'échappait une large fleur blanche qui pendait à l'extrémité d'un pédoncule très-
allongé. Rien n'était plus beau que ces fleurs élé-
gantes, qui contrastaient de la manière la plus heureuse avec la nuance verte des feuilles dont elles
étaient environnées.

Tout d'abord nous ne fîmes pas d'autres observations à l'égard de ce taillis, dont l'aspect néanmoins avait quelque chose d'étrange. Il décrivait un
cercle parfait, comme s'il avait été soigneusement
taillé au croissant, d'après les ordres d'un jardinier
paysagiste. Cela paraissait bizarre, car il était bien sûr
que l'industrie humaine n'était pour rien dans cette
disposition particulière ; mais j'avais entendu dire
qu'on rencontrait souvent des taillis régulièrement
formés sur les plateaux de l'Afrique australe et dans
les prairies américaines, et je ne trouvais pas surprenant qu'il en existât sur la côte de Guinée.

La singularité que présentait cette forme circulaire avait à peine été l'objet d'une remarque de
notre part, et nous n'approchions du taillis que dans
le but de nous y abriter ; son feuillage touffu nous
promettait un asile certain contre la rosée, même

contre la pluie, en supposant qu'il en tombât, et
nous acceptions avec joie l'hospitalité qu'il semblait
nous offrir.

Ce n'est qu'en arrivant à la lisière de ce bois particulier que nous nous aperçûmes de sa véritable
nature ; au lieu d'un bouquet de bois taillis, comme
nous l'avions supposé tout d'abord, jugez de notre
étonnement quand nous vîmes que c'était un seul
arbre qui le composait tout entier.

Il n'y avait pas de méprise possible : un tronc
unique portait cette ramée épaisse, couverte de
feuilles et de fleurs, qui nous avait produit l'effet
d'un bois.

Mais quel arbre était-ce donc? Si le dragonnier
avait excité notre surprise, nous étions bien autrement étonnés en contemplant cet arbre gigantesque,
auprès duquel le dragonnier n'était qu'un arbris-
seau.

Vous ne me croiriez pas si je vous donnais les di-
mensions de ce colosse du règne végétal ; et cependant j'aurais, pour appuyer mes chiffres, l'autorité
de voyageurs illustres qui les ont donnés avant moi ;
des arbres pareils à celui qui se déployait à nos regards ont été décrits par les botanistes, et leur
énorme grosseur est bien connue du monde savant.

Celui que nous avions découvert sur la montagne
avait plus de trente mètres de circonférence; Ben le
mesura soigneusement avec ses bras et déclara qu'il

lui trouvait à peu près vingt-cinq brasses; or les brasses de Ben étaient bonnes, car il était de belle taille. A trois ou quatre mètres du sol, le tronc se divisait en une multitude de branches, dont quelques-unes étaient plus grosses que les plus gros arbres de nos forêts; commençant d'abord par être horizontales et devenant plus minces vers leur extrémité, elles s'étendaient très-loin et se courbaient graduellement jusqu'à toucher la terre, ce qui nous avait empêchés de voir le tronc qui les portait. Cet ensemble de ramilles couvertes de feuilles, dont les branches extérieures étaient garnies, offrait d'autant plus l'aspect d'un jeune bois, que les rameaux les plus élevés n'étaient guère qu'à une hauteur de dix ou douze mètres, ainsi que nous l'avons dit précédemment; cet arbre n'était pas le plus grand de ceux qui existent; mais il est bien certain qu'il en était le plus gros.

Je connaissais par hasard ce colosse africain; mon livre des merveilles de la nature n'avait pas omis de le décrire, et je savais que cet arbre extraordinaire se nommait *baobab*.

CHAPITRE XXVII.

Je savais aussi que les nègres du Sénégal ont
donné différents noms au baobab, qu'ils l'appellent
gourde acide, lalo, arbre à pain de singe ; mon livre
m'avait même appris sa dénomination botanique et
m'avait dit qu'on l'appelait *Adansonia*, parce qu'un
savant français, nommé Adanson, qui explora le Sénégal il y a cent ans, décrivit le premier cet arbre
extraordinaire. Je me souvenais même de l'opinion
qu'il avait émise sur l'incroyable longévité du baobab : d'après lui, certains arbres de cette espèce
n'auraient pas moins de six mille ans, et remonte-
raient ainsi à l'époque de la création du monde. Ceux
qu'il avait mesurés portaient vingt-cinq mètres de
tour ; on lui avait dit qu'il en existait dont la circonférence dépassait trente-trois mètres. En face de
celui que nous avions sous les yeux, je n'avais pas
de peine à le croire. Je me rappelais également la
description que le botaniste français avait donnée
du fruit du baobab : c'est une capsule ligneuse de
vingt-cinq à trente centimètres de longueur, d'une

nuance verdâtre et couverte d'un duvet blanc ; elle
ressemble à une gourde et contient plusieurs cel-
lules qui renferment des graines dures et brillantes
plongées dans une substance molle et pulpeuse ;
les indigènes composent avec cette pulpe un breuvage acidulé qu'ils emploient avec succès pour gué-
rir la fièvre ; ils font sécher les feuilles du baobab,
les réduisent en poudre et les mêlent avec leurs aliments, ce qui les empêche de transpirer avec autant d'abondance ; les plus grandes feuilles leur
servent à couvrir leurs cases, et des fibres de l'écorce
ils fabriquent des cordages et une sorte d'étoffe
grossière dont les pauvres se font des pagnes qui
leur descendent à mi-cuisse ; enfin, ils trouvent dans
l'enveloppe de la capsule une coque ligneuse qui
leur fournit des vases analogues aux calebasses.

Je me rappelais tous ces détails, et mon intention
était de les communiquer à Ben aussitôt que nous
serions installés dans notre bivouac. Jusqu'à présent nous avions uniquement découvert que notre
taillis était un seul et même arbre.

Arrivés auprès du baobab, il fallut nous baisser
pour pénétrer sous ses branches ; nous vîmes du
premier coup d'œil que c'était le meilleur abri
qu'il fût possible de trouver pour y passer la nuit :
c'est à peine si l'on eût été plus à couvert dans une
auberge, et l'équipage d'un vaisseau à trois ponts y
aurait été à l'aise ; peu importait l'endroit où nous

nous placerions, nous étions bien sûrs que le vent
ou la rosée ne troublerait pas notre sommeil.

Nous pensions néanmoins à faire un grand feu;
car nous avions peur de la visite des animaux féroces, ce qui n'avait rien d'étonnant après notre
aventure du dragonnier.

Malgré l'épaisseur du feuillage dont nous étions
entourés, une clarté indécise nous permettait encore de ramasser du bois pour entretenir notre feu;
et, nous débarrassant des objets que nous avions
apportés, nous nous mîmes aussitôt à recueillir les
branches mortes que nous apercevions autour de
nous.

Lorsque nous eûmes apporté quatre ou cinq fa-
gots à l'endroit que nous avions choisi pour dormir,
nous commençâmes à disposer notre feu; tout cela
nous avait pris assez de temps. La branche sous
laquelle nous nous étions installés était si grosse
qu'elle nous servait parfaitement de toiture; le sol,
couvert de feuilles desséchées comme de l'amadou,
nous promettait une couche assez moelleuse, et
nous espérions passer la nuit d'une manière très-
confortable.

Nous avions établi notre foyer à quelque distance
du tronc du baobab, et, dès qu'il avait été bien
allumé, nous nous étions assis auprès de la flamme.

Ben avait tiré sa pipe de sa poche, l'avait remplie
de tabac, et fumait avec une vive satisfaction.

J'éprouvais moi-même une joie profonde; après tout ce que j'avais souffert à bord, cette vie de liberté dont on jouit dans les bois avait un bien grand charme, et j'aurais voulu qu'elle pût durer toujours. Je m'étais placé en face de Ben, et, tandis qu'il fumait, nous nous abandonnions au plaisir de jaser sans contrainte.

Lorsque nous étions entrés sous la voûte du baobab, il y faisait trop sombre pour distinguer les objets qui pouvaient être à deux ou trois pas devant nous; mais à présent que notre feu de bois mort répandait une vive clarté, il nous était plus facile d'examiner en détail l'endroit qui nous servait de logement. La flamme nous permettait de voir au-dessus de notre tête les gourdes allongées suspendues au milieu du feuillage, tandis qu'autour de nous gisait une quantité de ces fruits mûrs, dont la plupart étaient ouverts. J'observai même un grand nombre de ces calebasses qui étaient vides et desséchées. Il nous suffit de quelques secondes pour remarquer tout cela; mais notre attention fut bientôt concentrée sur un objet qui excita en nous la plus vive curiosité.

A quelques pas du feu, ainsi que je l'ai dit plus haut, le tronc du baobab se dressait comme un grand mur; l'écorce en était d'un gris brunâtre; elle présentait des nœuds, des crevasses profondes, des rides singulièrement tordues, et cependant, au

milieu de ces inégalités, on apercevait quatre lignes
régulièrement tirées, qui se rencontraient à angle
droit; elles formaient un parallélogramme d'environ un mètre de longeur, sur soixante centimètres
de large, dont la base se trouvait à cinquante centimètres au-dessus du sol, et dont le grand côté s'é-
levait dans le sens de la hauteur de l'arbre.

Il était évident que ces lignes n'étaient pas le
résultat d'une opération de la nature; l'écorce,
tourmentée partout ailleurs, ne se serait pas fendue
d'elle-même avec cette régularité géométrique :
c'était bien l'œuvre des hommes. En examinant ces
lignes avec plus d'attention, on distinguait encore
les marques de l'instrument tranchant qui avait
servi à les produire; toutefois elles remontaient à
une époque éloignée, car elles étaient de la même
nuance que les fissures naturelles dont l'écorce du
baobab était profondément couturée.

Nous nous étions levés, mon compagnon et moi,
pour observer de plus près ces lignes mystérieuses,
qui n'auraient pas même éveillé notre attention
dans un pays habité; nous aurions supposé qu'un
promeneur les avait tracées pour se distraire, ainsi
que nous l'avions fait souvent dans notre enfance.
Mais cette région était complétement déserte; non-
seulement nous n'avions rencontré personne depuis
le matin, mais aucun objet, aucun signe ne nous
avait révélé la présence de l'homme. On nous avait

dit que cette contrée ne renfermait pas un seul habitant; nous en étions convaincus, et c'est pour cela que nous éprouvions tant de surprise à la vue des lignes que présentait l'écorce du baobab.

En les regardant avec soin, nous vîmes qu'elles avaient été profondément tracées; le bois lui-même paraissait être attaqué; mais elles n'étaient accompagnées d'aucune figure, ainsi que nous l'avions supposé d'abord; c'étaient tout simplement les quatre lignes formées par le cadre d'une porte ou d'une fenêtre, Cette idée me frappa d'autant plus, qu'en approchant un tison enflammé de l'une de ces lignes, la séparation qui existait entre les deux bords de la fissure était noire, comme si l'on eût aperçu les ténèbres d'une cavité profonde.

Je regardai Ben, à qui cette pensée était venue en même temps qu'à moi.

« Le diable s'en mêle! s'écria-t-il en frappant d'un coup de poing l'écorce du baobab; mille sabords! c'est bel et bien une porte. N'entends-tu pas, William? ça sonne le creux ainsi qu'un tonneau vide. »

Effectivement l'écorce rendait un bruit sonore sous le poignet énergique de Ben Brace, et je crus voir qu'elle s'ébranlait sous la main vigoureuse du matelot.

« Tu as raison, dis-je à Ben; cet arbre a été creusé, et la partie sur laquelle tu frappes est certainement une porte. »

L'instant d'après, cette question ne faisait plus le moindre doute. Un violent coup de pied, appliqué par le marin à la partie du baobab qui attirait notre attention, renversa l'écorce, et découvrit à nos yeux étonnés une ouverture conduisant à une caverne pratiquée dans l'intérieur de l'arbre.

Ben courut immédiatement à notre feu, y saisit quelques brins de fagot enflammés, dont il composa une torche, et, revenant auprès du baobab, il introduisit son flambeau dans la caverne béante. Ce que nos yeux y rencontrèrent non-seulement nous étonna, mais nous fit tressaillir; mon compagnon, malgré tout son courage, n'éprouva pas une impression moins vive que la mienne; il frissonna de la tête aux pieds, trembla au point de laisser échapper quelques-uns des brandons qu'il tenait à la main, et, pendant un instant, il songea à s'enfuir.

C'est qu'en effet les nerfs de l'homme le moins impressionnable se seraient ébranlés en face du tableau qui s'offrait à nos regards, et que l'imprévu, la situation, l'heure à laquelle il nous apparaissait, rendaient encore plus saisissant.

La cavité que nous avions sous les yeux formait une chambre carrée d'environ deux mètres de largeur, sur autant d'élévation. Elle ne devait pas son origine à la décrépitude de l'arbre, mais elle avait été creusée de main d'homme et faite à coups de hache.

On avait ménagé une espèce de banquette au fond
de cette étrange cellule, et c'était là que reposaient
les objets dont la vue nous avait terrifiés. Trois
formes humaines, la face tournée du côté de la
porte, et par conséquent vers nous, siégeaient sur
ce banc; elles avaient le dos appuyé contre la paroi
de la cellule, les bras pendants et les jambes légèrement étendues vers le centre de la pièce.

Aucun de ces trois hommes ne fit le moindre
mouvement, car ils avaient cessé de vivre, et néanmoins leur aspect n'était pas celui des morts. Tous
les trois étaient desséchés comme des momies, et
n'avaient cependant aucune enveloppe; ils ressemblaient à des squelettes renfermés dans des habits
de cuir noir; ces habits adhéraient à leurs membres,
où ils formaient des rides nombreuses; leur crâne
était couvert d'une laine épaisse, et leurs yeux
éteints, desséchés comme le reste du corps, demeuraient toujours dans leur orbite, dont la dimension
était maintenant démesurée; leurs lèvres sèches,
retirées comme par un mouvement convulsif, découvraient leurs dents aussi blanches que l'ivoire,
et qui, tranchant sur la teinte sombre de leur visage
décharné, prêtaient à leur effroyable hideur un
aspect surnaturel, que Ben Brace n'avait pu regarder sans pâlir.

CHAPITRE XXVIII.

Vous serez étonné d'apprendre que je ne partageais pas la terreur de mon compagnon; j'étais cependant plus jeune et d'un courage moins grand et moins éprouvé que le sien; mais, si la surprise m'avait tout d'abord causé un moment d'effroi, je m'étais immédiatement rassuré.

Il est certain qu'au premier coup d'œil, ces trois squelettes aux dents blanches, aux yeux fixes, à la peau noire, découverts à la lueur de nos torches fumeuses, dans un pays sauvage, où nous avions mille dangers à courir de la part des animaux et des hommes, il est certain, dis-je, que ces trois squelettes avaient quelque chose d'effrayant qui, au premier regard, me terrifia tout autant que mon ami Ben.

Mais ce fut l'affaire d'une seconde; l'instant d'après, je n'éprouvais plus à l'égard des trois spectres qu'un sentiment de curiosité avide, et je les examinais avec autant de calme que si je les avais rencontrés dans la galerie d'un antiquaire.

Mon sang-froid vous étonne, et cependant il n'a rien de surprenant; c'était toujours à mon livre des merveilles que je devais la clef de cet incident mystérieux, et c'est là ce qui me donnait un si grand avantage sur Ben Brace, dont l'ignorance, en pareil cas, prolongeait la terreur. Je me rappelais avoir lu dans mon livre, à l'article du baobab, que les nègres de certaines tribus avaient l'habitude de pratiquer des espèces de caveaux dans l'intérieur de cet arbre colossal, et d'y déposer quelques-uns de leurs morts; non pas les honnêtes gens qui avaient quitté ce monde d'une manière toute naturelle, mais les scélérats que l'on avait exécutés en punition de leurs crimes, et qui, subissant une condamnation infamante, perdaient le droit d'être inhumés d'après la coutume ordinaire. Il paraît qu'on trouve chez ces sauvages, en matière de sépulture, des préjugés tout aussi forts que chez la plupart des nations civilisées.

Au lieu d'abandonner aux hyènes, aux chacals et aux vautours, le corps des malfaiteurs qui ont subi la peine capitale, ces nègres les confinent dans les caveaux qu'ils creusent aux flancs du baobab; ce qui est, à mon avis, une sépulture des plus avantageuses. La décomposition des cadavres ne s'y opère pas comme il arrive ordinairement; soit qu'il y ait dans la nature de l'arbre une qualité préservatrice, soit que l'air extérieur ne puisse pas pénétrer dans

ces caveaux, les corps que l'on y dépose se dessè-
chent à la façon des momies, et se conservent ainsi
pendant des siècles.

Vous ne comprenez pas que ces nègres puissent
se donner autant de peine au sujet des malfaiteurs,
qu'il semblerait plus juste de jeter à la voirie; vous
vous étonnez d'autant plus du travail qu'ils s'impo-
sent que vous songez à l'imperfection de leurs ou-
tils, et que vous savez combien il est pénible, même
avec de bons instruments, de perforer le tronc d'un
gros arbre; mais vous serez moins surpris en appre-
nant que le bois du baobab est si tendre qu'il n'est
guère plus difficile de creuser une cellule dans cet
arbre singulier que de faire un trou dans un navet
ou dans un banc d'argile : aussi n'est-il pas rare de
voir les nègres se tailler de grandes chambres dans
le tronc des baobabs, dont ils font leur demeure.

Comme je l'ai dit plus haut, tous ces détails, que
je me rappelais à merveille, me donnaient un énorme
avantage sur mon compagnon, qui n'avait rien lu
à cet égard, et Ben fut très-étonné lorsqu'il vit la
tranquillité avec laquelle je contemplais un spectacle
qui le faisait trembler jusque dans ses chaussures.

Je lui expliquai aussitôt par quelle raison j'étais
si brave, et tout son courage lui revint immédiatement. Il alla chercher de nouveaux brins de fagot
enflammés pour reconstituer sa torche, et nous
pénétrâmes sans crainte dans la cellule funéraire.

Notre frayeur était si bien dissipée que nous allâmes
jusqu'à toucher les squelettes des trois nègres; ils
étaient parfaitement conservés; la chair en avait
disparu, desséchée par le temps, mais ni les vers ni
les fourmis ne les avaient attaqués; il est probable
que l'odeur particulière du baobab en avait éloigné
les insectes carnivores.

Quant aux hyènes et aux chacals, la porte de la
cellule, qui devait en fermer exactement l'ouverture
à l'époque où l'on y déposa les trois cadavres, avait
suffi pour préserver les morts de leurs atteintes; il
est possible, d'ailleurs, que la putréfaction n'ayant
pas eu lieu, ces amateurs de charogne n'aient pas
même été avertis de la présence des trois défunts.
Aujourd'hui, l'écorce desséchée ne fermait plus l'entrée du caveau avec la même exactitude, et avait
cédé facilement au coup de pied du marin.

Nous restâmes pendant quelque temps dans cette
retraite sépulcrale, dont les moindres détails éveil-
laient notre curiosité; personne, évidemment, n'y
avait pénétré depuis une époque déjà fort ancienne,
peut-être depuis le jour où les trois malfaiteurs y
avaient été renfermés; et, bien qu'il fût impossible
de déterminer d'une manière positive la date précise de cet événement, il était certain, à en juger
d'après l'état des cadavres, qu'un grand nombre
d'années s'était écoulé depuis qu'il avait eu lieu.

Peut-être, à cette époque, le pays renfermait-il

une population nombreuse, qu'une horde puissante avait exterminée, ou qui avait été vendue après sa défaite, et emmenée comme esclave aux colonies américaines.

Tandis que ces réflexions traversaient mon esprit, des pensées d'un autre genre préoccupaient mon ami Ben; je soupçonne qu'il rêvait de quelque trésor enfermé avec les trois cadavres dans cette chambre funèbre, car je le voyais examiner avec soin les moindres fissures, les plus petits défauts des parois de la cellule, comme s'il avait espéré en extraire quelques sacs de poudre d'or ou quelques-unes de ces pierres précieuses que l'on trouve parfois chez les sauvages.

Néanmoins, si telle était son espérance, il devait être complétement désappointé; à l'exception des trois nègres, la cellule ne contenait rien du tout, pas le moindre vêtement, le plus léger ustensile, la plus petite parcelle d'or, ou le plus mince des joyaux.

Lorsqu'il s'en fut bien convaincu, il jeta un dernier regard aux trois habitants silencieux du baobab, leur fit un salamalec demi-sérieux, demi-plaisant, et leur souhaita le bonsoir.

Nous revînmes auprès de notre feu avec l'intention de nous coucher et de dormir : car, bien qu'il ne fût pas très-tard, nous étions fatigués d'avoir couru depuis le matin, et, nous étendant par terre à côté du feu, où nous avions remis du bois, nous nous sentîmes les meilleures dispositions pour passer une très-bonne nuit.

CHAPITRE XXIX.

Nous nous étions endormis immédiatement, mais notre sommeil ne devait pas être de longue durée. Je ne saurais dire au juste depuis combien de temps nous étions couchés, il me sembla qu'il n'y avait pas cinq minutes, lorsque nous fûmes réveillés par un bruit effroyable, le plus étrange de tous les bruits qu'on ait jamais entendus. Nous ne savions ni l'un ni l'autre d'où provenait cette clameur : toutefois, elle était produite par des animaux quelconques.

Il nous vint d'abord à l'esprit que ce devaient être des loups, ou plutôt des hyènes et des chacals, puisque ce sont eux qui remplacent les loups sur le continent africain ; nous avions cru reconnaître, au milieu des voix discordantes qui frappaient nos oreilles, les cris de ces animaux, que nous avions souvent entendus lorsqu'ils venaient rôder sur les

bords de la rivière ou autour des baraques du roi
Dingo Bingo ; mais ces cris étaient accompagnés de
sons bizarres que nous écoutions pour la première
fois : c'était une mêlée de glapissements aigus,
de miaulements pareils à ceux des chats, de hurlements sur tous les tons, auxquels se joignaient un
caquetage et des vociférations qui avaient quelque
chose d'humain et d'analogue aux divagations des
fous.

Les animaux qui produisaient tout ce vacarme
étaient évidemment nombreux ; mais à quelle espèce appartenaient-ils ? Ni mon compagnon ni moi
nous ne savions qu'imaginer à cet égard ; les voix
que nous entendions étaient rudes, insupportables,
menaçantes, et nous causaient un sentiment d'effroi qui grandissait à mesure qu'elles devenaient
plus distinctes.

Nous nous étions levés immédiatement et nous
regardions autour de nous, persuadés que, d'un
moment à l'autre, nous serions attaqués par l'ennemi, qui approchait ; mais, bien que nous fussions littéralement enveloppés de ce bruit épouvan-
table, il nous était impossible de découvrir quels en
étaient les auteurs. Notre feu ne répandait plus que
des lueurs mourantes, qui nous permettaient à peine
de voir à quelques pas de l'endroit où nous l'avions
établi. Mon compagnon s'en approcha, et, d'un coup
de pied, réunissant les tisons prêts à s'éteindre, il

raviva la flamme, qui jeta bientôt de vives clartés autour de nous. Toute la salle de verdure formée par les branches du baobab fut illuminée tout à coup, mais elle était déserte ; c'était du dehors que provenaient les sons qui continuaient à retentir dans les ténèbres.

Ils grandissaient en se rapprochant et nous frappaient de tous les côtés à la fois ; nous étions donc cernés par une légion des affreuses créatures qui répandaient ces cris horribles.

Après être demeurés longtemps sans rien voir, nous aperçûmes enfin des points brillants qui scintillaient dans l'ombre ; ces points lumineux étaient ronds, d'un éclat verdâtre, et paraissaient étinceler.

C'étaient les yeux des animaux dont nous entendions les clameurs, et dont nous ignorions toujours quelle pouvait être l'espèce ; à leurs cris sauvages, à la manière dont ils nous assiégeaient, car il était évident que nous en étions entourés, ce devaient être des animaux féroces, des bêtes de proie qui allaient nous déchirer.

Quelques instants encore, et ils furent si près de nous, qu'il était facile de les reconnaître. J'avais vu de ces animaux dans les ménageries, et mon compagnon les connaissait mieux que moi ; bref, c'étaient d'énormes singes que l'on appelle babouins.

Cette découverte n'était pas faite pour dissiper les

craintes que leur voix nous avait inspirées ; tout au contraire : nous connaissions le caractère intraitable de ces brutes ; quiconque les a vus dans leurs cages, sait que ce sont les créatures les plus vindicatives, les plus haineuses que l'on puisse voir, et qu'il est toujours dangereux de les approcher, alors même qu'elles ont été l'objet de soins constants de la part de l'homme. Il l'est bien davantage de les rencontrer dans les forêts qu'elles habitent ; et les indigènes ne traversent pas les bois où l'on trouve ces quadrumanes sans se réunir à des gens bien armés et sans prendre les plus grandes précautions.

Nous le savions à merveille, et je vous avoue franchement que nous fûmes très-effrayés en voyant les babouins s'approcher de notre bivouac, tout aussi effrayés que nous avions pu l'être en nous voyant poursuivis par le lion.

Nous le fûmes d'autant plus que ces babouins étaient des plus grands et des plus dangereux qu'on pût voir, car il y en a de plusieurs espèces : ceux-ci étaient d'affreux mandrilles, ainsi que nous le reconnaissions à leur épais museau, à la barbe jaune qui recouvrait leur menton proéminent et à leurs joues gonflées, dont la teinte écarlate et violette se distinguait parfaitement à la flamme de notre feu.

Il eût été dangereux de rencontrer un seul de ces quadrumanes, plus dangereux que de se trouver

en face d'une hyène ou d'un dogue en fureur, car
la force du mandrille est prodigieuse ; mais ce
n'était pas une seule de ces brutes qui menaçait
de nous attaquer, c'était une armée tout entière ;
quelle que fût la direction que prît mon regard,
je voyais partout leur face enluminée rayonnant à
la lueur de la flamme, et de tous côtés j'entendais
leur voix menaçante, qui m'empêchait d'entendre
celle de mon compagnon.

Quant à leurs projets, il était évident qu'ils voulaient nous attaquer. Si tout d'abord ils ne s'étaient
pas précipités sur nous, c'est parce qu'ils avaient
eu peur de s'approcher du feu, ou peut-être parce
qu'ils nous examinaient pour savoir quels étaient
les ennemis qu'ils se disposaient à combattre.

Mais la crainte du feu, pensais-je, ne les retien-
dra pas longtemps, ils seront bientôt accoutumés
à le voir. Effectivement, ils reprenaient confiance,
et le cercle qu'ils formaient autour de nous se rétrécissait de plus en plus.

Que faire et comment nous sauver ? Contre un
pareil ennemi, la défense était complétement impossible ; en un clin d'œil ces brutes formidables
nous auraient abattus et nous déchireraient avec
leurs énormes canines. Le seul moyen de leur
échapper était d'abandonner la place.

Et comment s'en aller ? le procédé qui nous
avait mis à l'abri des griffes du lion ne pouvait

être employé : les mandrilles grimpent aux arbres beaucoup plus facilement qu'un homme. Restait la fuite, et nous l'aurions tentée, si la chose eût été praticable; mais les babouins formaient autour de nous un cercle pressé qu'il était impossible de franchir.

Et cependant rester où nous nous trouvions, c'était se résigner à une mort certaine. L'ennemi se rapprochait toujours en poussant les mêmes cris, sans doute avec la double intention de nous effrayer et de s'encourager à l'assaut. Je ne doute pas que, sans notre feu, dont la vue les étonnait, ils n'eussent déjà commencé l'attaque; mais ils regardaient la flamme d'un air de défiance, et n'avançaient qu'avec lenteur.

S'apercevant de la réserve que le feu leur inspirait, mon compagnon s'imagina d'en profiter pour les disperser par la terreur; il saisit un morceau de bois enflammé, et, se précipitant vers les singes qui se trouvaient le plus rapprochés de nous, il agita devant eux le brandon qu'il tenait à la main. Je suivis son exemple, et je courus du côté opposé à celui vers lequel il s'était dirigé.

Les babouins reculèrent devant cette attaque d'un nouveau genre, toutefois, pas avec assez de précipitation pour nous laisser l'espoir de leur faire prendre la fuite. Ils s'arrêtèrent dès qu'ils virent que nous n'avancions plus; et lorsque nous re-

vînmes auprès du feu pour y reprendre de nouveaux
tisons, ils se rapprochèrent et devinrent d'autant
plus menaçants, que pas un d'eux n'ayant été blessé,
ils considéraient nos brandons comme des armes
impuissantes.

Nous essayâmes de répéter cette manœuvre,
mais elle cessa bientôt de leur inspirer la moindre
crainte ; nous agitions vainement nos torches à leur
barbe, c'est tout au plus s'ils reculaient, et ils ne
songeaient pas à tourner les talons.

« Pauvre moyen ! petit Will, me dit Ben Brace
d'une voix qui exprimait ses alarmes ; ils ne s'en-
fuiront pas, les scélérats ! Je vais essayer d'un coup
du vieux mousquet, peut-être s'écarteront-ils un
peu. »

La reine Anne fut rechargée, comme toujours,
avec notre plomb à bécassine ; nous savions bien
qu'il était trop petit pour faire autre chose que
de cingler nos adversaires, et qu'ils ne s'en montre-
raient que plus furieux et plus implacables ; c'était
pour cela que nous nous étions abstenus jusqu'à
présent de tirer sur les babouins et que nous avions
cherché à les effrayer par la flamme.

Mais Ben était résolu à faire payer au moins à
l'un de ces monstres l'horrible attentat qu'ils médi-
taient contre nous, et je le vis introduire la baguette
de fer dans le canon de la reine Anne, de la même
façon qu'il s'y était pris quand il avait tiré sur le lion.

Son coup bien préparé, il s'avança jusqu'auprès de la ligne menaçante, visa l'un des plus grands de nos ennemis, et déchargea son arme.

Un cri de douleur annonça qu'il avait bien visé : l'énorme brute se roulait par terre en se débattant contre la mort, tandis que ses compagnons se pressaient autour d'elle. De mon côté j'avais blessé d'un coup de pistolet un autre babouin, qui devint également le centre d'un groupe d'individus éplorés.

Nous revînmes auprès du feu, mon compagnon et moi. Il nous était impossible de recharger la reine Anne, puisque la baguette indispensable à cette opération était restée dans la plaie du mandrille ; mais quand même nous eussions possédé vingt baguettes, nous n'aurions pas eu le temps de nous en servir. La décharge de nos armes avait justement produit un effet contraire à celui que nous avions espéré : au lieu d'intimider nos assaillants, elle ne fit qu'augmenter leur fureur ; et, abandonnant leurs camarades blessés, ils revinrent sur nous avec l'intention évidente de ne plus différer l'attaque.

Nous touchions à l'instant critique; j'avais saisi l'un des plus gros tisons du foyer, Ben Brace tenait à la main son vieux mousquet, prêt à en faire usage pour frapper autour de lui. Mais à quoi bon cette vaine défense ? Vaincus par le nombre, alors même

qu'isolément chaque mandrille n'eût pas été plus
fort que deux hommes, nous aurions été mis en
pièces par ces dents terribles qui grinçaient autour de nous, si un moyen de salut ne s'était pré-
senté à l'esprit de Ben Brace.

Il est étrange que cette idée ne nous soit pas
venue plus tôt.

A l'instant où l'espoir nous avait complétement
abandonnés, nos yeux se tournèrent par hasard du
côté de la chambre des morts, creusée dans le
baobab. Nous n'avions pas remis à sa place le morceau d'écorce qui lui servait de clôture, et l'entrée
en était restée béante. Cette vue nous frappa tous
les deux, et, poussant un cri de joie, nous nous
précipitâmes vers cet asile qui nous était offert.

Bien que la porte fut étroite, nous la franchîmes
en un clin d'œil; un lapin ne se glisse pas plus
rapidement dans son terrier; et les mandrilles,
qui nous poursuivaient, n'avaient pas eu le temps
de nous rejoindre, que nous étions de nouveau en
compagnie des trois squelettes.

CHAPITRE XXX.

Toutefois, il ne faudrait pas croire que nous fussions complétement rassurés. Notre subite disparition avait d'abord étonné les mandrilles, qui n'avaient pas essayé d'entrer avec nous dans l'intérieur du baobab; mais toute la bande nous avait suivis, et il était facile de voir qu'ils ne tarderaient pas à franchir l'entrée de la cellule, devant laquelle ils continuaient leurs démonstrations menaçantes.

Le caveau était toujours ouvert; nous n'avions pas eu le temps de ramasser la plaque d'écorce qui en constituait la porte; elle gisait au dehors, et il était impossible de sortir pour aller la chercher. La cellule ne renfermait rien que nous pussions opposer à l'invasion de nos terribles assaillants; tout ce que nous pouvions faire, c'était de leur interdire l'entrée de la caverne, en essayant de les repousser, Ben avec son mousquet, et moi avec le tison que j'avais toujours à la main; lorsque ces armes viendraient à nous manquer, nous prendrions nos couteaux et nous soutiendrions la lutte du mieux qu'il nous serait possible : car, une fois que les babouins pénétreraient dans la cellule, notre mort était certaine. ·

Les brutes vociférantes s'étaient rassemblées vis-à-vis de nous, et occupaient tout l'espace qui existait entre le feu et le baobab; elles se détachaient comme de noirs démons sur la flamme du foyer, elles dansaient follement autour de leur camarade que Ben avait tué, et poussaient des cris plaintifs entremêlés de clameurs effroyables, qui exprimaient la rage et le désir de la vengeance. Autant que je pus en juger, les mandrilles étaient plus d'une soixantaine; quelques-uns d'entre eux gambadaient en face de nous et paraissaient n'attendre qu'un signal pour s'élancer dans la caverne.

« Si nous pouvions ramasser la porte, dis-je à mon compagnon, en regardant la planche qui gisait sur la terre.

— C'est impossible, répondit Ben; nous serions bientôt en mille pièces si nous mettions le nez dehors; mais que je sois pendu, petit Will, si je n'ai pas une idée! Nous nous passerons de la porte; empêche-les seulement d'entrer pendant que je vais établir ma barricade; prends le mousquet, ça vaut mieux qu'un gourdin. Attention, camarade! et repousse-moi tous ces monstres. Bravo! petit Will, bravo! »

Lorsqu'il m'eut indiqué la manière de m'y pren-

dre, Ben se glissa derrière moi sans que je pusse
deviner dans quel but il s'éloignait. A vrai dire, je
ne pris pas le temps de chercher quel pouvait en
être le motif, car les babouins étaient maintenant
résolus à forcer l'entrée de la cellule, et j'avais besoin de toute ma force et de toute mon activité pour
les maintenir à distance avec le bout du vieux mousquet. Chacun, l'un après l'autre, posait le pied sur
le bord de l'étroite ouverture, et allait ensuite rouler
par terre, où je l'envoyais d'une main dont l'immi-
nence du péril décuplait la vigueur. Mes coups se
succédaient avec la rapidité de ceux d'un forgeron
qui a peur de voir refroidir le morceau de fer placé
sur son enclume.

Néanmoins, je n'aurais pas eu longtemps la force
de continuer cet exercice; je commençais à faiblir,
et la foule implacable me pressait de plus en plus,
lorsque je sentis mon compagnon passer à côté de
moi. La caverne s'assombrit immédiatement, et je
ne distinguai plus notre feu qu'à travers quelques
fentes qui permettaient à la lumière de pénétrer
dans la cellule.

D'où provenait cette obscurité subite? La flamme
ne s'était pas éteinte, puisque je l'apercevais toujours. Était-ce mon compagnon qui s'exposait ainsi
aux coups furieux de nos assaillants?

Pas le moins du monde; Ben Brace avait mieux
à faire que de s'offrir en holocauste à ces affreux

mandrilles. J'étendis la main, je palpai l'objet qui
venait d'être placé entre nous et la foule hurlante,
et je reconnus que c'était l'un des trois malfaiteurs.

Ben s'était emparé de la momie, l'avait pliée en
deux, et l'avait enfoncée comme un coin entre les
parois de l'ouverture, qu'elle bouchait presque entièrement dans le sens de la hauteur. Cependant la
barricade n'était pas encore terminée; mon compagnon, après m'avoir dit de maintenir le squelette
à la place où il venait de le poser, alla en chercher
un autre qu'il ploya de même, sans s'inquiéter d'en
briser les os et d'en faire craquer les jointures, et
qu'il appliqua de manière à nous enfermer tout à
fait.

La scène, en dépit de l'endroit qui lui servait de
théâtre, avait un côté plaisant qui nous aurait amusés
en toute autre circonstance ; mais nous étions loin
d'avoir envie de rire : la position était trop désespérée. Bien que notre barricade fût un heureux expédient, il ne pouvait nous donner qu'un répit temporaire ; les babouins allaient attaquer les momies,
et ne tarderaient pas à renverser l'obstacle que nous
leur avions opposé.

Toutefois, il existait entre les deux squelettes un
léger espace qui permettait à Ben d'introduire le
canon de la reine Anne, et, à côté de cet espace,
une petite fente où j'enfonçai mon bâton, de manière que nous pûmes continuer à repousser les

mandrilles et à les empêcher de démolir notre
barricade.

Par bonheur, l'ouverture du caveau allait en se
rétrécissant du dedans au dehors, comme les meur-
trières d'une forteresse, et les momies, fortement
appuyées contre les joues de l'embrasure, n'auraient
pu être arrachées de l'extérieur qu'avec infiniment
de peine. Ainsi, tant que les babouins ne les auraient
pas mises en morceaux, nous pouvions nous croire
en sûreté.

Pendant plus d'une heure, nous ne fîmes pas
autre chose que d'avancer et de retirer nos armes,
qui allaient et venaient avec la régularité d'un pen-
dule. Enfin l'ennemi parut faiblir, ses attaques
étaient moins vives et surtout moins fréquentes ; les
babouins commençaient à comprendre qu'ils ne
pouvaient pénétrer dans l'endroit où nous étions,
et les coups qu'ils avaient reçus avaient considérablement refroidi leur ardeur.

Mais, bien qu'ils eussent fini par abandonner le
siége, ils continuaient à pousser les mêmes cris.
Nous ne pouvions plus les voir ; notre feu, en s'étei-
gnant, les avait plongés dans l'ombre ; pas la moindre lueur ne pénétrait sous la voûte du baobab, et
nous passâmes le reste de la nuit au milieu de l'obscurité la plus profonde, mais non pas du silence.

Nous écoutions d'une oreille attentive ces voix
discordantes qui hurlaient, glapissaient et gémis-

saient autour de nous, espérant qu'elles allaient
s'éloigner, et que nous entendrions un bruit de pas
qui nous indiquerait le départ des babouins. Vaine
espérance! les cris retentissaient toujours auprès
de nous, et rien n'annonçait que les mandrilles
fussent disposés à partir.

C'est assurément l'une des nuits les plus épouvan-
tables que nous ayons jamais passées, mon compagnon et moi. Je n'ai pas besoin d'ajouter qu'il nous
fut impossible de fermer l'œil; Morphée lui-même
n'aurait pu dormir en pareille circonstance. Nous
avions entendu parler du caractère implacable des
babouins; nous savions qu'une fois leur ressenti-
ment éveillé, il ne s'apaise qu'après s'être assouvi;
nous savions également qu'il n'en est pas avec les
singes comme avec les lions, les buffles, les rhino-
céros, tous les animaux dangereux que l'on rencontre en Afrique : dès que ceux-ci n'aperçoivent
plus leur ennemi, ils paraissent l'oublier, ou du
moins ils renoncent à leurs intentions hostiles; mais
les babouins n'abandonnent pas ainsi l'objet qui
excite leur fureur; ces créatures monstrueuses pos-
sèdent une intelligence bien autrement développée
que celle des quadrupèdes; elles sont douées d'un
jugement qui, pour être très-inférieur à celui de
l'homme, n'en est pas moins de la même nature.

Il est des personnes qui trouvent cette assertion
entachée d'impiété; ce sont des esprits faibles, qui

n'osent pas regarder la philosophie en face, de peur qu'elle ne dérange leur foi en contredisant leur dogme favori ; des gens qui donnent un démenti formel aux faits les plus positifs qu'aient observés les géologues, et qui ne se font pas scrupule de prodiguer l'injure à ceux qui ont la franchise de reconnaître ces vérités.

On ne saurait nier que les singes ont la faculté de raisonner ; il est impossible de rester pendant cinq minutes en face de l'endroit qu'ils occupent dans nos jardins zoologiques sans être convaincu de ce fait.

Toutefois, cette faculté n'arrive pas chez les babouins à un développement aussi prononcé que dans quelques autres familles de la tribu des quadrumanes, comme chez l'orang-outang, par exemple, ou chez les troglodytes. Malgré cela, nos babouins comprenaient parfaitement la situation dans laquelle nous nous trouvions, et ils savaient fort bien qu'il nous était impossible de sortir du baobab sans passer sous leurs yeux.

De plus, comme ils ont des passions très-violentes, il n'était pas probable qu'ils consentissent à nous épargner. Nous avions tué l'un des leurs, peut-être le chef vénéré de la tribu ; un autre avait été blessé, chacun d'entre eux avait reçu un nombre plus ou moins considérable de coups, et la connaissance que nous avions de leur caractère vindicatif ne nous

laissait aucun espoir d'échapper à leur fureur. Ben
Brace lui-même ne disait rien et paraissait déses-
péré.

Ils pouvaient rester indéfiniment à la place qu'ils
occupaient; quelques-uns seraient envoyés aux provisions pendant que les autres continueraient à nous
guetter; d'ailleurs ils trouveraient sur les lieux
mêmes tout ce qui leur était nécessaire : la source
limpide à laquelle nous nous étions désaltérés la
veille leur fournirait une eau pure, et ils n'avaient
pas même besoin de s'éloigner pour se procurer
des vivres; ils pouvaient se nourrir des fruits du
baobab, qu'ils recherchent avec avidité, et qui, pour
ce motif, ont été nommés pain de singe. Cela nous
fit supposer qu'ils faisaient habituellement leur retraite de la voûte du baobab, qu'ils rentraient chez
eux après avoir couru toute la journée dans les
bois, lorsqu'ils nous aperçurent, et qu'en voyant
leur domicile envahi, leur colère avait éclaté tout à
coup.

Il était donc tout naturel qu'en pareille circonstance nous ne pussions dormir ni l'un ni l'autre.
Nous restâmes toute la nuit plongés dans les plus
vives appréhensions, espérant toutefois qu'au point
du jour les babouins reprendraient leurs habitudes
et regagneraient la forêt.

Hélas! quand le matin fut arrivé, nous vîmes avec
désespoir qu'ils ne songeaient pas à déguerpir. Il

était facile de comprendre, à leurs cris et à leurs
gestes, que le siége continuerait longtemps encore.
Plus nombreux que la veille, ils étaient au moins
un cent. Les atroces créatures apparaissaient de
tous côtés, les unes accroupies sur le sol ou perchées
sur les branches, les autres formant un groupe
animé auprès du cadavre de la victime de Ben, ou
entourant celui de leurs camarades que j'avais blessé
moi-même.

De temps en temps, quelques individus se réunis-
saient, et, probablement poussés par un nouvel
accès de fureur, se dirigeaient vers notre cellule et
cherchaient à démolir notre barricade. Nous les
repoussions comme nous l'avions fait la veille; ils
se retiraient dès qu'ils s'étaient convaincus de l'in-
utilité de leurs efforts, jusqu'à ce qu'un incident
quelconque réveillât leur colère et leur inspirât la
pensée de revenir à l'assaut.

Telle fut leur conduite pendant toute cette journée qu'ils nous obligèrent à passer dans notre funèbre asile. Nous avions augmenté la force de notre
barricade en ajoutant la troisième momie aux deux
autres, et nous commencions à croire que cette
barrière serait suffisante pour arrêter nos assaillants;
mais nous ressentions les atteintes d'un ennemi non
moins terrible que les mandrilles, et dont il nous
serait encore plus difficile de repousser les attaques.
Nous le connaissions déjà, il nous avait fait souffrir

mille tortures à la cime du dragonnier, et nous
le retrouvions plus puissant que jamais dans l'intérieur du baobab : c'était la soif ; elle brûlait nos
lèvres, et chaque instant la rendait plus dévorante.
Comment pourrions-nous l'endurer, si le siége que
nous étions condamnés à soutenir se prolongeait
seulement pendant une heure ?

Le soir était venu et le siége durait encore. Les
brutes obstinées demeurèrent sous le baobab pendant toute la nuit suivante, et, quand l'aube du second jour vint à paraître, nous les vîmes plus nombreuses et plus implacables qu'elles ne l'avaient
jamais été.

Que faire et que devenir ? Épuisés de fatigue,
n'ayant eu ni repos ni trêve depuis quarante-huit
heures, dévorés par la faim et surtout par la soif,
notre mort était prochaine. Sortir du réduit où nous
agonisions, c'était nous faire écharper ; y demeurer,
c'était mourir plus lentement au milieu de tortures
effroyables.

Nous étions assis l'un auprès de l'autre, dans
un état d'accablement impossible à décrire. Nous
avions de nouveau songé à nous frayer un passage
à travers les rangs des mandrilles et à leur échapper par la fuite ; la chose eût été praticable en
rase campagne : car, si les babouins courent avec
assez de rapidité dans les bois, où ils trouvent à
chaque pas des branches d'arbre à saisir, il n'en

est pas de même en terrain découvert où, bien qu'ils marchent mieux que la plupart des quadrumanes, il est facile à un homme de les gagner de vitesse.

Mais c'était tout d'abord qu'il fallait tenter cet expédient; nous aurions pu franchir le cercle qu'ils formaient autour du baobab, en profitant de l'indécision où les avaient jetés la surprise qu'ils avaient éprouvée en nous voyant, et la crainte que leur inspirait notre feu; mais à présent leur nombre avait grandi, leur fureur s'était exaspérée, ils nous entouraient avec l'intention formelle de satisfaire leur vengeance, et nous étions bien sûrs de tomber sous leurs coups.

Néanmoins, la soif nous torturait d'une manière si horrible que nous nous décidâmes à braver la colère des mandrilles; ce serait toujours une mort plus prompte. « Mieux vaut en finir tout de suite, disait Ben, que d'éterniser notre supplice. »

J'étais du même avis : nous aurions un terrible moment à passer, mais la perspective d'être déchirés par les babouins nous semblait moins affreuse que de supporter plus longtemps nos souffrances. D'ailleurs, nous n'avions plus à choisir; nos ennemis, fatigués de nous attendre, avaient recommencé l'attaque avec une fureur nouvelle, et, se précipitant avec rage sur les squelettes qui nous protégeaient contre eux, ils arrachaient des lam-

9

beaux du cuir desséché des momies, qu'ils n'auraient pas tardé à réduire en poussière.

Il devenait inutile d'aller au-devant de la mort, et, sachant bien que toute défense nous était impossible, nous attendions avec une sorte de stupeur ce qui allait arriver.

Tout à coup je vis mon compagnon sortir de son accablement et tâtonner autour de lui.

« Que cherches-tu ? lui demandai-je.

— J'ai une idée, me répondit Ben. Mille sabords ! je veux être pendu si je ne disperse pas nos singes aux quatre points de la boussole.

— Comment cela ?

— Tu vas voir, petit Will. Où est la peau du lion ?

— Elle me sert de tabouret. Est-ce que tu en as besoin ?

— Donne-la bien vite, mon enfant. »

C'était par hasard que la peau du lion se trouvait dans la cellule. Ne voulant pas nous en servir en guise de couverture, parce qu'elle était toute fraîche, nous l'avions roulée sur elle-même et déposée dans le caveau des momies avant l'apparition des babouins. Lorsque, poussé par Ben, je m'étais précipité dans la cellule pour fuir nos agresseurs, je l'avais heurtée du pied ; et quand plus tard, épuisés de fatigue et renonçant à la lutte, nous nous étions abandonnés au désespoir, c'était elle qui m'avait servi de siége.

Je me levai immédiatement, et, sans perdre une seconde, je tendis la peau du lion à Ben Brace. Je comprenais l'usage qu'il voulait en faire, et, sans qu'il eût besoin de me rien dire, je l'aidai à exécuter son plan.

Dix minutes après, le corps de Ben Brace était complétement enveloppé de la peau du lion, attachée et ficelée autour de lui de manière à tromper des yeux plus clairvoyants que ceux de nos mandrilles.

Son but, en se déguisant ainsi, était de sortir tout à coup et de se montrer aux babouins, dans l'espoir que la vue du roi des animaux leur ferait prendre la fuite. C'était un moyen de salut, et notre situation était trop désespérée pour qu'un échec pût en aggraver le péril.

Le plan, d'ailleurs, n'était pas sans quelque chance de succès : tous les animaux sont terrifiés à la vue de leur monarque, et les babouins ne font pas exception à cette règle.

Pour être plus sûrs de réussir, nous procédâmes avec le plus grand soin à tous les préparatifs de cet expédient suprême. Les bras de Ben furent renfermés dans la peau qui avait couvert les membres antérieurs du lion, et le bout de ses doigts disparut sous les griffes du puissant carnassier. Quant aux jambes, qu'il fallut cacher dans la partie postérieure de la peau, il fut très-difficile d'y parvenir, et ce n'est qu'avec beaucoup de peine que nous pûmes faire aller le pantalon d'une manière satisfaisante. La tête du lion s'adapta facilement au crâne de Ben Brace, et l'ample dépouille de sa majesté léonine enveloppa le corps du marin et croisa comme un paletot. Heureusement que nous avions toujours cette corde qui nous avait déjà rendu de si grands services, et qui nous fut très-utile pour fixer toutes les parties du costume.

Enfin le déguisement fut complet, et l'acteur n'eut plus qu'à entrer en scène.

Une fois que toutes nos dispositions furent bien prises, nous retirâmes les momies avec soin, de manière à les retrouver en cas d'urgence.

De leur côté, les assiégeants s'étaient parfaitement aperçus de nos manœuvres, et montraient par leurs allures qu'ils étaient sur leurs gardes.

C'est alors que le prétendu lion sortit des flancs du baobab, en hurlant d'une voix de basse qui égalait presque les rugissements de l'animal dont il portait la dépouille.

Si jamais déroute de singes mérita d'être vue, c'est bien celle dont nous fûmes témoins alors, mon compagnon et moi.

L'instant d'après, nous n'aurions pas pu dire où étaient passés les babouins; deux minutes avaient suffi pour les faire entièrement disparaître; on aurait pu croire qu'ils s'étaient évanouis dans les

airs ou que le sol les avait engloutis; et de la
peau du lion s'échappa un franc rire, dont les
éclats très-humains remplacèrent les rugissements
furieux.

Toutefois, nous nous empressâmes de quitter la
voûte du baobab; il était dangereux de demeurer
sur ce terrain : les mandrilles pouvaient s'apercevoir de la fraude et revenir sur leurs pas. Nous
prîmes donc en toute hâte congé des trois momies,
passablément endommagées par la dent des babouins, et nous descendîmes la montagne sans
regarder derrière nous et sans nous arrêter, si
ce n'est auprès de la fontaine, pour apaiser notre
soif.

Il était midi passé lorsque, le troisième jour de
notre expédition, nous surprîmes l'équipage de *la
Pandore* par notre retour, que l'on n'espérait plus.

CHAPITRE XXXI.

Tous les préparatifs indispensables à notre prochain voyage avançaient rapidement; le charpentier
avait fini ses grilles, consolidé les cloisons, et les

matelots remplaçaient par de l'eau de rivière l'eau
salée qui était contenue dans les tonnes.

Mais tandis que ces occupations allaient leur
train, il arriva chez le roi Dingo-Bingo un messager porteur d'une nouvelle qui mit Sa Majesté
dans un terrible émoi, et qui produisit le même
effet sur le capitaine de *la Pandore.*

Ce messager, ou plutôt ces messagers, car il y en
avait plusieurs, étaient ce que l'on appelle des *kroomen*, c'est-à-dire qu'ils appartenaient à une classe
de nègres qui ont un goût prononcé pour la marine,
et que l'on trouve en Afrique dans presque toutes
les parties de la côte occidentale. A vrai dire, ce
sont les caboteurs de ces parages, et beaucoup de
bâtiments de commerce qui fréquentent cette région
ne manquent pas, lorsqu'ils sont à court de bras,
de compléter leur équipage en prenant de ces
kroomen.

Trois de ces hommes avaient donc remonté la
rivière, et venaient annoncer en toute hâte au roi
Dingo-Bingo la triste nouvelle qu'un croiseur anglais s'était approché d'une station située environ à
cinquante milles au nord. Ce croiseur disait avoir
donné la chasse à une grande barque négrière qu'il
avait perdu de vue ; mais il la cherchait toujours
et il espérait bien la trouver en se dirigeant vers le
sud. Les kroomen ajoutaient que le croiseur ne
s'était arrêté que pour prendre de l'eau, et que,

cette opération terminée, il avait dû remettre à la voile et fouiller toute la côte, afin de découvrir le négrier qu'il avait déjà poursuivi.

Ces renseignements confidentiels avaient été donnés par le commandant du cutter au principal négociant du port, un brave Anglais, qui faisait le commerce d'huile de palme, d'arachides et d'ivoire, et que personne ne supposait avoir des intérêts communs avec les marchands d'esclaves ; au contraire, il se montrait l'un des plus zélés partisans de la répression de la traite des nègres, il se mettait au service des croiseurs, et avait su gagner l'entière confiance des officiers de la marine anglaise, avec lesquels il entretenait des relations très-intimes.

Mais les gens bien informés soupçonnaient cet excellent John Bull de s'entendre à merveille avec Sa Majesté Dingo-Bingo ; ils allaient même jusqu'à penser qu'il existait entre ces deux honorables personnages une association commerciale parfaitement établie.

Toujours est-il que c'était l'ami et le confident du croiseur qui envoyait les trois kroomen prévenir le roi Dingo du danger qu'il courait; le nom et la qualité de celui qui expédiait cette nouvelle n'était un secret pour personne à bord du négrier.

Les kroomen avaient longé la côte dans un petit

bateau à voile et avaient exécuté la plus grande partie de ce voyage périlleux pendant la nuit, afin d'échapper au télescope du croiseur.

Il n'y avait pas à en douter, le cutter en question était bien celui qui nous avait déjà pourchassés, et le capitaine de *la Pandore* n'était pas moins interdit que le roi Dingo-Bingo. Le croiseur savait que nous nous étions dirigés vers le sud ; il prendrait la même direction, visiterait tous les points de la côte, et ne pouvait manquer de découvrir l'embouchure de la rivière où nous étions à l'ancre ; s'il nous y trouvait encore, c'en était fait du négrier. Le pilote qui dirigeait le croiseur connaissait probablement les baraques du roi Dingo ; il y conduirait le cutter, et d'un moment à l'autre nous pouvions être pris sur le fait.

Il n'était donc pas étonnant que le rapport des kroomen eût répandu la consternation dans les deux camps.

Néanmoins, la terreur de Sa Majesté noire était beaucoup moins grande que celle du capitaine ; elle avait bien moins à perdre, et la visite du croiseur ne pouvait lui causer un préjudice notable. Les esclaves, il est vrai, étaient toujours dans le baracon, mais ils ne lui appartenaient plus ; il en avait touché le prix en rhum, en mousquets et en sel, et, dès qu'il aurait enlevé ces valeurs et qu'il les aurait mises à l'abri du cutter, il serait parfai-

tement tranquille et ne s'inquiéterait nullement de
ce qui arriverait ensuite.

Aussitôt après l'arrivée des kroomen, il avait fait
transporter par ses hommes, et cacher dans les
bois, toutes les marchandises que nous avions dé-
chargées de *la Pandore*, et qu'il avait reçues en
payement des esclaves. Cette opération terminée, le
roi Dingo avait allumé sa pipe, rempli son verre,
et s'était mis à fumer et à boire avec autant d'in-
souciance que si jamais croiseur n'avait exploré la
côte d'Afrique.

La situation du skipper était bien différente ; il
pouvait avoir recours, il est vrai, au procédé du roi
Dingo, ouvrir à ses esclaves les portes de leur prison et les cacher dans la forêt ; il était même très-
amusant de voir avec quelle chaleur Sa Majesté lui
donnait le conseil d'employer cet excellent moyen.
Si le capitaine adoptait cet expédient et que le croiseur entrât dans la rivière, *la Pandore* n'en serait
pas moins capturée, les esclaves resteraient dans le
pays, et le royal trafiquant avait la chance de remettre la main sur les cinq cents ballots qu'il ven-
drait une seconde fois. Quelle perspective! Aussi le
vieux scélérat, tout en se gardant bien de laisser
voir qu'il pourrait y gagner, insistait d'une façon
des plus comiques auprès du capitaine pour lui
faire accepter un plan qui, disait-il, pouvait seul le
sauver.

Mais le négrier n'entendait pas de cette oreille-là ; il savait combien il était dangereux de confier cinq cents esclaves à une garde quelconque, surtout au fond des bois ; et puis le très-cher Dingo pourrait bien ne pas veiller sur les colis du capitaine avec autant de sollicitude qu'il se plaisait à le promettre. Quelques-uns des captifs ne manqueraient pas de retourner dans leur pays ; beaucoup d'autres seraient probablement emmenés dans la ville du vieux roi. Comment établir ensuite l'identité de marchandises qui offrent entre elles aussi peu de différence ?

D'ailleurs, en supposant que le capitaine réussît à cacher sa cargaison, il ne pouvait pas escamoter *la Pandore*. Si le croiseur remontait la rivière, il ne manquerait pas d'apercevoir le navire et de s'en emparer immédiatement. Que deviendraient les esclaves, que deviendraient l'équipage et le capitaine lui-même ? Comment vivrait-il dans ces contrées sauvages ? car il savait très-bien qu'une fois à la merci du roi Dingo, Sa Majesté n'aurait pour lui aucun égard et le traiterait d'une façon très-peu hospitalière. C'était un homme rempli de finesse et d'expérience que le capitaine de *la Pandore*, et, loin de prêter l'oreille aux avis de Sa Majesté, il résolut de procéder en toute hâte au chargement de la cargaison, et de remettre à la voile aussitôt l'opération terminée.

C'était, en effet, le seul parti qu'il y eût à prendre. Si le croiseur explorait la côte, et cela ne faisait pas le moindre doute, la première chose était de sortir du fleuve et de gagner la pleine mer avant son arrivée. Il fallait à tout prix éviter une rencontre ; quelle que fût l'audace éprouvée de l'équipage de *la Pandore*, le négrier savait qu'il n'y avait pas moyen de résister à l'attaque d'un vaisseau de guerre, ou même des cinq ou six chaloupes que le croiseur pouvait mettre à flot et dépêcher contre nous. En cas de surprise, le navire était capturé ; la seule chance de salut était dans la fuite, et le skipper avait trop de prudence et d'habileté pour ne pas le comprendre.

La brise était légère et soufflait de la côte, deux circonstances qui favoriseraient la fuite de *la Pandore*, et qui devaient retarder la marche du croiseur. Que le négrier pût seulement prendre le large avant d'être à portée du canon de son antagoniste, et il n'aurait plus rien à craindre.

Soutenu par cette espérance et néanmoins toujours en proie à la plus terrible anxiété, le capitaine fit procéder sans le moindre délai au chargement de la cargaison.

CHAPITRE XXXII.

Toutes les chaloupes du négrier furent mises en réquisition, et tous les matelots furent occupés comme des abeilles. Peut-être mon ami Ben et moi étions-nous les seuls de l'équipage qui n'eussions pas de cœur à la besogne; mais il fallait sauver les apparences et travailler comme les autres.

L'embarquement ne souffrit pas de difficulté, l'arrimage encore bien moins; c'est tout une autre affaire quand il faut prendre à bord une cargaison d'énormes tonneaux et de caisses pesantes qu'on a mille peines à manier et à caser. Quant aux colis vivants, qu'ils y missent de la bonne volonté ou qu'il fallût les y contraindre, il ne s'agissait que de les conduire de leur baraque à la rivière, de les transporter à bord et de les faire descendre pêle-mêle des écoutilles dans l'entre-pont. Les hommes furent séparés des femmes, non pas par égard pour les convenances, mais parce qu'ils sont plus faciles à conduire pendant le voyage, quand il en est ainsi, l'expérience l'a prouvé; toutefois, il n'y avait entre

eux qu'une cloison peu épaisse, à travers laquelle
ils pouvaient communiquer.

On mit avec les femmes les jeunes esclaves des
deux sexes, et tous les petits enfants, marmaille in-
nocente, d'un noir de jais et qui étaient nus comme
la main; pauvres piccaninies! Du reste, la plupart des malheureux qui composaient la cargaison
étaient également nus; quelques-unes des femmes
avaient une simple chemise de coton ou un pagne
en feuilles de palmiers tressées; quelques hommes
portaient une espèce de jupe très-courte et d'une
étoffe grossière : mais les autres n'avaient pas même
apparence de vêtement. Il est probable que les
gens du roi Dingo les avaient dépouillés de leur
chétive garde-robe.

Tous les hommes étaient enchaînés deux à deux ;
quelquefois même on en avait réuni trois ou quatre :
c'était le roi qui avait pris cette mesure, pour prévenir leur évasion. Quant aux femmes, quelques-
unes seulement portaient des chaînes, celles qui
avaient fait preuve d'un caractère plus indépendant
que celui des autres, et qui avaient opposé de la
résistance à leurs ignobles vainqueurs.

Ces chaînes ne leur furent pas enlevées par les
gens de *la Pandore*, et les nègres furent emmagasinés tels qu'ils se trouvaient au moment de la li-
vraison, y compris les fers dont ils étaient chargés.

Debout sur la rive, le roi Dingo assistait à l'em-

barquement, auquel ses gardes du corps prenaient
une part active ; le skipper était à côté de lui et
tous les deux causaient avec une souveraine indifférence , comme s'ils avaient présidé au chargement d'une cargaison d'ivoire ou d'arachides. De
temps à autre Sa Majesté désignait du doigt quelques-uns des esclaves, et faisait remarquer au nouveau propriétaire les qualités de la marchandise
qu'il lui avait livrée. « Excellent article, affaire d'or,
bon colis ; » mais il engageait le capitaine à le
surveiller pendant le voyage. Il était évident qu'il
connaissait une grande partie de ces malheureuses
victimes ; beaucoup d'entre elles étaient ses propres
sujets et avaient grandi sous ses yeux : mais que
lui importaient toutes ces considérations, dès l'instant qu'il trouvait à les vendre et qu'on lui donnait en échange des mousquets et du rhum ? Les
sentiments qu'il éprouvait à l'égard de son peuple
étaient ceux d'un fermier pour ses cochons ou d'un
éleveur pour ses bœufs ; et tandis que ces pauvres
créatures, qu'il aurait dû protéger, défilaient tristement devant nous, il riait et plaisantait avec le capitaine en regardant ce spectacle douloureux, dont
j'avais le cœur navré.

L'embarquement se poursuivait toujours, et la
plupart de ces infortunés étaient déjà sur *la Pandore*, quand nous aperçûmes le bateau des kroomen
qui se dirigeait vers le navire ; on avait envoyé

ceux-ci faire le guet à l'embouchure de la rivière, jusqu'au moment où le négrier aurait fini son chargement. Ils avaient l'ordre de revenir en toute hâte si le croiseur, ou tout autre vaisseau, paraissait à l'horizon.

Leur retour était donc la preuve qu'une voile était en vue, et la rapidité avec laquelle ils remontaient la rivière, non-seulement confirmait cette opinion, mais encore annonçait qu'ils avaient quelque chose d'important à nous apprendre.

Le capitaine et son ami Dingo les voyaient approcher avec consternation, et la nouvelle qu'ils apportaient au skipper n'était pas faite pour calmer son inquiétude.

Une voile n'était pas seulement en vue, mais elle naviguait droit à la côte, et les kroomen qui s'étaient trouvés avec le croiseur, il y avait tout au plus deux jours, avaient reconnu son gréement.

Cette nouvelle parut d'abord atterrer le skipper; toutefois, lorsqu'il eut examiné l'état du ciel et regardé la cime des arbres pour voir de quel côté soufflait le vent, il sembla reprendre courage et donna l'ordre d'activer le chargement de la cargaison.

Les kroomen retournèrent à leur poste, afin d'observer les progrès du croiseur; et le capitaine s'empressa de mettre le temps à profit. La brise lui était favorable, tandis que le vaisseau de guerre mar-

chait contre le vent ; il serait impossible d'approcher de la côte, à plus forte raison de franchir la
barre du fleuve, tant que la brise se maintiendrait
où elle était alors. Il n'y avait plus qu'une heure de
jour, et dans tous les cas il était probable que l'ennemi attendrait le lendemain matin pour entrer
dans la rivière. Le capitaine espérait que le croiseur
jetterait l'ancre à un mille ou deux du rivage et
que, à la faveur des ténèbres, il passerait inaperçu
et pourrait gagner la pleine mer. Il serait peut-être
salué d'un ou deux boulets de canon, mais son
chargement valait bien qu'on bravât quelque chose ;
c'était d'ailleurs la seule chance qu'il eût d'échapper
au cutter.

Il était donc bien décidé à tenter l'aventure,
pourvu que le croiseur mouillât seulement assez
loin de la côte pour lui permettre de passer. Tout
son espoir était dans la direction du vent, qui soufflait toujours de l'est, et qu'il ne cessait de guetter
au milieu des appréhensions les plus vives.

CHAPITRE XXXIII.

Une fois que l'arrimage de la cargaison fut terminé, on posa les grilles, on les attacha solidement, et deux sentinelles rébarbatives, armées d'une baïonnette emmanchée d'un mousquet, furent placées à côté des malheureux esclaves; elles devaient faire usage de leurs armes sur les pauvres détenus qui tenteraient de s'échapper de leur prison.

Le skipper n'attendait plus que le rapport des kroomen. Ceux-ci arrivèrent enfin, et les nouvelles qu'ils lui donnèrent étaient bien celles qu'il avait espérées : le croiseur n'avait pu approcher de la côte; il avait jeté l'ancre à deux milles de l'embouchure du fleuve, et il attendrait que le vent eût changé, ou tout au moins qu'il fît jour, avant de franchir la barre. C'était bien là-dessus que le capitaine avait compté; aussi avait-il retrouvé son audace, et, ne doutant plus du succès, il alla faire ses adieux à son ami Dingo; tous les deux étaient en belle humeur, et les bouteilles de rhum circulèrent à la ronde.

Cette orgie finale avait lieu sur la rive, dans la case de Sa Majesté, qui traitait une dernière fois son ami le capitaine, pendant que le contre-maître descendait la rivière, afin de s'assurer par lui-même de la position du croiseur et de calculer d'une manière précise la route que *la Pandore* devait suivre pour échapper à l'ennemi.

Quelques hommes de l'équipage avaient accompagné le skipper et devaient le ramener à bord dès qu'il aurait pris congé du roi Dingo-Bingo. Ben Brace et moi nous étions au nombre de ceux qui montaient la guigue du capitaine.

Il y avait encore une demi-heure à attendre jusqu'au coucher du soleil, lorsque reparut le contre-maître. Ses observations confirmaient de tout point celles des kroomen, et, comme le vent soufflait toujours de l'est, il était probable que la fuite du négrier ne rencontrerait aucun obstacle. Les officiers de *la Pandore* connaissaient bien la côte; ils n'ignoraient pas qu'ils pouvaient se sauver en se dirigeant au sud de l'endroit où le croiseur avait jeté l'ancre; l'eau y était profonde, et, si le vent se maintenait dans la même position, toutes les chances étaient en leur faveur.

Une chose néanmoins les inquiétait vivement : il était possible que le commandant du croiseur eût appris d'une manière positive où était *la Pandore;* s'il en était ainsi, ne pouvant pas approcher de la

côte, d'où le repoussait la brise, il enverrait ses chaloupes à l'embouchure du fleuve, de façon à prévenir la fuite du négrier. Si, au contraire, il ne se
doutait pas du voisinage de la barque, il remettrait
au lendemain l'exploration de la rivière. Mais il
avait pu être informé de notre présence au baracon
du roi Dingo, et, dans ce cas-là, nous étions sûrs
d'être attaqués pendant la nuit.

Aussi le capitaine attendait-il avec anxiété le moment où les ténèbres, qu'il appelait de tous ses
vœux, lui permettraient de lever l'ancre et de déployer ses voiles.

Il y avait encore quelques minutes de jour, quand
le skipper, ayant pressé une dernière fois l'horrible
Dingo dans ses bras, sortit de la case de son amphi-
tryon. Sa Majesté, suivie de ses noirs courtisans,
vint reconduire son hôte et resta au bord de la rivière, tandis que le capitaine s'installait dans le canot. Ben et moi nous étions à notre banc et nous
tenions déjà nos rames, lorsque le roi poussa une
étrange exclamation.

Mes regards se portèrent naturellement de son
côté, et je vis ses yeux fixés sur moi comme s'il
avait voulu me dévorer, tandis qu'il parlait au capitaine dans une langue que je ne comprenais pas.

Jusqu'alors je n'avais jamais attiré l'attention de
Sa Majesté; je ne sais même pas s'il m'avait aperçu.
J'étais toujours resté sur le navire, excepté lorsque

j'avais fait avec mon ami Ben cette fameuse partie
de chasse où nous avions-eu tant d'aventures; et,
chaque fois que l'abominable Dingo était venu à
bord, comme il se rendait immédiatement dans la
cabine du skipper ou qu'il se tenait sur le tillac, il
est probable qu'il n'avait jamais eu l'occasion de remarquer mon visage.

Mais pour quel motif, au moment du départ, sem-
blait-il s'occuper de moi avec autant d'intérêt? Je ne
comprenais pas un mot de ce qu'il disait au capitaine, car il baragouinait une espèce de jargon tiré
de la langue portugaise, qui est assez généralement
connue sur la côte de Guinée; mais il était facile de
voir, à ses gestes et à ses regards significatifs, que
la conversation roulait sur ma personne ou tout au
moins sur mes habits.

L'entretien s'animait de plus en plus; c'était un
feu roulant de paroles ou plutôt de cris sauvages;
la conversation dégénérait en dispute. A quel propos les deux amis se querellaient-ils à mon égard?
Ben était à côté de moi; je lui demandai tout bas
s'il pouvait me dire de quoi il était question.

« Tu plais à ce vieux coquin, me répondit mon
protecteur; il veut t'avoir et demande au skipper
à t'acheter comme esclave; c'est ton prix qu'ils dé-
battent. »

CHAPITRE XXXIV.

J'eus d'abord envie de rire en entendant ces paroles, mais je ne tardai pas à changer de sentiment ;
l'air sérieux de Ben Brace, le ton avec lequel il
m'avait dit ces mots, surtout la manière dont le capitaine et le roi traitaient la chose, me prouvaient
que ce n'était pas une plaisanterie.

Au premier moment, le skipper ne semblait pas
disposé à satisfaire à la demande du vieux nègre ;
mais celui-ci avait mis tant de chaleur à sa requête,
il avait fait surtout des offres si avantageuses, que le
négrier commençait à fléchir. Sa Majesté proposait
cinq noirs en échange du petit blanc. « Le skipper
en veut six, me dit Ben, c'est pour cela qu'ils se dis-
putent. » Ainsi le capitaine consentait à me vendre
à cet affreux Dingo ; ce n'était plus qu'une question
de prix entre les deux traitants.

J'étais frappé de stupeur ; Ben lui-même était vivement troublé ; il savait fort bien que la brute au
pouvoir de laquelle je me trouvais ne se ferait aucun
scrupule de conclure ce marché. La seule raison

qui avait empêché le capitaine d'y adhérer tout
d'abord, c'est qu'il avait besoin de moi; mais s'il
pouvait, en me vendant, augmenter sa cargaison
de six nègres vigoureux qui, transportés sur la côte
du Brésil, vaudraient chacun cinq mille francs, cette
considération l'emporterait sur tous les services que
j'aurais pu lui rendre. Il ne courait aucun risque,
je pouvais disparaître sans qu'on l'inquiétât le
moins du monde. A qui répondait-il de ses actes? Un
négrier, un bandit! Il avait la faculté de me vendre,
de me tuer si bon lui semblait, sans encourir la punition la plus légère, et il le savait bien.

Il n'est donc pas étonnant que je fusse rempli de
terreur; l'idée de devenir l'esclave de ce sauvage
huileux, de cet ignoble monstre, qui trafiquait de
chair humaine, me révoltait horriblement.

C'est à peine si je peux décrire la fin de cette
scène odieuse; je souffrais au point de ne plus avoir
conscience de ce qui se passait autour de moi; on
me disait que le marché était conclu, que le roi
avait accordé les six nègres, que le capitaine consentait à me donner en échange, et la preuve que
l'on ne me trompait pas, c'est que je vis ce dernier
sortir de la chaloupe et retourner à la case du roi
Dingo, bras dessus bras dessous avec l'affreux sauvage, afin de ratifier le marché en buvant un verre
de rhum.

Je criais et je menaçais, je crois même avoir blas-

phémé; j'avais le délire, je n'étais plus maître de
mes paroles ni de mes actions; la destinée qui m'attendait m'inspirait tant d'horreur que je pensais à
me jeter dans la rivière. Quelle horrible chose! être
vendu à un pareil homme, et sans espérance de
recouvrer sa liberté! C'était horrible, et je me sentais devenir fou.

Mes cris douloureux excitaient les rires des nègres qui étaient restés au bord de la rivière et qui
me raillaient dans leur jargon sauvage. Mes camarades eux-mêmes, ceux qui étaient avec moi dans
le bateau, s'inquiétaient fort peu de mon désespoir.

Mon pauvre Ben était le seul qui prît part à ma
douleur; mais que pouvait-il faire pour me sauver?
Je comprenais son impuissance; il aurait été puni
s'il avait seulement élevé la voix en ma faveur.

Néanmoins, je m'étonnais de son impassibilité;
je trouvais qu'il aurait pu me témoigner une sympathie plus vive. J'étais injuste à son égard; tandis
que je l'accusais d'indifférence, il ne pensait qu'à
moi et cherchait par quel moyen il favoriserait ma
fuite.

Aussitôt que le capitaine et le roi Dingo se furent
éloignés, il se rapprocha de mon oreille et me dit
tout bas, de manière à n'être entendu de personne:

« C'est une chose faite, mon pauvre enfant, il t'a
vendu pour six nègres, tu ne peux pas l'empêcher;
ne leur fais pas de résistance, car ils te garrotte-

raient; aie plutôt l'air d'être content; mais ne quitte pas des yeux *la Pandore*, et quand elle lèvera l'ancre, prends la fuite, c'est aisé quand il fait noir; suis le bord de la rivière, jette-toi à l'eau quand tu arriveras près de l'embouchure, et nage droit à la barque; je serai là, n'aie pas peur, je te lancerai un bout de corde; quant au reste, ne crains rien, le vieux gobelotteur ne sera pas fâché de te revoir, au contraire; je suis sûr qu'il sera bien aise d'attraper Dingo-Bingo.... Fais ce que je te dis, et...: chut! les voilà qui reviennent tous les deux. »

Bien que mon protecteur eût proféré ces mots d'une voix presque inintelligible et à bâtons rompus, je l'avais parfaitement compris, et je venais de lui répondre que je suivrais son conseil, lorsque je vis le skipper se diriger vers la guigue.

Il n'était pas seul; Dingo l'accompagnait d'un pas chancelant, et derrière eux marchaient six nègres superbes, enchaînés deux à deux, et conduits par une troupe nombreuse de soldats sous les armes.

C'était en échange de ces trois couples d'esclaves que le capitaine me livrait à son affreux compère. Dix minutes auparavant, ces victimes du caprice de leur maître portaient le mousquet et faisaient partie de l'armée du roi, prêts au moindre signal à capturer les voisins ou même les sujets de Sa Majesté; mais la fortune est inconstante, et leurs camarades, plus favorisés qu'eux, venaient précisément de les saisir et de les livrer au capitaine.

L'instant d'après on les poussait dans le bateau sans plus de cérémonie qu'ils n'en avaient mis, le matin, à l'égard des malheureux qu'ils allaient rejoindre, tandis qu'on me déposait sur la rive où m'attendait mon nouveau maître.

Le skipper, sans aucun doute, fut très-surpris du peu de résistance que j'opposais à cette mesure ; quant au roi Dingo, il parut enchanté de ma douceur, car il me conduisit avec une politesse d'ivrogne dans sa case royale, et insista pour me faire boire avec lui un verre de son meilleur rhum.

Je regardai entre les palmiers qui composaient les murs de la case ; la guigue traversa la rivière, atteignit *la Pandore ;* les nouveaux esclaves furent dirigés vers l'entre-pont, les rameurs conduisirent le bateau à l'arrière du pêcheur, le palan s'abaissa, et au bout de quelques minutes la guigue avait repris sa place à la poupe du négrier.

La seule chance qui me restât maintenant de rejoindre *la Pandore*, était de franchir la rivière à la nage, et je me préparai à suivre les conseils de Ben Brace.

CHAPITRE XXXV.

Je me souvins des avis de mon protecteur, et j'acceptai l'offre hospitalière du roi Dingo, en y mettant la meilleure grâce qu'il me fut possible de témoigner. J'avalai bravement un verre de rhum, et j'allai même jusqu'à feindre une gaieté que j'étais loin de ressentir. Ma conduite ravissait mon nouveau maître ; il s'applaudissait évidemment du marché qu'il avait fait, bien que le capitaine de *la Pandore* lui eût soutiré un prix beaucoup plus élevé que celui qu'il avait d'abord voulu mettre à mon acquisition. Son premier mot avait été de m'échanger contre un seul individu, et cependant il avait fini par en donner six pour m'avoir! six hommes pour un adolescent!

Que voulait-il donc faire de moi? un esclave attaché à sa personne? un page qui lui tiendrait son assiette quand il voudrait manger, qui lui donnerait son rhum quand il désirerait boire, qui éloignerait les moustiques quand il serait endormi, et qui devrait le distraire quand il serait éveillé ?

Ou bien avait-il l'intention de me confier une position plus haute? peut-être me ferait-il son secré-
taire particulier ou son premier ministre? S'il allait
me faire épouser l'une de ses filles à peau noire?
m'élever à la dignité de prince?

A en juger par la façon dont il agissait envers
moi, je pouvais supposer que, si je continuais à lui
plaire, j'aurais une vie facile en restant avec lui;
on m'avait raconté plusieurs histoires où des blancs
étaient devenus les favoris de princes nègres qui
leur avaient confié des missions importantes, et il
était possible qu'une pareille destinée m'attendît, si
je restais auprès du roi Dingo.

Mais l'affreux homme m'eût-il donné la première
place de ses États, m'eût-il offert son trône avec
la plus belle de ses filles, que je n'en aurais pas
moins persisté à le fuir et à regagner *la Pandore.*
Assurément celle-ci n'était pas un élysée, et peut-
être me sauvais-je du gril pour tomber dans
la poêle; mais depuis quelque temps j'y étais
moins maltraité; je comptais d'ailleurs sur la promesse de Ben, et j'espérais bien n'y pas rester toujours.

Quant au roi Dingo, il m'inspirait un dégoût que
je ne pouvais surmonter; il me semblait qu'auprès
de lui j'étais menacé de quelque malheur effroyable,
et, s'il m'était impossible de rejoindre *la Pandore,*
j'avais la ferme résolution de me sauver dans les

bois plutôt que de rester dans la compagnie de cet
ignoble sauvage. Oui, malgré les lions et les mandrilles, malgré tous les périls que j'aurais à courir,
je préférais le désert à la case de cette brute odieuse
à laquelle j'étais vendu.

Mon plan était déjà tracé ; je pensais au comptoir
dont les kroomen avaient parlé au sujet du croiseur, et qui se trouvait sur la côte, à cinquante
milles de la rivière ; j'y arriverais sans trop de difficulté. Un Anglais était le chef de ce comptoir ; à
vrai dire, c'était l'ami du roi Dingo, son associé ou
plutôt son complice ; mais c'était toujours un de
mes compatriotes, il ne me trahirait pas : d'ailleurs,
le cutter reviendrait au mouillage, il me protége-
rait contre Sa Majesté ! Que dis-je ? il la ferait sauter
jusqu'aux nues pour la punir de son infâme trafic.
Si j'avais pu avertir le cutter de mon affreuse
position ! mais c'était impossible : au point du
jour il s'éloignerait de la côte pour chasser *la
Pandore.*

Pendant que je cherchais dans mon esprit tous
les moyens de m'enfuir, l'affreux Dingo s'efforçait
de paraître aimable et ne faisait qu'augmenter la
répugnance que j'avais pour sa personne. Il me
comblait de politesses et de verres de rhum que je
feignais d'avaler, et me tenait un langage qu'il
m'était impossible de comprendre, bien qu'il pro-
nonçât quelques mots d'anglais ou d'argot, pour

mieux dire, qui m'étaient devenus familiers depuis
mon séjour sur *la Pandore*. Mais l'ignoble sauvage
avait tellement bu que ses propres sujets ne distin-
guaient plus ses paroles.

Je suivais avec joie les progrès de son ivresse
qui l'absorbait de plus en plus; et ce fut avec un
véritable bonheur que je le vis se lever, faire quelques pas en chancelant et se heurter contre une
espèce de couche où il tomba comme une masse.

Une minute après il était profondément endormi,
et ronflait comme un bœuf; jamais pourtant musique ne m'a paru plus douce.

J'entendis au même instant, sur la rivière, le
clappement du bourriquet et le bruit que faisait
la chaîne qui retenait l'ancre en passant par l'é-
cubier.

Tous les gens du roi Dingo étaient sur la rive
pour assister au départ du navire, dont la sil-
houette se dessinait vaguement dans l'ombre.

J'attendis pendant quelques minutes; j'avais peur
en m'enfuyant trop tôt d'être poursuivi et rattrapé
avant d'avoir atteint l'embouchure du fleuve. Je
savais que la barque descendrait lentement, qu'il
lui était impossible de déployer ses voiles à cause
des nombreux détours de la rivière, et qu'il me serait facile de la rejoindre.

Aucun des serviteurs du roi ne soupçonnait mes
intentions; ils me croyaient très-satisfait de mon

nouveau poste, et je suis persuadé que la plupart
d'entre eux enviaient ma bonne fortune. J'étais déjà
le favori de Sa Majesté, je pouvais prétendre aux
premières places du royaume : comment penser
que je songeais à fuir une perspective aussi brillante ? Une pareille idée ne pouvait germer dans le
cerveau des noirs gentlemen dont j'étais environné !
Il en résulta qu'une fois Sa Majesté endormie, on
me laissa complétement libre d'aller où bon me
semblait. J'en profitai pour diriger mes pas vers
la baraque aux esclaves, et pour m'enfoncer dans
les bois où elle était cachée ; prenant ensuite obli-
quement du côté de la rivière, je revins au bord de
l'eau et je précipitai mes pas aussi vite que me le
permettaient les broussailles dont la berge était
couverte.

CHAPITRE XXXVI.

Je suivais le sentier qui longeait le fleuve à quelques mètres de la rive, et de temps en temps je revenais au bord de la rivière pour bien m'assurer
que *la Pandore* ne prenait pas d'avance sur moi. Je

distinguais fort bien le navire, même à travers les
arbres; contrairement aux vœux du négrier, le ciel
était sans nuages et la lune répandait une vive
clarté à la surface du fleuve.

Bien que *la Pandore* descendît très-lentement,
c'était tout ce que je pouvais faire que de la suivre.
Si le chemin avait été mieux frayé, la chose aurait
été facile ; mais ce n'était pas même un sentier ; je
suivais tout bonnement la trouée que les bêtes sauvages avaient faite au milieu des vignes traçantes
et des lianes de toute espèce qui la plupart du temps
m'obligeaient à ramper sur la terre ou à escalader
la voûte dont le passage se trouvait obstrué. Tout
cela me retardait énormément, et il était indispensable que je pusse gagner de l'avance sur le vaisseau,
afin de traverser la rivière au moment où il ap-
procherait de la côte.

J'aperçus plusieurs fois des bêtes sauvages dont
la forme se distinguait à peine dans l'obscurité qui
régnait sous les grands arbres ; quelques-unes, qui
me parurent gigantesques, s'enfuirent à mon approche, en faisant craquer les buissons qu'elles rencontraient devant eux : ce devaient être des rhino-
céros ou des hippopotames. J'étais certainement
effrayé de leur présence ; mais je l'aurais été bien
davantage si la crainte qu'ils m'inspiraient n'avait
été dominée par une terreur bien plus grande : je
croyais toujours entendre la voix du roi Dingo or-

donnant à ses soldats de me ramener auprès de lui,
et je m'arrêtais parfois tout haletant pour écouter
les sons qui frappaient mon oreille.

Mais il aurait fallu que cet homme abhorré, dont
l'image me poursuivait sans cesse, eût été bien près
de moi pour que j'eusse entendu ses cris ; des
bruits sans nombre emplissaient la forêt, et je ne
saurais dire quels poumons auraient eu assez de
de puissance pour dominer ces clameurs. Tout tremblant, je retenais mon haleine pour écouter si, au
milieu de ce chorus infernal, retentissait la voix du
nègre ; mais je ne distinguais que le bruit aigu des
grillons et des cigales, le coassement des grenouilles,
le rugissement des lions, les cris variés des singes,
les hurlements des chacals et tant d'autres qui m'é-
taient inconnus et que provoquaient mon passage
et celui du navire ; l'alarme se répandait de proche
en proche, et les cris, se multipliant toujours, semblaient envelopper la forêt tout entière.

Il me paraissait probable qu'on me chercherait
sur le fleuve. Dès qu'on s'était aperçu de mon départ, on devait avoir pris des canots ; peut-être le
roi lui-même dirigeait-il la poursuite. On se rappe-
lait sans doute que c'était au moment où le navire
s'éloignait que je m'étais éclipsé, raison de plus
pour supposer que j'avais regagné *la Pandore* et
pour que le roi Dingo se hâtât de venir me réclamer. Obsédé par cette croyance, je jetais des regards

inquiets sur la rivière toutes les fois que je pouvais l'apercevoir; mais je ne distinguais rien qui motivât mes craintes.

Ce n'était pas ma seule inquiétude. Les kroomen se trouvaient à l'embouchure de la rivière pour épier les mouvements du croiseur. Ces hommes étaient tout dévoués au roi Dingo; ils me verraient traverser le fleuve à la nage, me prendraient dans leur barque et me ramèneraient à mon ignoble maître : car ils étaient là quand le marché s'était conclu. Je devais donc faire attention au bateau des kroomen et tâcher de l'éviter.

Comme toutes ces pensées traversaient mon esprit, je jetai les yeux sur le fleuve; il me parut que le navire marchait avec plus de vitesse, et, plongeant sous les lianes, je m'efforçai de précipiter ma course.

J'atteignis enfin un endroit où la rivière décrivait une courbe prononcée; j'étais alors auprès de son embouchure; elle s'élargissait un peu plus loin de façon à constituer une baie. Il était inutile de marcher davantage; en allant au delà du point où je me trouvais alors, j'aurais eu trop d'espace à franchir pour rejoindre le négrier. D'ailleurs, il déployait ses voiles, bientôt il prendrait le vent, et sa marche deviendrait trop rapide pour que je pusse l'aborder.

Le moment était venu de gagner le vaisseau à la

nage; je me dépouillai de mes chaussures et de la plupart de mes habits, et je descendis au bord du fleuve, où je me plongeai immédiatement.

CHAPITRE XXXVII.

Le navire n'était pas encore en face de moi; mais, à la manière dont il marchait, nous devions nous rencontrer au milieu de la rivière.

Ben m'avait recommandé de me diriger vers l'avant, où il se trouverait avec une corde, pendant qu'un de ses amis se tiendrait à la porte de la galerie du faux-pont et me lancerait une seconde bouée, si par hasard je n'avais pas pu saisir la sienne. J'étais bien sûr d'être hissé par l'un des deux; mais il était préférable d'aborder par l'avant du navire, en ce sens que j'avais la certitude de ne pas y rencontrer le capitaine ou le contre-maître, et que, Sa Majesté elle-même vînt-elle me réclamer, je pourrais être caché sur le tillac de manière à permettre au capitaine d'affirmer que je ne me trouvais pas à bord.

J'étais celui qui nageais le mieux de tout l'équipage, après Ben toutefois, qui était l'un des premiers nageurs du monde. J'avais beaucoup pratiqué cet exercice à l'époque où j'étais chez mon père, et ce n'était rien pour moi que de traverser un fleuve d'un mille de largeur; aussi les deux cents mètres qu'il me fallait franchir pour rejoindre le négrier ne me paraissaient-ils qu'une bagatelle.

Mais si la distance à parcourir n'avait rien qui pût m'effrayer, une vive inquiétude n'en devait pas moins s'emparer de mon esprit. Jusqu'alors je n'y avais pas songé: l'émotion de la fuite, la difficulté de m'ouvrir un passage à travers les lianes, et surtout la frayeur que j'avais d'être poursuivi, m'avaient fait oublier les dangers que je pouvais courir plus tard; ce n'est qu'en plongeant dans la rivière que le souvenir du malheureux Dutchy me revint à la mémoire et que je pensai aux crocodiles.

Un horrible frisson me parcourut de la tête aux pieds; je sentis mon sang qui se glaçait dans mes veines; peut-être dans ce moment même étais-je en présence de l'un de ces effroyables monstres : n'avais-je pas vu, à l'instant où je quittais la rive du fleuve, un objet brun, ayant environ six mètres de longueur, et que j'avais pris pour une pièce de bois mort? Cet objet avait remué lorsque j'étais entré dans la rivière; j'avais pensé que le courant l'entraînait : mais c'était une erreur, il se mouvait

comme une créature vivante.... Plus de doute, c'é-
tait un crocodile.

Comment n'y avais-je pas songé plus tôt? Une
pièce de bois mort ne se serait pas arrêtée à l'endroit où j'avais cru l'apercevoir, le courant l'aurait
emportée; j'étais bien sûr que ce n'était pas un
tronc d'arbre dépouillé de ses branches, mais le reptile hideux qui se repaît de chair humaine.

Je me retournai instinctivement, et je relevai la tête
pour regarder derrière moi. La lune éclairait toute
la rivière, on y voyait comme en plein jour.

Bonté divine! j'avais bien raison de frémir : ce
n'était pas une pièce de bois, mais un énorme crocodile; je voyais son corps monstrueux, son dos
couvert d'écailles, sa tête allongée, ses mâchoires
béantes qui s'élevaient au-dessus de l'eau; je l'avais
réveillé en plongeant tout à coup, et il cherchait à
reconnaître quelle était la cause du bruit qu'il avait
entendu.

Son étonnement avait bientôt cessé; à peine avais-
je repris ma course qu'il avait fouetté l'eau de sa
queue puissante et que, abandonnant la rive, il se
précipitait vers moi.

Son corps était tout entier dans la rivière, mais
ses mâchoires et toute sa tête hideuse se projetaient
au-dessus de l'eau.

Je redoublai d'efforts, et malgré ma terreur j'a-
vançais rapidement; *la Pandore* approchait, elle

n'était plus qu'à cinquante mètres de distance ; le crocodile se trouvait plus loin de moi que je ne l'étais du navire ; mais ces monstrueux amphibies nagent beaucoup plus vite qu'un homme ; je le savais, j'étais sûr que le reptile allait m'atteindre et alors....

Quelle horreur ! je jetai un cri d'effroi que je répétai tout en nageant.

Des voix me répondirent ; j'aperçus des ombres glisser autour de l'éperon[1], courir sur les bout-dehors[2] et arriver sur le beaupré ; j'entendis la voix puissante de Ben m'adresser des paroles d'encouragement et m'indiquer la direction que je devais prendre.

J'étais sous l'extrémité du beaupré, mais je ne voyais pas de corde ; je cherchais vainement celle qui m'était promise, on ne m'en avait pas jeté.... O ciel ! qu'allais-je devenir ?

Je me soulevai de nouveau pour regarder où était mon ennemi. La tête noire du crocodile apparaissait à quatre mètres de moi tout au plus ; je distinguais ses longues dents irrégulières, ses membres courts et robustes qui ramaient avec vitesse.

Une minute encore, et je sentirais ces dents tranchantes ; pris par les mâchoires du monstre, je se-

1. Charpente saillante en avant de l'étrave qui termine la proue d'un grand bâtiment.
2. Pièces de bois adaptées sur l'avant, à chaque vergue, et qui servent à déployer et à soutenir les bonnettes.

rais entraîné au fond du fleuve et dévoré comme le pauvre Dutchy.

Mais au moment où je me croyais perdu, je sentis une main vigoureuse me saisir par la ceinture et m'enlever immédiatement; le crocodile s'élança au-dessus de l'eau en cherchant à m'atteindre, et retomba lourdement sans avoir pu me toucher! Il continua pendant quelques instants à battre l'onde avec sa queue; puis, voyant que sa victime lui avait échappé, il disparut, après avoir fait le tour de *la Pandore*.

Je savais à peine comment j'avais été sauvé; la terreur avait tellement troublé mes sens, que je ne compris ce qui était arrivé que lorsque je fus sur le pont, et que, me retrouvant sain et sauf, je revis l'excellent Ben Brace à côté de moi.

C'était lui qui, cette fois encore, avait été mon sauveur. Courant jusqu'à l'extrémité du beaupré, il avait glissé jusqu'au bout de la baderne, et descendant presque au milieu du fleuve au moyen d'une corde en forme d'anse, il était parvenu à me saisir au moment où je remontais à la surface de l'eau pour regarder le crocodile.

Toutefois je l'avais échappé belle, et je me promis bien de ne jamais entrer volontairement dans une rivière d'Afrique.

Will échappe de près à la mort.

CHAPITRE XXXVIII.

Le skipper devait bien savoir que j'étais de retour à bord; tous les hommes de l'équipage avaient
fait tant de bruit lorsqu'ils s'étaient aperçus que le
crocodile me poursuivait, qu'il était impossible
qu'il en ignorât la cause. Je repris néanmoins possession de mon cadre, sans que rien annonçât
qu'on dût me renvoyer chez mon ignoble maître.
Le fait est que le capitaine, ainsi que l'avait pensé
Ben Brace, n'était pas fâché d'avoir dupé le roi
Dingo, et mon service lui étant agréable, il était
bien loin de vouloir me restituer à mon affreux ac-
quéreur. C'était l'énorme bénéfice que lui avait offert le roi qui l'avait déterminé à me vendre; mais
dès qu'il avait rempli toutes les conditions du marché, sa conscience était satisfaite, et il était fort
content que je fusse revenu.

Néanmoins, les pirogues de Sa Majesté pouvaient
encore nous rejoindre, et il était probable que, si
j'étais formellement réclamé, le skipper me livrerait de nouveau à son ami. Je ne fus donc entiè-

rement rassuré que lorsque nous eûmes franchi la
barre et que le navire, déployant toutes ses voiles,
se dirigea vers la pleine mer. Combien de regards
inquiets j'avais jetés sur le fleuve, jusqu'au moment
où nous en étions sortis! Ce n'était plus le crocodile
qui me faisait regarder en tremblant à l'arrière du
négrier; c'était la crainte d'apercevoir dans notre
sillage une pirogue conduite par une double rangée
de rameurs, et où serait assis l'affreux Dingo-
Bingo.

La pensée de retomber entre les mains de cet
ignoble sauvage me causait un effroi que je ne
pourrais exprimer. Cet affreux nègre me ferait
payer d'autant plus cher mon évasion, qu'il m'avait
témoigné plus de bienveillance et que je l'avais
trompé; ma vie ne serait plus désormais qu'un
long supplice, où le dégoût s'associerait à la douleur.

Aussi ne commençai-je à respirer librement que
lorsque nous eûmes dépassé la chaloupe des kroomen, qui observaient toujours les mouvements du
croiseur.

Mais une fois que le navire se balança de nouveau sur l'Océan, mon inquiétude s'évanouit tout à
coup, et l'instant d'après, j'avais complétement oublié le roi Dingo et ses horribles sicaires; d'autant
plus qu'un nouvel incident vint bientôt absorber
mon attention.

Dès que *la Pandore* eut franchi la barre du fleuve, elle se révéla au croiseur depuis sa ligne d'eau jusqu'à sa pomme de girouette, et put reconnaître à son tour le gréement du cutter, car le ciel était si pur et la lune si brillante, qu'on distinguait les moindres objets à une distance considérable.

Cependant l'équipage du cutter ne sembla pas tout d'abord apercevoir le négrier ; peut-être *la Pandore* se confondait-elle avec les arbres de la côte ; peut-être la vigie n'était-elle pas attentive : toujours est-il que plusieurs minutes s'écoulèrent avant qu'on eût observé le moindre mouvement à bord du vaisseau anglais.

Tout à coup l'ennemi se réveilla, le bruit du tambour se fit entendre, et les voiles se déployèrent avec cette rapidité qui résulte des bras nombreux qui composent l'équipage d'un vaisseau de guerre et de l'ensemble des manœuvres qui leur sont commandées.

Malgré l'avantage que le négrier avait obtenu par son audace et par la soudaineté de son apparition, il était loin de se trouver dans des circonstances favorables. Depuis une heure ou deux que le cutter avait jeté l'ancre, le vent avait décrit environ un quart de cercle, et, au lieu de venir en ligne directe de la côte, il soufflait parallèlement au rivage.

Le capitaine de *la Pandore* s'en était bien aperçu ;

il n'était pas même besoin d'avoir son expérience
pour être frappé de ce changement qui pouvait lui
devenir fatal. Si la brise se fût maintenue à l'est, il
était sûr de fuir avec succès devant la poursuite du
croiseur; mais à présent toutes les chances se tour-
naient contre lui. Il ne pouvait pas prendre le vent
sans le serrer de trop près pour son navire ou sans
se mettre à portée de l'artillerie du cutter; d'autre
part, il se trouvait un banc de sable qui s'étendait
presque du rivage à l'endroit où était mouillé le
croiseur : c'est tout au plus s'il y avait entre le vaisseau de guerre et la pointe du banc de sable un espace de huit cents mètres; le cutter, courant sous le
vent, couperait aisément le passage au négrier, et
celui-ci ne tarderait pas à être mis hors de combat.

Je me trouvais à côté du skipper et du contre-
maître, qui, en face de ce terrible dilemme, exha-
laient leur colère par d'horribles imprécations
adressées à leur ennemi. J'écoutais avec un vif intérêt les témoignages de leur anxiété; comme eux,
je suivais d'un œil avide les mouvements du cutter :
mais notre émotion était loin de se ressembler.
Tandis qu'ils maudissaient le croiseur, je priais de
toute mon âme pour que celui-ci capturât *la Pandore;* même au risque de périr sous une bordée de
canons anglais, je ne pouvais m'empêcher de faire
des vœux pour la défaite du négrier.

Bien qu'il y eût à peine quelques minutes que je

E.EVANS

« Il est possible qu'il soit le premier qu'on mange ; mais il y en a d'autres qui mourront avant lui. »

fusse à bord depuis le chargement de notre cargaison vivante, j'étais déjà vivement impressionné par
le drame effroyable dont le navire était devenu le
théâtre. Les hurlements des noirs qui étouffaient
dans l'entre-pont, leurs voix suppliantes qui de la
prière passaient aux menaces, me faisaient pressentir ce qu'il me faudrait voir et entendre pendant
de longues semaines, peut-être pendant des mois.
Quelle affreuse existence! et combien je désirais
que nous fussions capturés !

CHAPITRE XXXIX.

Mon espoir grandissait en raison de l'inquiétude
que manifestaient les officiers de *la Pandore*. Le
cutter avait déployé ses voiles et commençait à fendre les vagues ; la manœuvre avait été si rapide
qu'il ne s'était probablement pas donné le temps
de lever l'ancre, et qu'il avait dû trancher le câble
qui le retenait au mouillage : c'était du moins ce
que pensaient les matelots du négrier.

Le contre-maître semblait pousser le capitaine à
quelque mesure désespérée.

« Il est impossible de passer devant lui, disait-il ;
on ne peut pas même essayer. Sacre.... c'est la
seule chance que nous ayons ; la marée nous est
bonne, et quel danger courons-nous ?

— Essayons-le, répondit le skipper. Nous serons
certainement pris si nous ne le faisons pas ; et,
sacr.... j'aimerais mieux me briser en mille pièces
sur un rocher, que de tomber aux mains de ce
sacr.... »

Ce dernier blasphème termina l'entretien, et le
contre-maître se hâta de commander à l'équipage
les manœuvres qui devaient réaliser son plan.

Je n'avais pas compris ce qu'il avait dit au capitaine ; mais j'observai que *la Pandore* changeait
tout à coup de direction et mettait le cap sur le
croiseur. On aurait pu se figurer qu'elle n'avait
d'autre désir que de rejoindre le vaisseau de guerre
ou de se faire couler par ses canons, et nul doute
que celui-ci ne fût très-étonné de cette manœuvre,
dont les matelots du négrier se montrèrent eux-
mêmes fort surpris.

Toutefois, l'intention du contre-maître, qui avait
ordonné ce mouvement, était beaucoup plus sensée
qu'elle ne le paraissait au premier coup d'œil. Le
négrier avait à peine filé trois longueurs de câble
dans la nouvelle direction qu'il avait prise, que, vi-
rant de bord jusqu'à ce qu'il eût le vent sur son
travers, il courut vers la côte.

Cette manœuvre restait toujours un mystère pour la plupart des matelots, qui obéissaient, sans les comprendre, aux ordres qui leur étaient donnés ; quelques-uns d'entre eux, néanmoins, avaient la confiance de leurs officiers et n'ignoraient pas quel était le plan du contre-maître.

Quant au croiseur, il devait supposer que l'équipage de *la Pandore*, voyant qu'il lui était impossible d'échapper à l'ennemi en tenant la mer, se décidait à repasser la barre du fleuve ou à se jeter à la côte avec l'intention de quitter le navire et de remonter la rivière au moyen de ses canots. Il était impossible que le commandant du croiseur pût interpréter différemment l'étrange conduite du négrier, surtout qu'il pût soupçonner que c'était une ruse de guerre, tant il y avait peu de chance de réussir en employant un stratagème quelconque.

Mais le commandant se trompait : la manœuvre du négrier avait précisément pour but de l'induire en erreur. Si le capitaine et son digne acolyte manquaient d'humanité, ils n'en étaient pas moins des hommes de mer fort habiles, et la connaissance qu'ils possédaient de la côte leur donnait sur les officiers du croiseur un énorme avantage.

Aussitôt qu'il se fût aperçu que *la Pandore* se dirigeait vers l'embouchure du fleuve, le commandant du cutter changea également de direction et poursuivit le négrier, dans l'espoir de s'en emparer immédiatement ou de l'acculer dans la rivière, où il deviendrait une proie facile. La seule crainte que l'on eût à bord du croiseur, c'était qu'au moment d'abandonner sa barque, le skipper ne la fît couler à fond ou ne vînt à l'incendier : aussi l'équipage, calculant déjà la prime qu'il croyait obtenir, était-il bien résolu à ne pas donner le temps au capitaine de mettre le feu à *la Pandore* ou de la faire couler bas, et chaque matelot du vaisseau de guerre redoublait d'activité.

J'ai parlé un peu plus haut du bas-fond qui avait empêché le skipper de fuir l'ennemi en naviguant sous le vent; c'était un banc de sable vaseux, formé par le courant du fleuve et s'étendant à une assez grande distance dans la mer, où il suivait une direction oblique. A l'endroit où cette espèce de presqu'île se rattachait à la côte, elle était généralement couverte d'eau, et, pendant les grandes marées, un navire de fort tonnage pouvait traverser le chenal qui se trouvait alors entre la côte et le banc sable; mais c'était seulement lorsque la marée était haute que ce passage pouvait être effectué par un navire ayant un fort tirant d'eau.

La chasse durait environ depuis dix minutes; *la Pandore* était maintenant près de la côte et paraissait vouloir franchir la barre du fleuve, tandis que le croiseur, qui n'était plus qu'à huit cents mètres de la poupe du négrier, marchait parallèlement au banc de sable.

Tout à coup la barque laissa tomber ses bras de dessous le vent, tourna de façon à recevoir le vent en poupe, et se trouva directement en face de l'écueil. Il y eut un moment d'anxiété parmi tout l'équipage ; l'instant d'après, *la Pandore* serait libre ou elle aurait échoué ; elle resterait désemparée sur la côte africaine, ou elle voguerait sans obstacle vers le rivage du Brésil. Ce fut le crime qui, cette fois, triompha. Le négrier laboura le sable à une assez grande profondeur ; mais il se retrouva sain et sauf de l'autre côté du bas-fond : le péril était passé, et les hourras des affreux bandits qui venaient d'être sauvés annoncèrent la victoire.

Il était inutile au croiseur de chercher plus longtemps à continuer sa poursuite ; il longeait toujours le banc de sable qu'il côtoyait avec peine, ayant contre lui le vent et la marée, tandis que *la Pandore*, qui avait déployé toutes ses voiles, filait douze nœuds à l'heure.

Le cutter envoya bien quelques boulets à la barque, mais sans produire aucun résultat sérieux : une vergue brisée, un ou deux cordages rompus, furent bientôt remplacés, et, avant que le croiseur eût viré de bord pour regager la pleine mer, le négrier ne formait plus qu'un point à l'horizon.

CHAPITRE XL.

Il ne fut plus question du cutter ; au lever du so-
-leil il avait complétement disparu, et *la Pandore*,
chargée de voiles, poursuivait sa course vers l'Amérique, où la conduisait une brise légère. Le croiseur
avait sans nul doute abandonné la chasse près de
la côte de Guinée, sachant par expérience qu'il lui
était impossible de jouter avec la barque dès que le
vent permettait à celle-ci de déployer toute sa toile ;
et, contraint de renoncer à l'atteindre, il s'était mis
probablement à la recherche d'un autre négrier
dont la marche fût moins rapide que celle de *la
Pandore*.

Rien ne s'opposait donc plus au succès de notre
voyage ; nous pouvions être surpris, il est vrai, par
un vaisseau de l'escadre anglaise qui croisait sur
les côtes de l'Amérique du Sud ; mais il était bien
plus probable que nous arriverions sans entrave
dans un des petits ports du Brésil ou de Cuba, où
nous serions les bienvenus et où le capitaine trouverait facilement à se défaire de sa cargaison.

Cinq cents infortunés allaient grossir les rangs de
l'esclavage ; mais le skipper s'enrichirait, et les bandits qui lui servaient de matelots recevraient leur
part du butin, qu'ils dépenseraient en débauche.
Tout cela au mépris des droits de l'humanité et des
principes de la morale ; mais qu'importaient l'humanité et la morale au capitaine de *la Pandore* et à
son équipage ? Le succès d'ailleurs était pour eux un
moyen de réhabilitation. Une fois enrichi, le capitaine prendrait place parmi les princes du négoce,
il verrait la meilleure compagnie et serait fêté partout ; qui s'inquiéterait de l'origine de sa fortune, et
qui se demanderait alors s'il avait les mains tachées
de sang ?

Mais revenons aux matelots du négrier. Quelle joie
pour eux quand ils eurent acquis la certitude que
le croiseur avait abandonné la chasse ! Leur tâche
allait être bien facile ; de tous les voyages qu'un marin ait à faire, l'un des moins pénibles est sans con-
tredit la traversée de l'Atlantique, du golfe de Guinée
à la côte du Brésil ; les vents alisés soufflent constamment en sa faveur ; il est rare qu'on ait besoin
de changer les voiles ; le navire glisse tranquillement sur l'onde, et paraît bien plutôt suivre le courant d'un fleuve paisible qu'il n'a l'air de fendre les
vagues de l'Océan.

Hélas ! malgré la facilité du voyage, cette époque
n'en fut pas moins l'une des plus douloureuses de

ma vie ; témoin de souffrances incessantes, j'étais
continuellement navré par le spectacle de l'agonie
des malheureux qui remplissaient l'entre-pont.

Il est inutile de décrire les tortures que subit la
cargaison d'un négrier ; le récit en a été fait mainte
et mainte fois, et, si déchirantes que soient les scènes
qui ont été dépeintes, je ne crains pas d'affirmer
que la narration est encore au-dessous de la vérité.
Les malheureux que nous transportions en Amérique, plus mal nourris que des pourceaux, entas-
sés dans un lieu trop étroit pour les contenir, étaient
obligés de se repousser mutuellement pour ne pas
être étouffés, et ne parvenaient pas à s'étendre ; ils
ne pouvaient s'asseoir que les uns après les autres,
n'avaient à respirer qu'un air infect, dépourvu des
conditions nécessaires à la vie, et c'est tout au plus
si, pendant quelques minutes, on leur permettait
de venir sur le pont quatre ou cinq à la fois ; on les
replongeait ensuite dans leur enfer, et la grille s'en
refermait immédiatement sur eux.

Un matelot montait la garde auprès de cette
grille et faisait souvent usage de sa baïonnette, dont
il lardait les malheureux noirs de la façon la plus
cruelle, afin d'intimider ceux qui auraient eu l'intention de se révolter.

L'effet d'un pareil traitement se manifesta bientôt ; quelques jours après qu'on les eut embarquées,
les pauvres victimes de cette cupidité barbare n'é-

taient plus reconnaissables ; leur corps était amai-
gri, leurs joues creuses, leurs yeux enfoncés ; tout
leur visage avait quelque chose de féroce qui était
hideux à contempler ; leur teinte noire avait perdu
son éclat, et leur peau avait pris un aspect blanchâtre et poudreux, comme s'ils s'étaient roulés
dans la farine.

C'était un spectacle poignant que la vue de ces
hommes transformés en démons, et je ne puis exprimer ce qu'il me faisait souffrir.

Quant aux membres de l'équipage, ils n'en perdaient ni l'appétit ni le sommeil, et leur gaieté n'en
était pas moins bruyante. Ces nègres, à leurs yeux,
ne formaient qu'un troupeau qu'on vend et qu'on
achète, et ils ne songeaient même pas aux souffrances de ces infortunés, dont les gémissements
répondaient à leurs joyeux éclats de rire.

CHAPITRE XLI.

Aucun événement extérieur n'était venu rompre
la monotonie du voyage ; pas une voile n'avait ap-
paru depuis quinze jours que nous avions quitté la

côte d'Afrique, et je vous épargnerai les horribles détails des incidents qui se passaient à bord du négrier.

Il en est un cependant qu'il faut que je vous raconte, malgré les souffrances atroces qu'il me rappelle ; mais je ne pourrais le taire sans clore ici ma narration, puisque c'est précisément cet épisode qui continue mon histoire.

Quand je parle d'un incident, j'ai tort ; ce n'est pas le mot qui convient pour désigner l'effroyable calamité dont tout l'équipage allait être victime. Lorsque, jetant un regard en arrière, je me rappelle les événements qui ont rempli mon existence, celui auquel je fais allusion est le plus affreux de tous les souvenirs qui se représentent à ma mémoire. L'impression qu'il fit sur moi, à l'époque où il arriva, fut tellement profonde que je restai longtemps sans pouvoir penser à autre chose ; et aujourd'hui encore, après un nombre considérable d'années, les scènes de cet horrible drame apparaissent à mes yeux avec toute la puissance de la réalité.

Ainsi que je l'ai dit plus haut, il y avait quinze jours que nous avions quitté la côte ; le vent n'avait pas cessé d'être favorable et nous étions alors au milieu de l'Atlantique, c'est-à-dire à moitié chemin du cap Palmas et de la pointe la plus orientale de l'Amérique du Sud ; nous nous trouvions ainsi à plusieurs centaines de milles de chacun des deux rivages.

La brise continuait à être belle, et tout semblait nous présager une traversée à la fois prompte et heureuse. Je me réjouissais de la rapidité de notre marche, car elle hâtait ma délivrance. Chaque jour me paraissait aussi long qu'une semaine de misère ; les tourments que subissaient les malheureuses victimes de l'entre-pont centuplaient pour moi la durée des minutes, et j'aspirais de tous mes vœux au moment où notre arrivé au Brésil terminerait leur supplice et le mien. La mortalité devenait effrayante ; le bruit que faisaient les cadavres en tombant à la mer, où on les jetait sans plus de cérémonie qu'un chien mort, était devenu aussi fréquent que celui de la cloche qui annonçait les heures. On ne se donnait pas même la peine d'attacher un boulet ou une pierre au cou de ces infortunés, dont les cadavres, gonflés outre mesure, demeuraient à la surface de l'eau et flottaient dans notre sillage, ballottés par les vagues que soulevait *la Pandore*. Néanmoins cette vue odieuse n'affligeait pas longtemps nos regards ; bientôt le cadavre dont nous étions suivis disparaissait tout à coup au milieu d'un flot d'écume ; un nuage voilait un instant le hideux repas auquel cette proie conviait les monstres de l'abîme ; il s'effaçait peu à peu, et, à l'endroit où flottait quelques minutes auparavant une forme humaine, on n'apercevait

plus que dès membres mutilés et la nageoire d'un
requin fuyant sous l'eau avec vitesse.

Si incroyable que cela puisse paraître, ce spectacle
amusa tout d'abord les matelots du négrier; puis il
perdit tout son intérêt en devenant trop fréquent et
ne leur procura même plus un moment de distraction. Moi-même, que ce hideux tableau avait impressionné au début d'une manière si pénible, je
finis par en être moins touché de jour en jour, non
pas que je fusse devenu insensible, mais parce que
je m'habituais à supporter la douleur.

Parmi les requins dont nous étions entourés, il
en était plusieurs qui suivaient *la Pandore* depuis la
côte d'Afrique; j'avais fini par les reconnaître à
certains signes, et leur aspect m'était devenu fami-
lier; quelques-uns portaient les cicatrices d'anciennes blessures qu'ils avaient reçues en se battant avec leurs pareils, et j'avais observé qu'il en
existait de plusieurs genres, bien que pour les
hommes du négrier ce ne fût jamais que des requins.
Mes observations n'étaient guère plus scientifiques et
plus précises que les leurs : j'avais trop de besogne
pour qu'il me fût possible de songer à autre chose,
et ce n'était que par instants que je pouvais faire attention aux habitants de la mer. Néanmoins il était
facile de voir que le nombre de requins était beaucoup plus grand qu'au départ et qu'il s'accroisssait
tous les jours; c'était maintenant par douzaines

qu'ils entouraient *la Pandore ;* tantôt ils passaient devant la proue et tantôt ils nous suivaient comme une bande de marsouins ; d'autres fois, on les voyait sur les flancs du navire, la tête dirigée vers le pont comme s'ils avaient voulu sauter à bord, et ils nous regardaient avec des yeux avides, comme des chiens affamés qui espèrent qu'on va leur jeter un os.

Mais revenons à cette calamité que j'ai promis de vous décrire.

CHAPITRE XLII.

N'oubliez pas que nous nous trouvions en pleine mer, à quelques centaines de milles du plus prochain rivage.

Un matin, j'arrivai sur le pont un peu plus tard que d'habitude ; j'étais réveillé en général de très-bonne heure par un juron du contre-maître, ou plus rudement encore, toutes les fois que cet affreux homme se trouvait assez près de mon hamac pour me secouer d'importance. Mais le matin dont il est question, je ne sais par quel motif personne ne me réveilla d'une façon ni d'une autre, et j'en profitai pour dormir un peu plus qu'à l'ordinaire.

Il faisait jour depuis longtemps lorsque je me ré-veillai ; le soleil inondait de ses rayons le gaillard d'avant, toujours si obscur à l'heure où j'abandon-nais mon cadre, et je pouvais distinguer tous les objets dont la pièce était garnie. La lumière, qui frappait mes yeux tout gonflés par le sommeil, me disait assez que depuis longtemps j'aurais dû être à la besogne, et ma première idée fut que je devais m'attendre à un certain nombre de coups de corde de la part du contre-maître aussitôt que je paraî-trais sur le tillac.

Il était inutile de chercher à l'éluder ; tôt ou tard j'étais sûr de mon affaire, et mieux valait se débar-rasser tout de suite ; je serais au moins délivré du poids que cette appréhension faisait peser sur ma poitrine.

Ayant donc pris le parti d'en finir le plus tôt pos-sible, je mis mes souliers et ma jaquette, la seule portion de mes vêtements dont je me défisse pour dormir, et appelant à mon secours toute l'énergie qui m'était nécessaire pour supporter le châtiment auquel je m'attendais, je grimpai à l'échelle, je me hissai par l'écoutille et je me trouvai sur le pont.

Il me sembla en y arrivant que quelque chose allait de travers et qu'une vive inquiétude régnait sur le navire : c'était un pressentiment qui m'était venu au réveil; en ouvrant les yeux, j'avais aperçu deux matelots à peu de distance de mon hamac; étrangers l'un et l'autre, ils s'entretenaient dans une langue que je ne comprenais pas; mais j'avais été frappé de l'expression de leur visage; leur physionomie était sombre, et leurs regards animés, leurs gestes significatifs m'avaient fait soupçonner qu'ils parlaient d'un événement sérieux, d'un malheur qui menaçait *la Pandore* ou qui venait d'arriver.

« Peut-être, me dis-je en accueillant cette pensée avec joie, peut-être une voile est-elle en vue, un croiseur portant le pavillon anglais; peut-être le navire est-il déjà poursuivi? »

Je m'étais rapproché des deux matelots et j'avais songé à leur demander dè quoi il était question; mais c'étaient des gens d'un caractère morose, qui n'avaient jamais eu pour moi que de mauvais procédés, et je ne leur avais rien dit. Une fois sur le pont, je ne manquerais pas d'apprendre tout ce que je voulais savoir; et, l'esprit plus léger en pensant à un vaisseau de guerre, je montai lestement les degrés qui conduisaient à l'écoutille.

Mon premier mouvement en arrivant sur le pont fut de jeter mes regards sur la mer et de les tourner ensuite vers le ciel; mais pas une voile n'apparaissait à l'horizon, les flots étaient parfaitement calmes, et le ciel était sans nuage. Ce n'était donc pas la vue d'un navire, encore moins les approches d'une tempête, qui étaient la cause du mouvement insolite dont j'avais été frappé.

Le skipper et le contre-maître, debout sur le tillac, juraient à qui mieux mieux, tandis que les matelots allaient et venaient de tous côtés, se précipitaient par les écoutilles et reparaissaient ensuite plus pâles que des spectres et donnant tous les signes d'un violent désespoir.

J'avais remarqué sur le pont quelques tonneaux qui venaient d'être apportés de la cale ; un groupe nombreux les entourait, on en faisait sauter la bonde, et l'on en jaugeait le contenu, que plusieurs des assistants paraissaient goûter avec le plus grand sérieux.

Chacun d'ailleurs semblait prendre à ces diverses opérations un intérêt bien autrement profond qu'on n'en témoignait d'ordinaire à bord du négrier. Il était évident qu'il se passait quelque chose de grave ; mais je ne devinais pas ce que c'était. Curieux de savoir enfin la cause de l'émotion qui régnait sur *la Pandore*, je cherchai Ben pour l'interroger à cet égard ; je ne pus pas le découvrir. Il était probablement à fond de cale, où les tonneaux sont déposés ; car il paraissait, d'après tout ce que je voyais sur le pont, qu'il s'agissait de futailles. Je me dirigeai donc vers la grande écoutille, afin de rejoindre Ben Brace.

Pour cela, je fus obligé de passer auprès du

contre-maître; il me vit parfaitement, mais il ne
sembla pas même faire attention à moi. Quel était
donc l'événement assez grave pour lui faire oublier
la punition à laquelle je m'attendais? Il fallait que
ce fût quelque chose d'une bien grande importance,
quelque péril effroyable.

Je regardai par la grande écoutille, et j'aperçus
Ben au fond de la cale, au milieu de grandes tonnes
qu'il changeait de place et qu'il paraissait examiner avec soin. Quelques matelots étaient avec
lui; les uns le regardaient faire, les autres secon-
daient ses efforts; mais tous avaient l'air abattu, et la
plus profonde anxiété se lisait dans leurs regards.

Je ne pus pas demeurer plus longtemps dans
cette incertitude; j'attendis que le contre-maître
eût détourné les yeux, et me glissant par l'écoutille, je descendis dans l'entre-pont et de l'entre-
pont dans la cale.

Lorsqu'enfin, après avoir grimpé sur les tonneaux, j'arrivai auprès de Ben, je le pris par la
manche pour attirer son attention.

« Qu'est-ce qu'il y a, lui demandai-je?

— Mauvaise nouvelle, petit Will! mauvaise nouvelle !

— Mais qu'est-ce que c'est?

— La provision d'eau est épuisée. »

CHAPITRE XLIII.

L'impression que je ressentis de cette réponse laconique ne fut pas aussi vive qu'elle l'aurait été si j'avais eu plus d'expérience de la vie maritime ; peut-être même n'y aurais-je pas fait attention, si je n'avais été frappé des regards inquiets de toutes les personnes dont j'étais entouré. Je n'éprouvai d'abord qu'une vague surprise en entendant la réponse de Ben ; mais je ne tardai pas à comprendre toute la portée de ces paroles : « La provision d'eau est épuisée. »

Peut-être ne comprenez-vous pas tout ce qu'il y avait de terrible dans ces mots qui vous paraissent bien simples ; mais ils voulaient dire que l'eau douce allait manquer sur *la Pandore*, que les tonneaux étaient vides, et que nous étions au milieu de l'Océan ; qu'il nous faudrait des semaines pour atteindre la côte, et que, par le soleil dévorant des tropiques, il ne se passerait pas plus de huit jours avant que nous fussions morts de soif. Ainsi nous étions tous condamnés à périr : blancs et noirs, ty-

rans et victimes, innocents et coupables, devaient
avoir la même destinée et s'éteindre au milieu des
mêmes tortures.

Voilà ce que signifiaient les paroles que Ben
Brace m'avait dites. Je comprenais maintenant l'inquiétude et l'agitation qui régnaient sur *la Pandore ;* je pris une part active aux recherches que
l'on faisait dans la cale, et j'attendis le résultat
de nos découvertes avec une anxiété non moins
poignante que celle de mes compagnons.

Il n'était pas encore bien sûr que tous les tonneaux fussent vides ; effectivement, le plus grand
nombre était rempli, et toutes les appréhensions
auraient été calmées, s'il ne s'était agi que de con-
stater la plénitude des barriques.

Mais de quoi étaient-elles pleines? Était-ce de
l'eau douce qu'elles renfermaient jusqu'à la bonde?
Non, c'était de l'eau de mer, de l'eau salée qu'il est
impossible de boire ; découverte effrayante et qui
néanmoins s'expliquait facilement. J'ai dit, on s'en
souvient, que les futailles avaient été remplies
d'eau de mer pour servir de lest pendant la première partie du voyage de *la Pandore.* Une fois en
Afrique, on avait dû vider les tonnes et remplacer
leur contenu par de l'eau douce, puisée dans la rivière ; c'est malheureusement ce qui n'avait pas été
fait d'une manière rigoureuse.

Ni le capitaine ni le contre-maître n'avaient sur-

veillé cette opération importante; ils ne s'étaient
occupés que de leur trafic et de leurs orgies avec le
roi Dingo, et les hommes de l'équipage à qui la
besogne avait été confiée, se trouvant presque toujours ivres, n'avaient rempli qu'aux deux tiers les
futailles qui avaient été vidées, et avaient laissé les
trois quarts des tonneaux tels qu'on les avait apportés. Ils alléguaient aujourd'hui qu'on leur avait
affirmé que ces futailles étaient remplies d'eau
douce, et nommaient les personnes qui le leur avait
dit; celles-ci à leur tour niaient énergiquement
qu'elles eussent jamais rien avancé de pareil. Les
récriminations et les démentis s'échangeaient au
milieu d'un torrent d'injures; et ces querelles, de
plus en plus vives, dominées par les blasphèmes du
capitaine et de son lieutenant, donnaient au pont
du négrier l'aspect et le caractère d'une région infernale.

Le principal motif de cette coupable erreur était
l'apparition du vaisseau de guerre, tout l'équipage
le savait bien : sans l'arrivée soudaine du croiseur,
il est certain que les matelots, en dépit de leur
ivresse, auraient terminé leur besogne; mais la nécessité de fuir avait fait oublier les barriques, et
l'on n'avait pensé qu'à terminer le chargement de
la Pandore et à quitter la rivière aussi vite que
possible.

Au fond, c'était le capitaine qui était l'auteur de

cette calamité; il n'avait pas donné le temps à l'équipage de compléter la provision d'eau, et il est certain qu'il lui était impossible d'agir autrement sans perdre à la fois sa cargaison et son navire.

Mais si plus tard il avait songé aux futailles, s'il les avait examinées, il aurait découvert l'insuffisance de leur contenu à une époque où il pouvait revenir à la côte et se procurer l'eau nécessaire; il aurait même pu, en diminuant la consommation du précieux liquide, prévenir l'affreuse extrémité à laquelle nous nous trouvions réduits. Personne n'avait été rationné depuis le commencement du voyage, et l'eau avait été prodiguée avec autant d'imprévoyance que si nous eussions navigué sur un lac.

J'attendais, avec de tristes pressentiments, le résultat des recherches qui se poursuivaient à fond de cale. Toutes les barriques avaient enfin été jaugées; Ben Brace, qui avait présidé à cette opération, vint faire son rapport au capitaine en présence de tout l'équipage; l'effet de ses paroles fut celui d'un coup de foudre: il n'y avait à bord que deux futailles qui continssent de l'eau douce, et toutes les deux n'étaient qu'à moitié pleines!

CHAPITRE XLIV.

Oui, deux demi-futailles faisaient à peu près cent gallons, c'est-à-dire quatre cent cinquante litres d'eau, pour désaltérer pendant plusieurs semaines quarante hommes d'équipage et une cargaison de cinq cents nègres! C'était tout au plus ce qu'il fallait pour un jour : encore cette ration eût-elle été insuffisante.

Les paroles de Ben Brace avaient donc produit sur les matelots un effet qu'on s'explique aisément; jusqu'alors, malgré leur inquiétude, ils avaient espéré que l'on trouverait quelques barriques d'eau douce parmi celles dont la pesanteur annonçait qu'elles étaient pleines ; mais chacune de ces futailles avait été soigneusement examinée, plusieurs membres de l'équipage avaient goûté l'eau amère qui s'y trouvait contenue, on savait maintenant la vérité, l'illusion n'était plus permise, et un profond désespoir résultait de cette affreuse certitude.

La douleur de ces malheureux, qui se voyaient

condamnés à une mort effroyable, s'exprima par une explosion de rage qui ne respecta pas même le capitaine et le contre-maître ; la discipline était complétement anéantie ; les injures, les menaces et les blasphèmes s'échangeaient avec fureur, sans distinction de rang et de personne.

Puis la colère s'éteignit peu à peu, et tous ces hommes, après s'être accusés mutuellement et avoir maudit leurs chefs, redevinrent meilleurs les uns envers les autres ; ils sentaient le besoin de se rallier en face du fléau qui les accablait tous, et chacun, au milieu du silence général, proposa les mesures que lui suggéraient les circonstances.

La première idée qui vint à tout le monde fut que dorénavant l'eau devait être mesurée avec une parcimonie rigoureuse ; il ne s'agissait plus que de déterminer la quantité d'eau qui serait donnée à chacun, de savoir à quel moment se ferait la distribution et combien de fois elle pourrait se renouveler dans l'espace de temps que nous mettrions pour atteindre le rivage. Tout le monde avait le plus grand intérêt à ce que le problème fût résolu avec exactitude ; si la ration quotidienne excédait la mesure qu'il était possible de fournir avec nos faibles ressources, le précieux liquide serait épuisé avant qu'on pût s'en procurer d'autre, et l'équipage n'en périrait pas moins. Combien quatre cent cinquante litres pouvaient-ils nous durer ? ou plutôt quelle était la quantité de boisson qu'ils permettaient de distribuer à chacun d'entre nous? La question n'était pas difficile à résoudre; l'équipage se composait de quarante hommes y compris les officiers, car dans cet instant critique le gouvernement de *la Pandore* avait pris tout à coup la forme républicaine; dorénavant le skipper et le contremaître devaient partager les privations du dernier des matelots et vivre avec lui sur le pied d'une égalité complète.

Il y avait donc quatre cent cinquante litres d'eau à partager entre quarante individus; cela faisait un peu plus de onze litres par tête, ce qui, pendant vingt jours, donnait une ration quotidienne de plus d'un demi-litre. Avec cela on pouvait vivre; après tout, la situation n'était pas aussi mauvaise qu'on l'avait cru d'abord. Il ne faudrait pas trois semaines pour arriver en Amérique; en supposant qu'il survînt une acalmie ou que le vent fut contraire, on diminuerait la ration de moitié; il suffisait d'un quart de litre pour empêcher de mourir; et chacun reprenait courage en face de cette perspective, beaucoup moins désolante qu'on ne l'avait cru d'abord. On pouvait rencontrer un navire et lui demander un supplément d'eau qu'il ne nous refuserait pas; d'ailleurs, à moins que ce ne fût un vaisseau de guerre, l'équipage de *la Pandore* était bien déterminé à rejoindre le premier bâtiment qu'il apercevrait, à lui demander quelques futailles d'eau douce et à les prendre de force si on ne voulait pas les lui donner : peut-être même ne se serait-il pas borné en pareille occurrence à quelques barriques d'eau. Le capitaine et ses hommes se trouvaient dans une disposition d'esprit à tout braver; et il aurait fallu peu de chose pour que le négrier se transformât en pirate.

Tel fut donc le résultat de cette délibération : chaque homme devait recevoir un demi-litre d'eau par jour; si les vents contraires, ou n'importe quel autre obstacle, venaient retarder la marche du navire, on diminuerait cette ration quotidienne, et l'on ne donnerait plus qu'un verre d'eau à chacun, si cette mesure devenait indispensable.

CHAPITRE XLV.

Mais au milieu de tout cela pas un mot n'avait été dit à l'égard des cinq cents infortunés qui languissaient dans l'entre-pont. Je ne crois pas même que personne eût songé à ces malheureux, excepté Ben Brace et moi, et très-probablement le capitaine de *la Pandore*. Toutefois, ce n'était pas par humanité que le skipper se préoccupait des souffrances de sa cargaison ; il ne considérait qu'une chose, l'article profits et pertes ; et s'il pensait avec douleur à ces pauvres Africains, ce n'était pas leur triste sort qui motivait ses regrets, mais simplement le déficit que lui ferait éprouver l'anéantissement d'un capital énorme.

Toujours est-il que l'on n'avait pas plus songé aux malheureux noirs que s'ils n'avaient point existé ; pas une goutte d'eau ne leur avait été réservée ; l'idée même n'en serait venue à personne, et quiconque en aurait fait la proposition eût été certainement tourné en ridicule.

Ce n'est qu'au moment où l'affaire venait d'être réglée qu'un individu les rappela au souvenir de la masse : non pas qu'il intercédât en leur faveur ; mais la pensée lui revenant tout à coup, il s'écria d'une voix railleuse : -

« Tonnerre et tempête ! Qu'est-ce qu'on va faire des nègres ?

— C'est vrai, qu'est-ce qu'on en fera ? vociférèrent plusieurs matelots enroués. Il n'y a pas d'eau pour eux ; voilà qui est bien certain.

— La chose est bien simple, répondit un autre avec un sang-froid monstrueux ; on les jettera par-dessus le bord.

— Mille donnerres ! s'écria un Allemand féroce,

qui parut enchanté de cette idée : c'être pien le
meilleur blan gon buisse imaginer, nous bas
mieux faire que te téparasser le nafire te cette
encheance.

— Per Dio ! reprit un napolitain, ce zera oune
grande noyade, oun fameux patouillis autour de *la
Pandora!* corpo di Bacco ! »

Je ne saurais décrire les sentiments que j'éprouvais en écoutant cette conversation. Les hommes
qui proféraient ces monstruosités parlaient sérieusement, tout en ayant l'air de plaisanter ; c'est incroyable, et cependant rien n'est plus vrai.

Je savais qu'ils étaient capables de tout ; je
m'attendais à chaque minute à voir leur projet
adopté, et les cinq cents nègres lancés à la mer
comme un chargement qui compromet la sûreté du
navire.

Mais les bandits ne parvenaient pas à s'entendre ; la question fut discutée pendant longtemps
de cette manière demi-sérieuse, demi-plaisante,
qui donnait quelque chose d'infernal à cet affreux
débat.

Le capitaine s'opposait vivement à la proposition, et, malgré l'esprit de révolte qui animait
l'équipage, il conservait assez d'autorité pour
maintenir son opinion ; toutefois, il fallut qu'il
s'abaissât jusqu'à discuter avec ses adversaires.
Les nègres, disait-il, périraient bien certainement,

ce n'était qu'une différence de quelques jours;
qu'importait à l'équipage que les noirs mourussent
de soif au lieu d'être noyés? on les jetterait à la
mer quand ils seraient morts. Pourquoi ne pas
avoir un peu de patience? quelques-uns pouvaient
résister à la privation d'eau ; il avait connu des
nègres qui étaient demeurés sans boire pendant
un espace de temps considérable; ils se rappro-
chent à cet égard des chameaux, des autruches,
d'une foule d'animaux de leur pays, qui supportent
la soif pendant des mois entiers. Le skipper ne
doutait pas qu'il n'en mourût beaucoup, et ce serait
autant de perdu pour lui; mais il y avait des chances pour qu'un certain nombre résistât jusqu'au
moment où l'on arriverait au port; un navire pouvait être aperçu, et, disait l'orateur, si près de crever
qu'ils fussent, un bon coup d'eau leur remettrait
l'estomac, et ce serait autant de gagné.

Le capitaine, continuant dans le même style, en-
treprit de démontrer à ses auditeurs dans quelle
misère ils se trouveraient en Amérique si *la Pandore* y arrivait sans nègres ; pas de butin, pas d'argent! Tandis que s'ils parvenaient à sauver une
partie de la cargaison, un noir sur cinq, il en resterait un cent qui feraient encore une jolie somme;
et il promettait d'être libéral envers tout l'équipage.

Il était donc absurde de penser à jeter les colis

à la mer ; ils n'embarrassaient pas, on les gardait
avec soin derrière leurs grilles, où ils ne faisaient
aucun mal ; pourquoi ne pas tenter la fortune et
ne pas courir la chance d'en sauver quelques-
uns ?

Les pauvres créatures qui étaient l'objet de cette
délibération ignoraient toujours, fort heureusement pour elles, le supplice dont elles étaient
menacées. Un petit nombre de ces malheureux,
dont la figure décharnée s'appliquait à la grille, se
doutaient bien qu'il se passait à bord quelque chose
d'extraordinaire ; mais ne connaissant pas le navire
et n'entendant rien au langage de leurs tyrans, ils
ne pouvaient pas savoir l'affreuse situation qui leur
était réservée.

Hélas ! hélas ! ils devaient bientôt l'apprendre,
bientôt sentir la soif dessécher leur palais et leurs
veines, et leur imposer mille tortures.

En cet instant même leur supplice commençait.
La triste découverte que l'on avait faite dès le
point du jour avait empêché qu'on ne leur donnât
la provision d'eau qui leur était distribuée chaque
matin ; ils aimaient mieux boire que manger, et
l'absence de boisson leur était bien plus pénible
que le manque de nourriture. Déjà, au moment où
j'avais traversé le passage des écoutilles, j'avais
entendu leur voix suppliante demander qu'on leur
apportât de l'eau ; les uns dans la langue de leur

pays, les autres, espérant se faire mieux comprendre, se servaient du mot portugais, et répétaient continuellement :

« Agoa ! agoa ! »

CHAPITRE XLVI.

Pauvres victimes ! Je frémissais en pensant à
l'horrible agonie qu'elles auraient à subir ; il leur
faudrait passer par toutes les tortures que la soif
peut infliger, depuis le besoin pénible qu'elles
éprouvaient maintenant, jusqu'aux douleurs su-
prêmes d'une effroyable mort. J'avais tant souffert
dernièrement à la cime du dragonnier ! Qu'était-ce
en comparaison de l'affreux supplice qui attendait
ces malheureux, et qui se prolongerait peut-être
pendant plusieurs semaines ?

J'étais bien loin de prévoir ce qui devait arriver;
et, tandis que je me promenais sur le pont en écoutant leur voix plaintive, je ne me doutais guère
que leurs souffrances allaient bientôt finir.

A mesure que la journée s'avançait, les cris des
nègres devinrent plus fréquents et leur intonation

plus douloureuse ; quelques-uns des captifs, s'étonnant de ne pas recevoir la portion d'eau qu'on leur donnait chaque jour, s'imaginèrent que c'était négligence ou caprice de la part de leurs geôliers, qu'ils voyaient aller et venir sans faire attention à leurs instances ; et leur fureur approchait de la frénésie. Les malheureux saisissaient les barreaux de la grille derrière laquelle ils se trouvaient emprisonnés, et cherchaient à détruire cet obstacle qui s'opposait à leur vengeance ; les autres grinçaient des dents, mordaient leurs lèvres écumantes, se frappaient la poitrine et vociféraient leur cri de guerre, dont les sons effrayants glissaient au loin sur les vagues.

L'équipage de *la Pandore* ne paraissait pas même entendre ces cris horribles, et n'accordait pas plus d'attention à la fureur des uns qu'à la prière des autres. Toutefois, les sentinelles avaient été doublées, dans la crainte que les noirs ne finissent par s'ouvrir un passage et par monter sur le pont : car, s'ils y étaient parvenus, malheur aux blancs qui jusqu'alors avaient su les dominer !

Les bâtons et les baïonnettes, en dépit de la liberté avec laquelle on en faisait usage, n'auraient peut-être pas suffi à retenir ces malheureux, si le charpentier n'avait immédiatement consolidé la grille de façon à empêcher qu'on ne la soulevât ou qu'on ne pût la briser.

12

Une nouvelle calamité, survenue tout à coup, ajoutait encore aux souffrances des prisonniers et réveillait toutes les appréhensions des hommes de l'équipage. Le vent avait cessé, nous étions arrivés subitement au calme plat, et la chaleur de l'atmosphère, que ne rafraîchissait plus la brise, devenait insupportable. Le goudron fondait partout ; il ruisselait entre les joints des planches, il dégouttait des cordages, et tous les objets sur lesquels on posait la main paraissaient embrasés. Nous nous trouvions dans cette partie de l'Océan que les marins espagnols désignent sous le nom de *latitude des chevaux*, parce que, dit-on, à l'époque où ils s'établirent dans le Nouveau-Monde, le calme y surprenait fréquemment leurs navires, et les chevaux qui composaient leurs cargaisons, périssant alors de chaleur, y étaient jetés à la mer par centaines.

Dans les circonstances où était *la Pandore*, il ne pouvait rien arriver de plus fâcheux que cette complète accalmie. L'équipage redoutait bien moins la tempête ; quand même le vent aurait été contraire, il y aurait eu moyen d'avancer ; mais avec le calme plat, il fallait rester immobiles, perdre un temps précieux et voir diminuer la chétive provision d'eau qui nous restait à bord.

La terreur s'était emparée de tous ces anciens matelots ; ils avaient mainte fois passé la ligne, parcouru la zone tropicale dans tous les sens, et, d'après l'état du ciel, chacun pouvait prédire que le vent ne se relèverait pas avant une semaine ou deux, peut-être davantage. On a vu dans cette région torride le calme plat durer pendant un mois ; et huit jours suffisaient pour nous mettre en péril !

Lorsqu'il fut au moment de s'effacer à l'horizon, le soleil apparut comme un disque enflammé ; pas un nuage ne s'apercevait au ciel, pas une ride à la surface de l'eau.

C'était la dernière fois que le soleil éclairait *la Pandore*. Au point du jour il ne restait plus de ce beau navire que des débris épars, couvrant la place où la veille se trouvait le négrier.

CHAPITRE XLVII.

J'ai anticipé, à la fin du chapitre précédent, sur les faits qu'il me reste encore à vous dire, et je reprends ma narration au moment où les nègres demandaient, avec menaces, la portion d'eau qui ne leur avait pas été donnée. La nuit arriva, mais sans amener le silence à bord de *la Pandore;* la voix rauque des malheureux, qui s'enrouaient de plus en plus, retentissait toujours dans l'air ; on avait pu les mettre en cage, mais nulle puissance au monde ne pouvait arrêter l'expression de leur fureur. Des cris terribles s'élevaient à chaque instant des entrailles du navire, montaient sur le pont et se répandaient au loin sur les flots immobiles.

Les hommes de l'équipage eux-mêmes finirent par trouver ces clameurs intolérables, et ceux qui avaient émis l'idée de se débarrasser des nègres, renouvelèrent la proposition qu'ils avaient faite de les jeter à la mer. Le calme, qui était survenu depuis lors, détruisait les arguments du capitaine ; il était impossible que les noirs pussent arriver à la côte : ils seraient asphyxiés avant deux jours. Pourquoi ne pas en finir tout de suite ? La vie de chacun était sérieusement compromise ; à quoi bon s'inquiéter de ceux qui étaient sûrs de mourir ? et ne valait-il pas mieux vivre tranquilles pendant ces derniers jours, que d'être abasourdis par ces brutes étourdissantes ?

« Rien qu'à les entendre, il y avait de quoi devenir fou, disaient les avocats de la noyade.

— Au surplus, ajoutait l'un, c'est avoir pitié de ces pauvres diables que d'abréger leur supplice. Une fois morts, ils ne souffriront plus.

— Et quelle est leur valeur ? demandait un autre en pensant au côté matériel de l'affaire. Qu'est-ce

que toute la cargaison a coûté?, une simple bagatelle. On sait bien qu'arrivés sur la côte d'Amérique, la chose aurait été différente; mais on ne
perd pas l'argent qu'on n'a jamais touché; le capitaine, après tout, ne perdait que la somme donnée
au roi Dingo; il lui serait facile d'ailleurs de répa-
rer cette perte; une fois qu'on aurait de l'eau, qui
empêchait de retourner en Afrique et de reprendre
une nouvelle cargaison? Sa Majesté ferait bien cré-
dit au capitaine (improbabilité qui fit rire l'auditoire); mais le skipper n'en était pas réduit à cette
extrémité; il avait des amis au Brésil, même à Portsmouth, et on lui prêterait de l'argent. »

Les discours de ces logiciens inflexibles firent
pencher la balance en faveur de leur projet; et,
malgré les prières et les protestations du capitaine
et d'un ou deux matelots, il fut décidé que les nègres allaient être noyés.

Restait à savoir quelle était la meilleure méthode à suivre pour exécuter cette noyade. Bref,
après quelques instants de discussion, on convint
d'enlever l'un des barreaux de la grille, de manière
à ne permettre la sortie que d'une seule personne à
la fois; chaque victime serait alors entraînée de façon à ne pas être aperçue des autres, et lancée à la
mer, d'où il était certain qu'elle ne reviendrait jamais : car, en supposant que la plupart de ces malheureux fussent de bons nageurs, ils seraient dévo-

rés immédiatement par les requins voraces qui entouraient *la Pandore*.

L'idée de saisir les victimes une à une et de les faire disparaître, en prenant les précautions nécessaires pour cacher à leurs compagnons la mort qu'on leur faisait subir, n'était pas inspirée par la pitié : c'était tout simplement une mesure de prudence. Les noirs ne seraient pas sortis de leur prison, s'ils avaient pu se douter du sort qui leur était réservé; il aurait donc fallu descendre pour aller les chercher, opération difficile et qui aurait été dangereuse.

J'avais le cœur brisé en écoutant ces détails, que les monstres discutaient avec un incroyable sang-froid, et auxquels je ne pouvais faire la moindre opposition. Si j'avais seulement dit un mot en faveur des infortunés dont ils organisaient la mort, j'aurais été la première victime que l'on eût jetée aux requins. Il fallait donc me taire.

D'ailleurs, eût-il été en mon pouvoir d'empêcher ces hommes d'exécuter leur sentence, que je ne sais pas si j'aurais dû l'essayer.

Les nègres étaient fatalement condamnés à périr d'une façon ou d'une autre, et la mort que leur préparaient leurs bourreaux était bien moins affreuse que les tortures de la soif.

Mais je n'eus pas même le temps de m'arrêter à cette pénible réflexion : car, au moment où elle traversait mon esprit, les matelots se dirigeaient vers le passage des écoutilles et se disposaient à exécuter leur projet homicide.

Le charpentier les précédait ; il avait sa hache à la main, et déjà la pièce de bois qui formait l'un des barreaux de la grille était entamée, un dernier coup suffirait pour ouvrir le passage, et la noyade allait commencer, lorsque des cris poussés de l'arrière du bâtiment suspendirent la hache qui était près de retomber ; tous les visages exprimèrent la terreur, chacun écouta en frémissant ; les cris se renouvelèrent et couvrirent la voix des nègres.

« Au feu ! au feu ! » criait-on. L'incendie venait d'éclater à bord.

CHAPITRE XLVIII.

Tous les hommes de l'équipage coururent à l'arrière du navire, où je me précipitai avec eux. Arrivés sur le tillac, nous trouvâmes Boule-de-Neige aux mains du capitaine et du contre-maître ; ceux-ci lui administraient des coups de garcette, qui, suivant leur expression, le faisaient chanter à pleine voix ; ils

paraissaient animés d'une vive colère, et le dos du
malheureux cuisinier témoignait de l'ardeur qu'ils
mettaient dans leur vengeance. Quant aux cris d'a-
larme qui avaient effrayé les matelots avec lesquels
je me trouvais quelques instants auparavant, voici
l'explication qui leur en fut donnée. Boule-de-Neige
était descendu dans la cambuse, avec l'intention
de tirer de l'eau-de-vie à une grande tonne qui s'y
trouvait placée. On ne pouvait arriver dans la soute
aux vivres qu'en passant par une petite écoutille
percée dans le plancher de la grande cabine, et,
comme il y faisait une obscurité complète, Boule-
de-Neige ne manquait jamais, en pareille occasion,
de se munir d'une chandelle allumée.

On ne savait pas au juste comment cet imbécile
avait agi : car, depuis la triste découverte qui avait
été faite au sujet des futailles, Boule-de-Neige,
ainsi que la plupart des matelots, avait toujours été à
peu près ivre ; il est évident que le capitaine et le
contre-maître étaient eux-mêmes dans un état d'i-
vresse complet, à en juger par les réponses incohé-
rentes qu'ils faisaient aux questions des hommes
qui s'inquiétaient du feu.

Il paraît que la pièce d'eau-de-vie qui se trouvait
dans la cambuse n'avait pas été mise en perce, et
que Boule-de-Neige avait l'habitude de puiser la liqueur par la bonde, au moyen d'une petite cuiller à
pot. Toujours est-il que la chandelle lui avait glissé

E. EVANS. Sc

Le capitaine et le contre-maître battant Boule-de-Neige au lieu d'éteindre le feu.

entre les doigts, qu'elle était tombée par l'ouverture où il cherchait à introduire sa cuiller, et que
l'eau-de-vie s'était immédiatement enflammée.

Dans la crainte du châtiment qui l'attendait,
Boule-de-Neige avait résolu de ne rien dire. Il était
monté sur le pont aussi vite que possible, avait pris
un seau d'eau, et, retournant dans la cambuse, il
l'avait jeté dans la futaille, espérant bien que l'incendie allait être étouffé ; mais, vain effort ! la
flamme s'était accrue à mesure que la liqueur l'a-
vait alimentée. Boule-de-Neige avait fait plusieurs
voyages du pont à la cambuse, et n'avait averti personne de la faute qu'il avait commise.

Toutefois, les nombreux seaux d'eau qu'il venait
chercher coup sur coup éveillèrent l'attention du
contre-maître. L'incendie fut découvert, et Boule-
de-Neige fut obligé de confesser la vérité.

C'est alors qu'on avait crié : « Au feu ! » et que
ce cri d'alarme avait arrêté les matelots au moment
où ceux-ci allaient noyer leurs victimes.

D'après la conduite du capitaine et du contre-
maître, on pensa d'abord que l'incendie était apaisé ;
il était tout simple de croire qu'ils s'étaient occupés
d'éteindre le feu avant de perdre leur temps à frapper celui qui était l'auteur du mal. Le châtiment de
Boule-de-Neige rassura donc immédiatement les
matelots qui arrivaient sur le tillac ; mais ils se trom-
paient, comme tout le monde l'aurait fait à leur

place. Les deux officiers, à moitié fous de rage et d'ivresse, n'avaient fait aucun effort pour s'opposer aux progrès de l'incendie et déchargeaient leur colère stupide sur les épaules du malheureux noir, qui mêlait toujours à ses hurlements le cri répété de :

« Au feu ! au feu !

— Mais où est-il ? » se demandait-on de bouche en bouche avec une inquiétude croissante.

Dès qu'on sut enfin où il avait éclaté, chacun se précipita dans la cabine, espérant toujours qu'on avait commencé par éteindre le feu, mais cherchant à s'assurer du fait : car, de toutes les calamités dont on puisse être frappé à bord, il n'en existe pas de plus effrayante que l'incendie.

L'équipage sut bientôt à quoi s'en tenir ; il suffisait de descendre pour n'avoir plus d'incertitude ; une épaisse fumée s'échappait de l'écoutille et remplissait la cabine ; il fallait, pour produire cette fumée d'une odeur sulfureuse, que l'incendie eût continué ses ravages.

Les derniers doutes, si toutefois il en existait encore, devaient bientôt se dissiper ; une explosion subite eut lieu dans la cambuse, et en même temps une bouffée de vapeur, à laquelle se mêlait une flamme bleuâtre, monta par l'écoutille et se précipita dans la cabine.

CHAPITRE XLIX.

Il n'était pas besoin d'être sorcier pour expliquer la détonation qui venait de se faire entendre : le gaz renfermé dans la futaille et développé par la chaleur avait fait éclater la barrique cerclée de fer, devenue trop étroite pour le contenir. Le liquide enflammé courait maintenant sur le plancher de la cambuse, et allait communiquer la flamme à toutes les matières éminemment combustibles dont la pièce était remplie, c'est-à-dire aux tonneaux d'huile, de beurre, de biscuit, aux jambons et au lard ; une barrique de poix, qui se trouvait précisément défoncée, avait été mise auprès de cette malheureuse pipe d'eau-de-vie qui était la source du mal. Heureusement que toute la poudre qui avait fait partie de la première cargaison avait été livrée en payement au roi Dingo-Bingo ; on le supposait du moins, et cette hypothèse rassurante permit à l'équipage d'agir avec plus de calme qu'il ne l'aurait fait, sans aucun doute, s'il avait pu penser qu'un baril de poudre se trouvait au milieu des flammes.

Comme on se l'imagine bien, personne ne resta inactif en présence du danger qui menaçait *la Pandore ;* c'était à qui s'emploierait pour éteindre le feu. Les seaux furent recueillis et apportés sur le pont, les hommes formèrent la chaîne, et l'eau ruissela par l'écoutille, mais sans produire aucun effet sur les flammes, qui devenaient de plus en plus vives, de plus en plus menaçantes.

Personne n'osait descendre; le feu et la fumée s'y opposaient; on aurait sacrifié sa vie si l'on eût essayé de pénétrer dans la cambuse.

L'eau coulait depuis dix minutes, et le feu gagnait toujours; la fumée devenait plus épaisse et plus brûlante ; évidemment la poix et toutes les matières grasses que renfermait la soute avaient pris feu. Il était impossible d'approcher du passage des écoutilles et d'entrer dans la cabine; impossible de verser l'eau dans la cambuse, par conséquent très-inutile de continuer la chaîne, et les seaux furent mis de côté.

Mais l'heure du désespoir n'était pas encore venue; les marins ne s'abandonnent jamais au découragement tant qu'il leur reste une chance de salut, si faible qu'elle puisse être; et, quelque dégradé que fût l'équipage de *la Pandore,* une vertu lui restait au fond de ses crimes, celle d'un courage à toute épreuve.

On chercha donc un autre moyen de lutter contre

la flamme qui grandissait toujours; une manche de
toile fut attachée au bec de la pompe et dirigée vers
la porte de la cabine; mais il fut impossible d'introduire l'ouverture de la manche dans l'écoutille,
et le navire étant beaucoup plus chargé à l'avant
qu'à l'arrière, l'eau qu'on répandait ainsi, au lieu
de rester sur le plancher de la cabine revenait immédiatement dans le passage des écoutilles. Ce fut
une nouvelle déception plus douloureuse que la première; on avait espéré qu'en inondant la cabine,
l'eau entrerait dans la cambuse et finirait par éteindre le feu.

Une vive inquiétude se peignit sur le visage des
matelots; ils s'interrogèrent du regard; chacun
était convaincu de l'inefficacité du moyen qu'on
employait, mais personne n'osait le dire, et ils continuèrent de pomper, toutefois avec une lenteur et
une mollesse qui prouvaient le peu de confiance
qu'ils avaient dans leurs efforts.

Tout à coup la pompe s'arrêta, les tuyaux s'affais-
sèrent, et l'eau cessa de couler; tout le monde en
était arrivé à la même conclusion et comprenait
qu'elle était partagée.

Un nuage de fumée, s'échappant de la cabine, enveloppait tout l'arrière du navire et s'élevait avec
lenteur; il faisait si peu d'air que cette colonne
épaisse, qui entourait le mât d'artimon et le rendait complétement invisible, n'atteignait pas l'em-

belle[1]. Cette vapeur asphyxiante dérobait à nos yeux la cabine et voilait une partie du tillac; les flammes ne se montraient pas encore; mais le bruit sourd, accompagné de craquements sinistres, qui éclatait par intervalles, disait assez que le feu poursuivait son œuvre et qu'il nous apparaîtrait bientôt dans toute sa splendeur fulgurante.

Personne ne chercha plus à entraver sa marche, encore moins à l'éteindre. Il fallait quitter *la Pandore*, que rien ne pouvait sauver, et le cri de désespoir, qui retentit si douloureusement au cœur du marin, s'éleva tout à coup.

« Les embarcations à la mer! » s'écria-t-on dans l'équipage.

CHAPITRE L.

La Pandore avait trois embarcations : la pinasse, la grande chaloupe et la guigue du capitaine. C'était plus qu'il n'en fallait pour nous contenir tous ; la grande chaloupe à elle seule aurait presque suffi;

---

1. Partie du pont située entre les deux gaillards.

trente personnes composaient son chargement ordinaire, et, dans un cas de détresse, quarante individus pouvaient bien s'y caser. Elle avait été jadis
une belle et bonne chaloupe, mais elle avait maintenant quelques planches vermoulues; ce n'était
pas pour *la Pandore* qu'elle avait été faite; le négrier avait perdu la sienne dans une tempète et
s'était procuré celle-ci à la hâte, et seulement pour
ce voyage. La pinasse aurait pu porter quinze hommes, si elle avait été capable de tenir la mer; par
malheur, elle gisait sur l'embelle, où depuis quelques jours le charpentier réparait les avaries qu'elle
avait éprouvées dans la rivière du roi Dingo. Tout
l'équipage devait donc se réfugier dans les deux
autres embarcations, et il fut décidé que vingt-huit
personnes entreraient dans la chaloupe, et les douze
autres dans la guigue.

Cette décision avait été prise de fait plutôt qu'elle
n'avait été consentie; on n'avait pas de temps à
perdre, et ce n'était pas le cas de délibérer longue-
ment.

La plupart des matelots avaient couru vers la chaloupe, et j'étais allé avec eux. Ils se groupèrent sur
le bordage et se mirent en mesure de descendre
l'embarcation. Je n'apercevais pas Ben, et, supposant qu'il s'était dirigé vers la guigue, je retournai
à l'arrière afin de le rejoindre; car j'avais bien l'intention de ne pas me séparer de lui. La guigue

était suspendue au-dessus du couronnement de la
poupe, et j'étais obligé, pour m'y rendre, de traverser la colonne de fumée qui enveloppait la cabine; mais, bien qu'il n'y eût pas la moindre brise,
la fumée appuyait à bâbord[1], et l'autre côté du navire était à peu près dégagé du nuage épais qui
m'avait fait obstacle.

Arrivé sur la poupe, je vis cinq ou six personnes
qui s'occupaient de lancer la guigue; elles déployaient
une activité singulière et paraissaient agir sous l'influence d'une inquiétude excessive. Je reconnus
parmi elles le capitaine, le contre-maître et le charpentier; les deux ou trois autres étaient des matelots qui jouissaient de la faveur spéciale des chefs,
et qui passaient pour être leurs amis dévoués. La
guigue effleurait déjà la surface de l'eau, et j'entendis sa quille plonger dans la mer au moment où je
me penchais au-dessus du taffrail[2]; on y avait déposé divers objets, la boussole, les cartes, des bar-
rils et des caisses; mais personne n'y était encore
descendu.

Je regardai tous les matelots qui se trouvaient à
l'arrière; je n'aperçus pas Ben Brace, et je me disposais à retourner vers l'embelle, quand tout à coup
les hommes, qui avaient descendu la guigue, pas-

1. Le côté gauche du navire.
2. Couronnement de l'arrière des vaisseaux anglais. dont la
poupe est coiffée autrement que dans les nôtres.

sèrent par-dessus le taffrail et, glissant le long des cordages du moulinet, s'établirent dans le canot.

« Assurément, pensais-je, ils ne s'éloigneront pas avant d'avoir été rejoints par les personnes qui doivent aller avec eux. » Il avait été convenu que tous les bras se réuniraient pour lancer la chaloupe et qu'on s'occuperait ensuite de descendre la guigue, opération qui prendrait tout au plus quelques minutes et qui n'exigeait les forces que d'un petit nombre d'hommes. Je suis persuadé que tous ceux qui descendaient la chaloupe ne s'étaient pas aperçus de la disparition de leurs camarades, et qu'ils croyaient que ces derniers travaillaient avec eux ; la nuit, sans être obscure, aidait à cette méprise, et quant au capitaine et au contre-maître, la folie dont ils avaient fait preuve en châtiant Boule-de-Neige, au lieu d'employer leur temps à éteindre l'incendie, avait prouvé qu'on n'avait rien à espérer de leur concours, et personne ne se préoccupait d'eux.

Lorsque je les vis descendre dans la guigue avec le charpentier et les trois matelots, il me sembla qu'ils agissaient à la sourdine, comme des gens qui ne veulent pas être aperçus. Mes observations confirmèrent bientôt cette conjecture ; il était évident qu'ils se cachaient, afin de s'éloigner sans avoir attendu les personnes que la guigue devait emmener.

Je ne savais comment faire; ils se seraient mo-
qués de toutes les remontrances que j'aurais pu
leur adresser, et le bruit effroyable qui s'élevait de
tous les points du vaisseau m'empêchait d'avertir
les hommes qui descendaient la chaloupe. D'ailleurs
il n'était plus temps; les fuyards avaient coupé la
corde qui retenait l'embarcation, et l'instant d'après
ils s'éloignaient en toute hâte. Je ne pouvais pas
comprendre la précipitation qu'ils mettaient à s'enfuir; ils n'avaient pas à craindre que la guigue ne
fût trop chargée par les douze individus qu'elle devait prendre, et le reste de l'équipage aimait beaucoup mieux aller dans la chaloupe, ce qui les ga-
rantissait contre un surcroît de passagers; quant à
l'action du feu, le danger qu'elle pouvait produire
n'était pas immédiat; la fumée commençait, il est
vrai, à s'échapper de l'habitacle [1], mais il se passerait encore du temps avant que la flamme eût dévoré cette partie du navire, et je ne m'expliquais
pas pourquoi le skipper désertait le vaisseau avec
autant d'empressement : quelque raison mystérieuse
le poussait à s'enfuir. J'en acquis bientôt la certitude et de la bouche même du capitaine.

J'étais toujours penché au-dessus du taffrail et je
regardais les déserteurs faire en toute hâte leurs

1. Petite armoire où est placée la boussole et qui est située sur
le gaillard d'arrière.

préparatifs de départ; le capitaine lui-même avait saisi une rame pour aider à la manœuvre; il leva les yeux au moment où il allait s'éloigner de *la Pandore*, il m'aperçut, et, se levant à demi du banc des rameurs où il était déjà placé : « Ohé ! s'écria-t-il d'une voix entrecoupée par le hoquet de l'ivresse, ohé ! Bill, dis-leur de prendre bien garde.... heugh.... en lançant la chaloupe.... bien garde.... entends-tu?.... heugh.... surtout qu'ils se dépêchent.... heugh.... car.... heugh.... il y un baril de.... heugh.... poudre à bord ! »

CHAPITRE LI.

Cette nouvelle effrayante me frappa de stupeur, et je restai cloué à la place où je l'avais entendue. Un baril de poudre à bord ! telles étaient bien les paroles du capitaine. Il avait dit vrai, je ne pouvais en douter : sa conduite et celle de ses compagnons étaient la preuve du danger qu'il m'annonçait; l'empressement qu'il avait mis à fuir et que je ne pouvais comprendre m'était enfin expliqué : c'était la pensée du baril de poudre qui le faisait s'éloigner avec au-

tant de hâte, ainsi que le contre-maître, qui était
dans le secret.

Les lâches le déclaraient au départ, mais ils
avaient gardé le silence jusqu'au moment où leur
fuite se trouvait assurée. S'ils avaient parlé plus tôt,
l'équipage se serait disputé la guigue, et il est probable qu'ils n'auraient pu s'enfuir avec autant de
sécurité. A présent que ce nouveau péril ne pouvait plus les atteindre, ils ne voyaient pas d'inconvénient à nous prévenir du danger qui nous menaçait; ils souhaitaient même que leurs anciens
camarades pussent quitter *la Pandore* sains et saufs,
dès l'instant que le salut de l'équipage ne leur
imposait aucun sacrifice.

Le capitaine, aussitôt qu'il eut prononcé les terribles paroles qu'il m'avait dites, retomba sur son
siége, fit mouvoir ses rames à l'unisson des autres,
et la guigue s'éloigna rapidement.

Cette nouvelle m'avait foudroyé. J'éprouvais le
besoin d'en recevoir la confirmation, et il m'était
impossible de parler; d'ailleurs, avant que j'eusse
recouvré mon sang-froid, le capitaine était trop loin
pour m'entendre. Et puis, à quoi bon? je ne pouvais
pas douter de ce qu'il m'avait dit : ses paroles
étaient claires, précises; malgré son état d'ivresse,
il avait parlé sérieusement. La circonstance était
trop grave, l'instant trop solennel pour qu'on osât
plaisanter. Mais où était ce baril de poudre? Dans la

cambuse? C'était impossible, elle était tout en flammes. Dans l'entre-pont ou dans la cale? Personne
ne l'y avait jamais vu. Il n'existait pas une once de
poudre dans aucune des parties du navire où les
hommes de l'équipage avaient accès; il fallait que
ce baril fût dans la chambre même du capitaine,
c'est-à-dire dans un lieu contigu à celui qui était
en flammes, et justement auprès de l'endroit où je
me trouvais alors.

L'instinct de conservation me réveilla tout à coup
de la torpeur dans laquelle j'étais plongé. Recou-
vrant aussitôt mes forces, je m'enfuis vers l'embelle
où je m'arrêtai un instant. Qu'allais-je faire ? Ma
première impulsion avait été de courir auprès des
matelots et de leur communiquer les paroles du
capitaine ; j'étais sur le point de les avertir, quand
mon bon ange m'inspira de la prudence.

J'avais toujours passé pour avoir de la pénétra-
tion, et la vie que je menais depuis quelques mois
avait extrêmement aiguisé mon esprit. Je fus donc
frappé du désordre que j'allais causer en divulguant
le secret dont j'étais dépositaire. Les matelots travaillaient avec ardeur, et nulle puissance au monde
ne pouvait les faire aller plus vite; les flammes qui
sortaient maintenant par les fenêtres de la cabine
les stimulaient d'une manière suffisante : ajouter
une nouvelle frayeur à la crainte qu'ils ressentaient
déjà, cela n'aurait pu que les paralyser. Je résolus

de ne révéler qu'à Ben Brace les paroles du skipper,
et je courus de nouveau, dans cette intention, à la
recherche de mon ami.

Cette fois je ne tardai pas à le découvrir ; il était
au milieu de la foule qui se pressait autour du moulinet, et il travaillait de toutes ses forces. Mais impossible de l'approcher, impossible de lui communiquer ce que j'avais à lui dire sans que tout le
monde l'entendît. Je fus donc obligé de me taire
jusqu'au moment où le hasard me permettrait de
confier à Ben le sujet de mes appréhensions.

Je me mis à travailler avec les autres, faisant
tous mes efforts pour activer la besogne ; mais je
n'avais qu'une pensée ; je ne comprenais plus ce
qui se passait autour de moi ; à chaque instant je
m'attendais à cette affreuse explosion qui devait
nous lancer dans l'éternité. J'agissais machinalement, sans savoir ce que je faisais ; une ou deux
fois je me surpris tournant à contre-sens. Mon voisin
s'en aperçut et me repoussa rudement. Oh ! quelle
inquiétude, quelle effroyable attente !

La chaloupe fut enfin dégagée de ses entraves et
lancée à la mer ; cette dernière opération n'était pas
difficile et demanda tout au plus quelques minutes.
L'équipage salua d'un cri de joie le succès qu'il venait d'obtenir.

Un certain nombre de matelots descendirent dans
l'embarcation, tandis que les autres, restés à bord,

faisaient passer dans la chaloupe tous les vivres qu'ils avaient pu trouver. Deux hommes avaient hissé un tonneau pesant sur la galerie du navire et commençaient à le descendre ; à son aspect et à sa taille, il était facile de deviner son contenu : c'était une pipe de rhum non encore mise en perce. Aucune voix ne protesta contre l'admission du tonneau dans la chaloupe ; au contraire, plusieurs individus s'offrirent pour aider à la manœuvre. Une grosse corde fut passée autour de la barrique, et la descente commença.

A peine la futaille venait-elle de quitter le bord du navire, que la corde qui l'entourait vint à glisser et que la tonne de liqueur tomba lourdement dans la chaloupe dont elle frappa l'un des côtés, un peu au-dessous de la ligne d'eau.

Un craquement se fit entendre, non pas le bruit particulier que devait produire le tonneau en frappant contre les flancs élastiques de la chaloupe, mais un son pareil à celui du bois qui s'écrase. Comme si la main d'un démon avait dirigé la pipe de liqueur dans sa chute, elle avait heurté l'une des planches vermoulues dont nous avons parlé plus haut, et cette planche s'était brisée par le choc de la futaille.

Un cri de désespoir échappa aux hommes qui se trouvaient dans l'embarcation, où l'eau se précipitait déjà. Quelques-uns d'entre eux saisirent les cordages qui amarraient la chaloupe au bâtiment et se hâtèrent de revenir à bord, tandis que les autres s'efforçaient de boucher la voie d'eau et cherchaient à vider l'embarcation.

Ils ne continuèrent pas ces efforts, qui devenaient inutiles; la brèche était irréparable, et la chaloupe s'emplissait dix fois plus vite qu'ils ne pouvaient la vider. Ils abandonnèrent donc leur entreprise et remontèrent sur le pont du navire, comme avaient fait leurs camarades.

Dix minutes après, la grande chaloupe était au fond de la mer.

CHAPITRE LII.

« Un radeau! un radeau! » s'écrièrent les hommes de *la Pandore*. On se précipita sur les haches, sur les cordages et sur les espars[1], tandis qu'un cri de fureur s'élevait à l'arrière du navire, poussé par quelques individus qui espéraient s'approprier la

1. Mâtereaux ou petits mâts de rechange qu'on embarque à bord des navires qui font un voyage de long cours.

guigue, et dont le désappointement s'exhalait en imprécations et en blasphèmes.

Il n'était pas nécessaire de se pencher au-dessus du taffrail pour découvrir que la guigue n'était plus à sa place ; on la voyait distinctement, de tous les points du tillac, s'éloigner du vaisseau, dont elle était déjà à sept ou huit longueurs de câble ; elle contenait six personnes bien connues de l'équipage. Le fait se racontait de lui-même, il était inutile d'en chercher l'explication : les officiers de *la Pandore* avaient trahi l'équipage en détresse, et ils fuyaient lâchement comme de vils déserteurs.

« Oh ! de la guigue ! Oh ! de la guigue ! » s'écrièrent les matelots, mais bien inutilement ; ceux qu'on hélait ainsi n'en ramèrent qu'un peu plus vite ; ils semblaient craindre d'être rejoints par la chaloupe, et ils avaient raison. Si l'équipage, qui se voyait abandonné par ses officiers, avait pu mettre la main sur les traîtres, il est certain qu'il aurait été sans merci.

Et non-seulement le capitaine et le contre-maître souhaitaient de ne plus se trouver à portée de la voix de leurs anciens compagnons, mais ils désiraient ne plus apercevoir *la Pandore.* Quelque endurcie que fût leur âme, ils ne pouvaient s'empêcher de frémir en pensant à l'horrible catastrophe à laquelle ils s'attendaient, et dont ils auraient voulu s'épargner l'horrible spectacle.

13

Les malédictions et les cris de vengeance re-
tentirent pendant quelques instants à bord du négrier ; mais la nécessité d'agir immédiatement
rappela bientôt l'équipage à la tâche qui lui restait
à faire.

La rapidité avec laquelle les marins savent construire un radeau tient du prodige, et il est impossible de s'en faire une idée lorsque cette opération
n'a point eu lieu devant vous. Ce n'est pas seulement une affaire de discipline, bien que l'ensemble
des manœuvres y soit pour quelque chose, car les
soldats sont tout aussi maladroits à cette besogne
que les premiers laboureurs venus.

Le bois, comme vous le savez, constitue l'élément
principal d'un radeau, et cependant les marins ont
bien plus tôt fait d'en relier les diverses parties
avec des cordes, qu'un charpentier avec un marteau
et des clous ; et non-seulement la besogne est plus
vite faite, mais elle est plus solide. Un marin qui a
de la corde n'est jamais au dépourvu ; c'est l'arme
qui lui est propre, l'outil qu'il sait manier entre
tous ; il reconnaît d'un regard, ou par un simple
attouchement, si tel ou tel cordage est celui qui convient pour le but qu'il veut atteindre : s'il est trop
long, trop court, trop faible ou trop fort, s'il cassera
ou s'allongera ; il sait d'instinct quel genre de nœud
il doit faire, nœud plat, nœud de bouline ou d'é-
coute, nœud tors ou à plein poing, épissures, éta-

lingures de toute espèce, et bien d'autres encore
dont les marins seuls ont le secret.

Et avec quelle facilité ils abattent les mâts, ils dé-
tachent les espars et les font servir à leur projet!
L'assistance d'un terrien serait d'un bien faible secours en pareille occasion. Il fallait voir travailler,
comme des abeilles, les trente-six matelots qui restaient sur *la Pandore;* les uns maniant la scie, les
autres la hache, ceux-là transportant les vergues
ou tranchant les drisses [1] pour former les liens nécessaires à la construction du radeau.

Au bout de quelques minutes, le grand mât vint
tomber sur le bordage, écrasant ce qu'il trouvait
au-dessous de lui, comme un arbre qui s'abat sur
des roseaux; quelques instants après, tout son gréement avait été coupé, haubans, étais, bras, écoutes
et balancines. Bientôt il posa sur la mer, toujours
attaché aux flancs de *la Pandore*, qui n'était plus
qu'un débris; il avait gardé ses vergues et formait
une espèce de cadre sur lequel furent solidement
fixés les espars, les gaffes et les boute-hors; des
tonneaux vidés, que l'on attacha autour de cette
plate-forme, ajoutèrent à la sécurité qu'elle présentait, et lui permirent de porter un poids considérable; les voiles y furent descendues et l'on y porta
enfin toute la quantité de biscuit et d'eau douce que

---

1. Cordages qui servent à hisser les voiles.

l'on put trouver au milieu du désordre qui régnait sur le navire.

Il n'y avait pas un quart d'heure que la grande chaloupe avait coulé à fond, lorsqu'on annonça que le radeau était prêt.

CHAPITRE LIII.

Mais cet espace de temps si court m'avait paru un siècle ; les secondes étaient pour moi des heures, chacune d'elles pouvait être la dernière, et cette affreuse pensée éternisait les minutes. Quand la chaloupe avait coulé bas, j'avais perdu tout espoir ; je ne croyais pas qu'un radeau pût se faire avant l'explosion du baril de poudre.

Le temps avait fini par me sembler tellement long, que je m'étonnais de ne pas voir s'accomplir l'affreux événement qui ne pouvait manquer d'arriver. « Peut-être, pensais-je, la poudre est-elle tout au fond du navire, cachée sous des caisses et des ballots qui la préservent de l'incendie. » Je savais qu'un tonneau de poudre, alors même qu'on l'eût jeté au milieu d'un brasier, reste assez longtemps

avant de faire explosion; il faut qu'une chaleur considérable soit développée dans le bois avant que la
poudre prenne feu; peut-être les flammes n'avaient-
elles pas encore atteint la place où le fatal baril avait
été déposé.

Il était possible qu'il ne fût pas dans la cabine,
qu'il ne se trouvât pas même à l'arrière du bâtiment; le capitaine ne m'en avait rien dit, et c'est là
ce que j'aurais voulu savoir; mais le skipper avait
fui sans rien ajouter aux paroles effrayantes qu'il
m'avait criées en partant. Et s'il avait fait une plaisanterie! Si c'était un raffinement de cruauté de la
part de cet infâme! S'il avait voulu se venger de
l'équipage! Depuis la veille il était en discussion
avec les matelots; ceux-ci l'avaient humilié, insulté, avaient méprisé ses ordres et ceux du contre-
maître; de vives altercations avaient eu lieu entre
les officiers et quelques-uns des matelots; il était
naturel que, chez des hommes de ce caractère, l'injure éveillât la haine, et il était possible que ce
fût pour obéir à un besoin de vengeance que le capitaine m'eût dit qu'il y avait un baril de poudre à
bord.

Pour qui connaissait l'homme, cette supposition
n'avait rien d'improbable, et je commençais à croire
qu'elle était fondée; raison de plus pour chercher
Ben et pour lui communiquer mon secret : il saurait
me dire si le capitaine avait plaisanté ou parlé sé-

rieusement; dans ce dernier cas, il devinerait sans doute où la poudre avait été mise, et peut-être serait-il encore temps de s'emparer du tonneau et de le jeter à la mer.

Ces réflexions n'avaient duré qu'une minute, et je courus de nouveau à la recherche de mon ami. Je le trouvai au milieu d'un groupe de travailleurs, sapant, à coups de hache, une partie des bastingages pour aider à la construction du radeau; je le tirai par la manche et, l'entraînant à l'écart, je lui fis connaître les derniers mots du capitaine.

Quelle que fût la fermeté de Ben Brace, mes paroles le terrifièrent; je le vis pâlir, et tout d'abord il lui fut impossible de parler.

« Tu en es bien sûr? me demanda-t-il enfin.

— Très-sûr qu'il me l'a dit, lui répliquai-je.

— Un tonneau de poudre à bord !

— C'est au moment de partir qu'il a proféré ces mots; toutefois je pensais qu'il avait eu seulement l'intention de nous effrayer.

— Non pas; il a dit vrai, petit Will. Mille tonnerres ! toute la poudre n'a pas été donnée au roi Dingo, je m'en souviens à présent; j'ai vu le capitaine en cacher un baril qu'il avait d'abord compté au vieux nègre et qu'il lui a subtilisé après; je n'en étais pas bien sûr, mais je n'en doute plus aujourd'hui. Miséricorde, enfant! nous sommes perdus, petit Will. »

Le soulagement que m'avait fait éprouver la supposition que le capitaine avait menti, n'existait plus;
l'anxiété me revenait plus vive et plus poignante;
ce baril dérobé au roi Dingo était certainement à
bord, et le voleur échappait à la catastrophe dont
nous allions être victimes : c'était nous qui allions
expier son vol!

Ben restait immobile, paraissant écouter si la détonation ne se faisait pas entendre; néanmoins il
recouvra bientôt sa présence d'esprit, et, me faisant signe de le suivre, il courut à l'avant du navire.

Tout le monde était alors occupé à lancer le grand
mât à la mer, et aucun des matelots ne vit de quel
côté nous allions. Ben s'avança jusqu'à la proue;
il s'engagea entre le boutelof et les haubans du mât
de beaupré, m'appela du geste, et, m'ayant recommandé de ne pas dire un mot de la poudre qui était
à bord : « Laissons-les continuer le radeau, poursuivit-il, peut-être auront-ils le temps de le finir;
il est possible que le bon Dieu nous le permette,
car nous ne faisons pas de mal en essayant de nous
sauver. La poudre est certainement dans le voisinage de la cabine, et il est toujours moins dangereux d'être ici qu'à l'arrière; mais nous devons tout
de même essayer d'en partir; alerte, enfant! Ces
deux planches nous en donneront le moyen; coupe-
moi des cordes, tandis que je vais me procurer du
bois; vite, vite, enfant! »

En disant ces paroles, Ben Brace, qui avait apporté sa hache, entama les deux grandes planches
qui s'étendaient de chaque côté du plat-bord jusqu'à l'endroit où le nom du navire était peint en
grosses lettres ; un instant lui suffit pour les détacher complétement et pour les descendre à la
mer au moyen des cordes que je venais de lui apporter. Il grimpa sur le beaupré, abattit le levier
de la baderne, tailla des espars tandis que je lui
procurais des étais et des cordages, et tout cela fut
descendu, on pourrait dire déposé, à la surface immobile de l'Océan.

Lorsque Ben pensa qu'il avait assez de bois pour
la construction du radeau, il jeta sa hache, se laissa
glisser, au moyen d'une corde, sur les planches
qu'il avait lancées à la mer, et m'appela pour que
j'allasse le rejoindre. C'est alors que les cris des
hommes de l'équipage nous apprirent qu'ils avaient
terminé leur besogne. Effectivement, je les vis descendre à la hâte sur le radeau qu'ils venaient de
finir ; une minute de plus, et je resterais le dernier
sur la coque brûlante de *la Pandore*.

Le dernier, vous disais-je ! et les cinq cents créatures humaines que renfermait toujours les flancs
du négrier ? N'étaient-ce pas des hommes que ces
noirs, et leur vie n'était-elle pas aussi précieuse que
la nôtre ?

Souvenir effroyable, qui glace mon sang dans mes

veines toutes les fois qu'il me revient à la mémoire,
et dont je ne puis parler sans qu'un frisson douloureux s'empare de tout mon être !

CHAPITRE LIV.

Qu'étaient devenus les nègres depuis le moment
où l'incendie avait éclaté sur *la Pandore?* où étaient
ces malheureux, que faisaient-ils, et quelle mesure
prenait-on pour les sauver?

Personne, depuis l'instant où le cri d'alarme avait
empêché qu'ils ne fussent jetés à la mer, personne,
excepté moi, ne s'était inquiété d'eux; ils étaient
toujours dans l'entre-pont, où leurs voix déchirantes
continuaient de retentir; mais ils criaient ainsi depuis longtemps, et les matelots n'y faisaient plus attention. Chaque fois que, dans leurs allées et venues,
les hommes de l'équipage s'approchaient de l'endroit où ces malheureux se livraient au désespoir, les
menaces, les imprécations, les cris insensés redou-
blaient de force, les prières de ferveur; mais les
matelots passaient rapidement et ne s'apercevaient
pas des paroles délirantes qui leur étaient adressées.

Il est probable que, jusqu'au moment où le radeau fut terminé, la soif était la seule cause des
souffrances qui exaspéraient les nègres; c'était de
l'eau qu'ils demandaient toujours, ainsi que la permission de venir prendre l'air : car ils n'étaient pas
sortis depuis la veille, et littéralement ils suffo-
quaient; mais je ne crois pas qu'ils eussent le moindre soupçon du nouveau péril dont ils étaient menacés. La fumée s'élevait perpendiculairement à
l'arrière du navire, elle n'arrivait pas jusqu'à eux,
et les lueurs que répandait la flamme n'étaient pas
suffisantes pour qu'ils pussent en être frappés; il
était donc à peu près certain qu'ils ignoraient l'incendie qui avait éclaté dans la cambuse. Ils pouvaient soupçonner quelque chose d'anormal; les
allures inaccoutumées de l'équipage, le bruit qu'on
faisait sur le pont, les regards inquiets des matelots, qu'il était impossible de ne pas remarquer,
devaient les avoir avertis qu'il se passait à bord
quelque événement fâcheux; les coups de hache
dont on sapait le grand mât, le choc produit par
cette énorme pièce de bois lorsqu'elle s'était abat-
tue sur le bastingage, avaient pu leur faire penser
qu'ils avaient à craindre autre chose que la soif :
mais, comme ils ignoraient complétement la manière de diriger un vaisseau, ils ne pouvaient pas
se figurer la nature des manœuvres dont ils étaient
surpris. Ce n'était point un naufrage, puisque le

navire était immobile ; et, si la physionomie des
matelots avait éveillé leur inquiétude, ils n'en étaient
pas encore à s'alarmer outre mesure du fait qui les
préoccupait : mais cette ignorance devait bientôt
cesser. Au moment où j'allais quitter *la Pandore*,
un jet de flammes se dégagea de la colonne de fumée qui s'échappait de la cabine ; il fut suivi d'un
autre plus rouge et plus fort, puis d'un troisième, et
successivement, jusqu'à ce que la nappe lumineuse
s'éleva d'une manière continue. La lune pâlit devant
cette clarté fulgurante qui enveloppa le navire d'un
reflet d'or, comme si les rayons du soleil avaient
reparu tout à coup.

Non-seulement la flamme pouvait s'apercevoir à
travers les barreaux qui retenaient les captifs, mais
elle pétillait de manière à ne plus laisser aucun
doute sur l'origine de cette lueur éblouissante.

Un cri de désespoir s'échappa des entrailles du
navire embrasé, cri d'angoisse qui pendant un instant couvrit les éclats sinistres du bois qui craquait
sous la morsure des flammes, et dont je me sou-
viendrai jusqu'à ma dernière heure.

Je tournai les yeux vers l'endroit d'où s'échappait cette clameur déchirante : à la vive lumière
que répandait l'incendie, je pus voir les malheureux nègres se presser contre la grille qui les retenait prisonniers ; leurs regards étaient remplis d'é-
clairs, leurs lèvres écumantes, leurs dents serrées

brillaient au milieu de leurs noirs visages ; la flamme
s'avançait rapidement ; déjà la fumée gagnait l'é-
coutille, dont ils cherchaient en vain à secouer les
énormes barreaux : spectacle affreux que je n'aurais pu supporter, même en rêve. Mon premier
mouvement fut de me détourner et de rejoindre
Ben Brace, qui m'attendait avec impatience ; mais,
comme j'allais obéir à cette impulsion instinctive,
j'aperçus la hache que Ben avait rejetée avant de
descendre ; je la saisis avec empressement : l'idée
m'était venue de retourner sur le pont et de faire
sauter les pièces de bois qui barraient l'écoutille.
Je connaissais tout le danger auquel je m'exposais,
je n'avais pas oublié l'existence du baril de poudre ; mais je ne pouvais pas être témoin d'un pareil holocauste et voir brûler sous mes yeux tant
de créatures humaines sans faire une tentative pour
ouvrir leur prison.

« Au moins, pensais-je, ces malheureux choisi-
ront leur genre de mort ; l'eau est moins terrible
que le feu, et ils souffriront moins de se noyer que
de périr dans les flammes. »

Je me penchai vers Ben Brace pour lui communiquer ma pensée.

« Tu as raison, me dit-il ; courage, William ! c'est
bien, mon enfant ! Rends la liberté à ces pauvres
créatures ! j'y pensais moi-même ; dépêche-toi, et
surtout prends bien garde !... »

Will délivre les esclaves.

Je n'avais pas attendu la fin de ces paroles, et, courant sur le pont, je m'étais précipité vers l'écoutille ; la fumée était devenue si épaisse que je distinguais à peine ces visages terrifiés. Quelques minutes de plus et ces yeux brillants s'éteindraient pour toujours, ces voix déchirantes seraient étouffées par la mort.

Je me rappelais à quel endroit le charpentier avait entamé la grille, et je frappai à la même place, avec toute la force que je pus mettre au service de mon cœur.

Bientôt les solives qui composaient les barreaux de la grille cédèrent sous mes efforts répétés ; je n'avais pas besoin d'en faire davantage, et, m'éloignant bien vite, je courus à l'avant du navire.

Au moment où je saisissais la corde pour aller rejoindre Ben Brace, les poutrelles qui fermaient l'écoutille avaient été violemment repoussées, le flot des nègres jaillissait de l'intérieur du bâtiment et se répandait sur le pont.

Sans m'arrêter à les voir, je glissai le long du cordage qui était à la proue du vaisseau, et j'arrivai sur la planche où était mon compagnon, qui me reçut dans ses bras.

CHAPITRE LV.

Pendant ma courte absence, Ben Brace n'était pas resté à rien faire ; il avait relié toutes les pièces du radeau sur lequel nous étions actuellement, et qui n'enfonçait pas le moins du monde. Deux espars, le levier de la baderne et la moitié d'une vergue, posés parallèlement, formaient la carcasse de cette plate-forme, et soutenaient les deux grandes planches où le nom de *la Pandore* était écrit. Nous avions en outre différentes pièces de bois, une rame, un ou deux anspects[1], et un morceau de prélart[2]. Tout cela formait un radeau assez grand pour nous contenir tous les deux et pour flotter avec sécurité par une mer paisible ; mais la tempête, ou même une brise un peu forte, aurait fait aisément chavirer notre édifice. Il est vrai que Ben n'avait pas l'intention d'affronter la mer avec ces deux planches ; il avait seulement voulu quitter le navire avant la fin du grand radeau, pour échapper, s'il était possible,

1. Levier. — 2. Toile à voile.

à l'explosion du baril de poudre. En supposant même que la catastrophe arrivât avant que nous eussions pu nous éloigner, nous courrions moins de danger qu'à l'arrière du bâtiment ; et si l'équipage réussissait à finir son travail, nous pourrions aller le retrouver et nous joindrions nos deux planches à son énorme radeau.

Celui-ci avait été achevé en même temps que le nôtre ; tous les hommes qui restaient à bord s'empressèrent d'y descendre, et, lorsque j'eus fini de saper les barreaux de l'écoutille, il ne restait plus une âme sur le pont du négrier. Je n'aperçus pas même le grand radeau, qui m'était caché par le navire ; mais lorsque, ayant retrouvé mon compagnon, nous nous fûmes éloignés de *la Pandore*, le radeau, et ceux qu'il portait, nous apparurent aussi distinctement qu'en plein jour : car le tillac du négrier, depuis la poupe jusqu'à l'embelle, était enveloppé d'une flamme brillante dont l'Océan était éclairé à plusieurs milles de distance.

Les matelots avaient immédiatement poussé au large, dans la crainte qu'il ne se trouvât de la poudre à bord. Aucun des hommes de l'équipage n'avait confié les soupçons qu'il avait à cet égard ; mais il est certain que plusieurs d'entre eux avaient entendu parler du baril de poudre que le capitaine avait repris au vieux nègre, et c'était à cela qu'il fallait attribuer la promptitude qu'ils avaient mise à construire le radeau : car, malgré l'intensité du feu, il devait se passer quelque temps encore avant que tout le navire devînt la proie des flammes.

Une fois qu'ils eurent quitté le bâtiment, ceux qui croyaient à l'existence du tonneau de poudre avaient déclaré leurs soupçons, et chacun, faisant tous ses efforts pour s'éloigner du bâtiment dont il redoutait le voisinage, suivait du regard les progrès de l'incendie avec une anxiété profonde.

Aussitôt que Ben Bracc, en passant à bâbord, eut aperçu nos camarades, il se mit à ramer dans la direction du radeau, que nous pensions rejoindre en quelques minutes; mais cette dernière supposition ne se réalisa pas. Un mouvement extraordinaire se fit tout à coup parmi les hommes de l'équipage : ils témoignèrent une vive surprise, et, redoublant d'efforts pour s'éloigner du vaisseau, nous vîmes que la terreur se mêlait à leur empressement.

D'où pouvait provenir leur effroi? Ils étaient trop loin pour que l'incendie pût les atteindre; l'explosion même du navire n'offrait plus aucun danger : ce n'était pas cela qui motivait cette nouvelle inquiétude.

Je regardai Ben Brace pour lui demander l'explication de cette conduite; mais la sienne n'était pas moins mystérieuse. Il se tenait agenouillé à l'avant du petit radeau, faisant force de rames pour rejoindre celui de nos compagnons. De mon côté je l'aidais autant que possible au moyen d'un anspect. Toutefois, au lieu d'agir avec le calme qui lui était ordinaire et qu'il avait conservé jusqu'alors, il ramait avec une ardeur fébrile, comme s'il avait craint de voir disparaître le radeau qu'il voulait accoster.

Il ne disait rien; mais, à la clarté des flammes qui se reflétaient sur l'Océan, je voyais sa figure exprimer une inquiétude tout aussi évidente que la terreur des individus qui étaient sur le radeau.

Ce ne pouvait pas être la crainte de rester en arrière qui lui inspirât cette vive anxiété ; notre marche était lente, à peu près autant que celle d'un chat qui est à la nage, et cependant, à chaque coup de rame nous nous rapprochions du radeau, qui avançait à peine, malgré tous les efforts de l'équipage. Quel pouvait donc être le motif de l'appréhension de Ben Brace?

CHAPITRE LVI.

Jusque-là je ne m'étais pas retourné vers *la Pan-dore*. Je redoutais le spectacle qu'elle devait pré-senter ; d'ailleurs, je m'occupais trop activement de faire avancer notre radeau pour avoir le temps de regarder autour de moi.

Néanmoins, je fus obligé de relever la tête et de jeter les yeux sur cette horrible scène. Je compris alors pourquoi Ben et ses camarades fuyaient le négrier avec tant d'empressement.

Le feu était arrivé jusqu'au milieu du navire ; il dévorait le tronçon du grand mât qu'on y voyait encore, et trouvait dans cette énorme quantité de cordages goudronnés, de vergues et d'enfléchures, un aliment qui augmentait sa puissance et qui ren-dait ses progrès plus rapides. Mais l'effrayant ta-bleau que présentaient ces langues de feu, dont la pointe léchait déjà les agrès du mât de misaine, n'é-tait rien en comparaison du spectacle déchirant que l'on voyait à la proue du négrier. Sur le guindeau [1],

1. Sorte de cabestan.

« Ils étaient là plus de quatre cents, acculés par les flammes, et suspendus à l'avant du navire comme un essaim d'abeilles. »

les bastingages, les haubans, autour de l'éperon et jusqu'à l'extrémité du beaupré, se trouvait une masse de créatures humaines, tellement pressées les unes contre les autres, tellement entassées, qu'elles recouvraient entièrement l'endroit où elles étaient groupées. Elles étaient là plus de quatre cents, acculées par les flammes et suspendues à l'avant du navire comme un essaim d'abeilles au bout d'un rameau dont il couvre chaque feuille.

A la lueur éclatante qui rayonnait autour de ces infortunés, leur visage, leur corps et jusqu'à la toison dont leur crâne était couvert, apparaissaient d'un rouge sanglant qui donnait à cette horrible scène un cachet surnaturel. On aurait cru assister au finale de quelque opéra gigantesque où l'action avait lieu dans les enfers et où l'on se trouvait en face du supplice des damnés, si la véhémence des cris déchirants qui frappaient nos oreilles n'avait rappelé d'une manière trop évidente que ce n'était pas une fiction. La vive lumière, dont chaque minute accroissait l'intensité, nous permettait de saisir les moindres détails de cet affreux tableau, de voir la terreur de ces yeux égarés, l'écume de ces bouches convulsives, les contorsions effroyables de ces hommes que le désespoir rendait fous, et dont quelques-uns mêlaient aux cris de leurs frères des éclats de rire stridents qui rappelaient la voix des hyènes.

Les femmes se reconnaissaient à leur taille moins

élevée, à leurs formes plus grêles et surtout à leur
attitude suppliante; c'étaient leurs enfants qu'elles
tenaient dans leurs bras et qu'elles tendaient aux
hommes du radeau, en les invoquant pour ces pauvres petits êtres qu'elles étaient condamnées à voir
mourir.

Mais quelque déchirant que fût un pareil tableau,
ce n'étaient ni les menaces des hommes ni les prières des femmes qui causaient tant d'émotion parmi
l'ancien équipage du négrier.

« Qui donc a brisé leurs barreaux? s'écriaient
avec d'affreux jurons les hommes de *la Pandore*.
« Qui donc a pu les délivrer? »

Nous venions de doubler la proue du navire quand
ces paroles nous arrivèrent. A la fureur avec laquelle ces mots étaient vociférés, je compris immédiatement que j'avais tout à craindre des matelots
dont nous cherchions à nous rapprocher.

Dans ma compassion pour les pauvres captifs,
j'avais, en leur rendant un service complétement
inutile, mis en danger la vie de tout l'équipage, y
compris celle de Ben Brace et la mienne.

Je ne peux pas dire, néanmoins, que je regrettais d'avoir suivi cette impulsion généreuse; j'avais
obéi à un entraînement irrésistible, et, placé dans
la même position, il est certain que j'aurais agi de
la même manière. Je le sentais confusément alors :
car au milieu des pensées, ou plutôt des sensations,

qui se pressaient dans mon esprit, je ne me rendais pas compte des motifs qui avaient pu me faire agir.

Toutefois, je commençais à comprendre le péril dont nous étions menacés. Les nègres allaient quitter *la Pandore*, ils nous rejoindraient à la nage, et ils chercheraient nécessairement un refuge sur les radeaux. Leur intention était évidente, elle ressortait de tous leurs mouvements. La plupart des hommes étaient rassemblés sur les bastingages, plusieurs se trouvaient même à l'extrémité des baux, d'où ils prenaient déjà leur élan pour se jeter à la mer.

CHAPITRE LVII.

Je n'étais plus surpris de la terreur que manifestait l'équipage ; si les noirs réalisaient leur intention, et la chose n'était pas douteuse, ils nous rejoindraient certainement en assez grand nombre pour faire couler à fond les radeaux, ou pour jeter les blancs à la mer, afin de s'emparer de l'unique chance de salut qui leur restât au milieu de l'abîme. Dans tous les cas, la destruction des uns était certaine, sinon la mort de tous. Quant à Ben Brace et à moi, qui paraissions les plus exposés, puisque nous nous trouvions les plus près du navire, il était à peu près sûr que nous échapperions au danger qui menaçait le grand radeau. Notre esquif nageait plus vite qu'un homme, et la distance qui nous séparait déjà du bâtiment nous mettait à l'abri de toute surprise.

Ben Brace continua donc de ramer, avec l'intention de rejoindre l'équipage, que nous distancerions facilement en cas d'attaque de la part des nègres ; et quelques minutes après nous flottions à côté du grand radeau.

« Sur ta vie, ne parle pas de ce que tu as fait, m'avait dit Ben ; ils te noieraient sans aucun doute, et moi par-dessus le marché, s'ils pouvaient savoir que c'est toi qui as ouvert l'écoutille : pas un mot, alors même qu'ils te questionneraient directement ; s'ils t'adressent la parole, c'est moi qui répondrai. »

A peine ces mots étaient-ils prononcés que plusieurs voix s'écrièrent :

« Ohé ! du petit radeau ! qui êtes-vous donc ? Tiens, c'est Ben Brace avec Bill, son protégé. Est-ce que c'est vous qui avez ouvert aux nègres ?

— Nullement, répondit Ben avec chaleur. Comment aurions-nous fait, puisque nous étions au bas du navire ? nous ne les avons même pas vus ; je me demande qui est-ce qui a fait ce coup-là. C'est

probablement quand vous avez fait sauter les at-
taches qui retenaient les pièces de bois de la grille ;
vous avez entamé l'un des barreaux, qui aura cédé
sous l'effort des noirs. Quant à moi, je ne sais
pas comment la chose s'est passée ; j'étais sous la
poulaine, à fabriquer ce bout de radeau ; j'avais
peur que le vôtre ne fût pas assez grand pour
nous tous.... Un coup de main, les amis, pour
amarrer nos deux planches à votre embarcation.
Je me suis dit : « Ça servira toujours à porter deux
« personnes. »

Ben ayant ainsi détourné l'entretien, on ne s'oc-
cupa plus de savoir qui avait commis l'imprudence
dont le résultat seul inquiétait les esprits ; tous les
yeux étaient fixés sur cette masse rouge et mou-
vante qui se pressait à l'extrémité du navire.

Singulière chose ! Il y avait déjà quelques instants que les nègres paraissaient vouloir se lancer
à la mer pour rejoindre le radeau, et pas un, cependant, n'avait abandonné la coque brûlante où
ils se cramponnaient toujours ; attendaient-ils que
l'un d'entre eux eût donné le signal en se jetant le
premier dans les flots, comme des soldats, prêts à
charger l'ennemi, courent au-devant d'une mort
certaine aussitôt que l'exemple les y entraîne ?

Ainsi les noirs, au moment de se précipiter dans
la mer, s'arrêtaient sous l'empire d'une incertitude
apparente ; d'où pouvait venir cette hésitation, dont

chaque seconde diminuait la seule chance de salut qui leur était offerte?

Tandis qu'ils délibéraient avec eux-mêmes, le radeau s'éloignait toujours, la flamme s'approchait en sifflant et rétrécissait de plus en plus l'étroit espace où ils étaient amassés. Pourquoi donc n'obéissaient-ils pas à l'impulsion qui les poussait à chercher l'unique refuge qui leur restât contre la mort?

« Ils ont peur de se noyer, » disait-on sur le radeau. Cette hypothèse expliquait l'hésitation des malheureux. Mais il n'était pas probable que parmi tous ces hommes il n'y en eût pas un seul qui sût nager; les Africains, au contraire, sont d'excellents nageurs; la vie qu'ils mènent les y oblige. Habitant les bords de rivières profondes, dans un pays où les ponts sont inconnus, riverains des lacs nombreux qui se trouvent dans l'intérieur de l'Afrique, ils apprennent nécessairement à nager. La température excessive des tropiques rend d'ailleurs la natation fort agréable, et beaucoup de nègres passent la moitié de leur temps dans l'eau.

Il était donc impossible que la certitude de se noyer fût le motif qui arrêtât les noirs.

Mais qui pouvait les retenir?

L'un des naufragés répondit à cette question au moment où, du reste, chacun de nous avait trouvé le mot de l'énigme.

« Regardez là-bas, s'écria l'homme en désignant les flots; voyez-vous ce qui les empêche de se jeter à la mer? »

CHAPITRE LVIII.

L'espace qui s'étendait entre le radeau et la coque enflammée du navire étincelait à la clarté de l'incendie comme un lac d'or fondu. Le bâtiment se réfléchissait à la surface de l'eau, bien qu'une seconde image s'aperçût un peu plus bas. Mais celle-ci était brisée par des rides profondes, qui semblaient indiquer la présence de créatures vivantes; éblouis par l'intensité de la lumière, nous avions détourné les yeux de ce foyer mouvant qui entourait le navire, et, bien que nous eussions observé les remous qui se formaient au pied de sa masse immobile, nous n'avions pas cherché quelle en était la cause.

A présent que notre attention était appelée de ce côté, il n'était pas difficile de voir d'où provenait le mouvement des flots : c'étaient les requins avides qui accouraient en foule et qui se pressaient autour

14

de *la Pandore*, en attendant la proie qui ne pouvait
leur échapper. On voyait leur grande nageoire
dorsale pointer au-dessus de l'eau comme la vergue
d'une voile de perroquet, ou fendre la mer ainsi
qu'une lame d'acier, plonger un instant et repa-
raître en se rapprochant toujours des malheureux
qu'ils étaient près de saisir.

D'après le nombre des nageoires que nous pouvions distinguer, il était probable que plusieurs
centaines de ces monstres entouraient la coque du
bâtiment; plus on regardait la mer, plus on distinguait de ces créatures voraces, dont la quantité s'accroissait à chaque minute. Il n'est pas douteux que
la flamme les attirât des points les plus reculés où
elle pouvait s'apercevoir. Ce n'était pas la première
fois qu'ils assistaient à l'incendie d'un vaisseau; le
dénoûment de cet horrible drame leur avait laissé
de profonds souvenirs, et ils se hâtaient de venir
prendre leur part du festin que leur promettaient
ces lueurs sanglantes.

En les voyant se presser autour de *la Pandore*,
et attendre avec patience, comme des chats qui ont
la certitude de saisir leur proie au passage, il
m'était impossible de ne pas croire que ces monstres hideux eussent connaissance de la catastrophe
dont ils prévoyaient le résultat.

Ils entouraient également nos radeaux, et leur
nombre n'y était pas moins considérable qu'aux

approches du navire; ils nous suivaient par groupes
de deux ou trois, côte à côte, ainsi que des bœufs
attelés au même joug ; leur audace augmentait à
chaque instant, ils approchaient de plus en plus
des pièces de bois qui portaient les naufragés;
quelques-uns étaient même à portée des rameurs,
et l'on aurait pu les repousser à coups d'anspect.
Mais on se serait bien gardé de les éloigner : leur
présence, toujours odieuse aux marins, était accueillie en ce moment avec joie par l'équipage du
radeau. Sans eux, les nègres seraient venus depuis
longtemps nous assaillir , et l'effroyable escorte
dont nous étions entourés nous sauvegardait contre
l'invasion des noirs.

On comprenait maintenant le motif qui retenait
ceux-ci à bord. Toute la surface de la mer, qui
s'étendait entre le vaisseau et nous, fourmillait de
requins avides ; et s'élancer dans les flots, c'était se
jeter dans la gueule de ces monstres.

Mais la mort ne s'en trouvait pas moins derrière
les nègres; une mort prochaine et sûre, celle qui
peut-être leur réservait l'agonie la plus affreuse. En
ouvrant leur prison, j'avais cru leur donner le choix
entre le feu et l'eau : c'était une erreur; ils n'a-
vaient plus d'autre alternative que d'être brûlés ou
dévorés par les requins.

CHAPITRE LIX.

Affreuse alternative qui tenait toujours ces malheureux en suspens ! que choisir entre ces deux genres de mort également effroyables ? Peu leur importait la manière dont se terminerait leur supplice : le désespoir les avait paralysés. Plus de cris, plus de menaces ou de prières ; ils attendaient immobiles et silencieux la fin de leur agonie.

Mais au dernier instant, quand la pensée n'agit plus, en face d'un péril dont rien ne peut vous sauver, l'instinct se réveille et l'homme se débat contre la mort elle-même ; nul n'abandonne la vie sans chercher à se défendre ; le malheureux qui se noie saisit tout ce qu'il rencontre et ne se laisse pas tomber au fond de l'eau sans résistance ; le corps persiste dans la lutte, il combat l'élément de destruction, longtemps après que l'esprit a perdu tout espoir, et les nègres de *la Pandore* retrouvèrent leur énergie au moment de cette lutte involontaire.

Les flammes couvraient presque tout le pont du vaisseau ; elles déchirèrent le voile de fumée qui leur servait d'enveloppe et mordirent le corps de leurs victimes. Aussitôt les cris d'angoisse se réveillèrent ; un mouvement spontané agita cette masse vivante, et d'un commun accord elle se précipita au milieu des flots.

Toutefois, les premiers qui obéirent à cette impulsion n'étaient pas les malheureux dont le regard plongeait au-dessus de l'abîme ; ce furent les individus placés en arrière de ceux-ci qui, poussés par les flammes, s'élancèrent dans l'eau après être montés sur les épaules de leurs camarades : le charme était rompu. Le signal une fois donné, toute la masse plongea sans hésitation, comme si elle avait été certaine d'échapper ainsi à la mort ; et l'instant d'après la coque enflammée du navire était absolument déserte.

La scène avait changé, mais n'était pas moins horrible ; des créatures humaines luttaient à la surface de l'eau avec des efforts inouïs ; quelques-uns de ces malheureux qui ne savaient pas nager disparaissaient en agitant les bras ; quelques autres formaient des groupes de plusieurs personnes et coulaient à fond tous ensemble, tandis que les nageurs, se séparant de la masse, fendaient l'onde avec rapidité.

Soudain, auprès de leur tête, qui seule dépassait les flots, on apercevait la nageoire du requin vorace ; un cri déchirant se faisait entendre, le monstre se précipitait sur sa proie; l'eau, fouettée par sa queue, jaillissait en écume déjà rougie par le sang de la victime; l'onde se calmait bientôt, et des rides et des bulles sanglantes marquaient seules, pendant quelques instants, l'endroit où l'horrible scène avait eu lieu.

C'était un spectacle si poignant que, malgré leur insensibilité, les hommes qui se trouvaient sur le radeau ne purent le contempler sans émotion.

Toutefois, il se mêlait à l'horreur que leur inspirait cet effroyable carnage, un sentiment de joie qui ne provenait pas de leurs habitudes de cruauté, mais de l'instinct de conservation. Ce n'est pas, à vrai dire, qu'ils fussent joyeux : ils étaient seulement délivrés d'une partie de la frayeur qu'ils avaient eue de voir les nègres envahir le radeau; jusqu'à présent ils avaient regardé avec effroi ces malheureux qui les menaçaient d'un nouveau péril, et qui, en disparaissant, les soulageaient d'une affreuse anxiété.

Mais les requins, si nombreux qu'ils fussent, ne l'étaient pas encore assez pour détruire entièrement la cargaison de *la Pandore*. La première attaque une fois terminée, ils disparurent peu à peu et rentrèrent dans les profondeurs de l'abîme, rassasiés qu'ils étaient de cette curée abondante. Quelques centaines de têtes s'apercevaient encore à la surface de la mer, et, grâce à la clarté des flammes, il était facile de voir que les nageurs se dirigeaient vers le radeau, et qu'à la rapidité de leur course ils ne tarderaient pas à le rejoindre.

Un nouvel effroi s'empara des naufragés, qui peut-être allaient à leur tour devenir la proie des requins.

———————

CHAPITRE LX.

Des cris insensés, des exclamations effrayantes, étaient poussés par les matelots, qui néanmoins, sans perdre de temps en paroles inutiles, faisaient tous leurs efforts pour augmenter la distance qui les séparait des noirs ; chacun avait saisi l'objet qu'il avait pu trouver et s'en faisait une rame ; ceux-ci n'avaient que des anspects, ceux-là étaient munis d'un morceau de bois, d'une douve de barrique, de moins encore ; les autres s'étaient couchés sur les planches et battaient l'eau avec leurs mains pour seconder les rameurs.

Mais cette masse informe de pièces de bois de toute nature qui composaient le radeau n'avançait qu'avec lenteur sous l'impulsion irrégulière qui lui était donnée, et, bien qu'ils fussent à peu près à cent mètres des nageurs, les matelots commençaient à craindre sérieusement d'être rejoints par ceux-ci.

Leur effroi n'était pas sans motif. Il est certain que les noirs se rapprochaient de nous à chaque minute, et qu'avant peu d'instants ils nous auraient attaqués.

Cela ne faisait plus le moindre doute pour ceux qui se trouvaient sur le radeau. Il leur était impossible, en dépit de leurs efforts, de lutter de vitesse avec les malheureux qui cherchaient à les rejoindre.

Qui pouvait empêcher les noirs d'aborder ? rien ne les arrêtait plus ; les requins s'étaient éloignés presque tous. Par hasard un cri d'angoisse retentissait derrière nous, un nageur disparaissait ; mais c'était l'exception, et les autres continuaient à nous poursuivre.

Dans quel but cherchaient-ils à nous atteindre ? Était-ce avec l'espoir d'échapper à la mort, ou simplement par vengeance ? peut-être étaient-ils poussés par ces deux sentiments ! Qu'importait d'ailleurs le mobile qui les faisait agir ? ils étaient assez nombreux pour l'emporter sur nous, et il était probable qu'avant de mourir ils feraient au moins expier à l'équipage de *la Pandore* les souffrances qui leur avaient été imposées.

Une fois arrivés près du radeau, il leur serait facile d'y monter; on en repousserait quelques-uns; mais il était impossible à trente hommes de lutter contre deux cents; les noirs se précipiteraient en masse autour de la plate-forme dont ils saisiraient les bords, et qui coulerait immédiatement sous le poids de cette pression qu'elle ne pourrait supporter.

Chaque seconde augmentait les chances des nageurs : les premiers d'entre eux n'étaient plus qu'à dix mètres du radeau; il est vrai que c'étaient les plus forts de tous, et que la foule était au moins à trente mètres de ceux-ci; mais les derniers de la bande nageaient plus vite que le radeau n'avançait.

La plupart des anciens matelots du négrier s'abandonnèrent au désespoir; selon toute apparence, leur dernière heure était venue, et les mauvaises actions d'une vie criminelle se dressaient devant eux pour augmenter leur frayeur.

Moi aussi, je croyais être à mes derniers instants. Il était cruel de mourir à mon âge d'une mort aussi affreuse et en pareille compagnie. J'étais plein de vigueur et de santé; l'amour de la vie était puissamment enraciné dans mon cœur, et je me repentais avec amertume de la faute que j'avais faite. C'était à moi seul que je devais reprocher la position où je m'étais imprudemment placé, à ma désobéissance, à ma folie, que j'allais payer si cher.

Mais à quoi bon les regrets? Il fallait songer à mourir; la mer allait bientôt nous recevoir dans son sein : maîtres et esclaves, tyrans et victimes, auraient tous le même linceul!

Telles étaient les pensées qui traversaient mon esprit, tandis que je suivais du regard les noirs qui se rapprochaient du radeau. Je ne ressentais plus pour eux ni pitié, ni sympathie; je les regardais au contraire comme des monstres affreux qui allaient nous précipiter dans l'abîme, qui allaient me tuer, moi leur dernier bienfaiteur. J'oubliais, en les maudissant, qu'ils étaient eux-mêmes poussés par le désespoir, et que c'était pour sauver leur existence qu'ils cherchaient à gagner l'unique refuge qui leur était offert.

J'avais l'esprit troublé, je ne comprenais plus rien, et, partageant l'opinion des naufragés qui m'entouraient, je ne voyais plus que des ennemis dans ces infortunés qui ne demandaient qu'à vivre.

Cependant, malgré le désir que j'avais de les voir repousser, il me fut impossible de prendre part à la lutte qui s'engagea bientôt; de violents coups de rame et d'anspect accueillirent les premiers nageurs qui approchèrent : frappés sur la tête ou dans la poitrine, quelques-uns disparurent immédiatement, tandis que les autres, gagnant l'avant du radeau, semblaient vouloir former autour de nous un cercle infranchissable.

Pendant un instant, les cris et les menaces des matelots intimidèrent les nageurs, qui restèrent en dehors de la portée des rames et des pieux, mais qui n'en continuèrent pas moins à nous suivre ; au bout de quelques minutes, le radeau ne marchait plus. Les rameurs, assaillis de tous côtés, avaient autre chose à faire qu'à tenter une fuite qui devenait impossible.

CHAPITRE LXI.

Il était évident que, malgré l'accueil qui leur était fait, les nageurs n'avaient nulle intention de rétrograder. Le vaisseau n'était plus qu'une vaste fournaise dont il était impossible d'approcher ; pas une planche ne se trouvait derrière eux ; et, bien que le radeau n'offrît qu'une chance de salut illusoire à cette foule trop nombreuse pour qu'il pût la contenir, il n'en était pas moins le seul refuge que l'on découvrît à la surface de l'abîme, et ces malheureux, qui luttaient contre la mort, devaient nécessairement nous poursuivre jusqu'à leur dernier souffle.

Ils nous entouraient à une certaine distance, en
attendant leurs camarades, de manière à être en
force pour attaquer le radeau; la plupart des blancs
avaient perdu courage et s'abandonnaient au plus
violent désespoir; mais il se trouvait, parmi ces
hommes grossiers, quelques individus qui, à cette
heure suprême, conservaient encore toute leur présence d'esprit et qui cherchaient le moyen d'éviter
le péril dont ils étaient menacés.

Quant à moi, j'étais plongé dans la stupeur; j'avais
suivi tous les mouvements des nègres jusqu'à en
avoir le vertige; mes yeux s'étaient ensuite portés
sur le navire, et je ne savais plus ce qui se faisait
autour de moi. J'entendais les cris des matelots, je
distinguais même les paroles d'encouragement
qu'ils échangeaient entre eux; mais je supposais
qu'ils s'excitaient les uns les autres à repousser les
nageurs dont nous étions entourés. Je m'attendais
à être englouti dans les flots; j'étais persuadé que
j'allais mourir, et cependant je croyais rêver.

Tout à coup des hourras se firent entendre et me
tirèrent de ma stupeur; je me retournai vivement,
et je vis avec surprise un lambeau de voile que l'on
avait déployé en travers du radeau et que trois
hommes soutenaient dans une position verticale. Je
n'avais pas besoin de demander quel était le but
qu'ils s'étaient proposé; je sentais la brise frapper
mes joues et mon front, et déjà elle gonflait la toile

qui lui faisait obstacle; les vagues bouillonnaient autour de nous, elles écumaient à l'endroit où les espars qui nous supportaient fendaient l'onde, et le radeau fuyait avec rapidité. Je regardai les nageurs; ils nous suivaient toujours, mais ils restaient en arrière; chaque minute augmentait la distance qui les séparait du radeau. Bonté divine! nous étions sauvés, du moins de ce péril immédiat.

Bientôt je ne distinguai plus que des points noirs à la surface de la mer; je crus un instant que les nègres, voyant qu'ils ne pouvaient nous rejoindre, se retournaient du côté de *la Pandore;* mais quelle pouvait être leur espérance? D'ailleurs l'immense foyer qui leur servait de phare ne devait pas attendre, pour disparaître, qu'ils fussent arrivés jusqu'à lui; les flammes, en dévorant l'intérieur du navire, avaient enfin trouvé le baril de poudre qui devait hâter la conclusion de cet effroyable drame.

Ce fut un bruit terrible, pareil à celui de cent canons que l'on tirerait tous à la fois; des masses brûlantes furent projetées au loin, et retombèrent en sifflant dans l'eau où elles allaient s'éteindre; une gerbe lumineuse se déploya pendant quelques secondes; elle s'évanouit, en tremblotant, à la surface de la mer : *la Pandore* avait disparu au milieu de ces dernières étincelles.

Un profond silence avait succédé aux éclats de cette affreuse détonation; personne, parmi les naufragés, n'osait élever la voix; mais, pendant plus d'une heure, on entendit, à des intervalles de plus en plus rapprochés, le cri suprême d'un malheureux dont les forces étaient épuisées, ou qui devenait la proie des requins.

La brise gonflait toujours la voile du radeau, et, longtemps avant le lever du soleil, l'ancien équipage de *la Pandore* était bien loin de la scène où avait eu lieu cette horrible tragédie.

CHAPITRE LXII.

Au point du jour le vent avait cessé, le calme était revenu, et le radeau gisait sur la mer, dans une complète immobilité.

Les matelots n'essayaient plus de le faire marcher; à quoi bon se donner cette peine? Quelle que fût la direction qu'il eût prise, il nous restait des centaines de milles à traverser pour atteindre la côte, et il était impossible de franchir une pareille distance avec un radeau, quand même le vent nous aurait été favorable.

Si nous avions eu des provisions suffisantes pour

subsister pendant plusieurs semaines, peut-être
l'équipage aurait-il essayé d'aborder quelque part;
mais nous avions à peine de quoi vivre pendant
quelques jours. Notre unique espoir était de rencontrer un vaisseau qui nous prendrait à bord; et
quand on examinait cette chance de salut, elle paraissait tellement faible qu'on n'osait pas y songer.
C'est tout au plus si pendant un long voyage vous
apercevez quelques-uns des nombreux navires qui
parcourent l'Océan. Vous pouvez aller des côtes
d'Angleterre au cap de Bonne-Espérance sans rencontrer plus d'un ou deux vaisseaux pendant la
traversée; et pourtant c'est l'une des grandes voies
maritimes, celle qui conduit aux Indes orientales
et en Australie, dont la marine marchande est
presque aussi nombreuse que celle de l'Angleterre.
De Liverpool à New-York, c'est à peine si, durant
tout le voyage, on aperçoit à l'horizon cinq ou six
voiles, tant la mer offre d'espace aux navires qui
la sillonnent.

Peu d'entre nous conservaient donc l'espoir
d'être aperçus par un bâtiment quelconque. Nous
nous trouvions précisément dans l'une des parties
les moins fréquentées de l'océan Atlantique, en
dehors de la ligne de navigation qui réunit deux
grandes puissances commerciales. L'Espagne, qui
autrefois envoyait un grand nombre de vaisseaux
dans l'Amérique du Sud, ne fait presque plus d'af-

faires avec ses anciennes colonies ; c'est l'Amérique
du Nord qui s'est emparée de presque tout le commerce des républiques de l'Équateur, et il n'était
pas probable qu'un vaisseau américain vînt à passer à l'endroit où nous nous trouvions alors. Tout
notre espoir était fondé sur les navires portugais
qui vont au Brésil. Nous espérions aussi rencontrer
des négriers venant d'Afrique, ou allant y chercher
une nouvelle cargaison ; peut-être un croiseur
nous apercevrait-il, ou des vaisseaux de guerre, en se
dirigeant vers la terre de Feu pour aller dans la
mer Pacifique.

On ne faisait pas autre chose, sur le radeau, que
de discuter les moindres chances que nous pouvions avoir d'être sauvés ; la plupart de ces bandits, qui composaient autrefois l'équipage de *la
Pandore*, étaient tous des marins expérimentés, et
ils connaissaient à merveille toutes les voies de
l'Océan. Quelques-uns d'entre eux pensaient que
notre position n'était pas trop désespérée ; nous
pouvions dresser une voile en faisant un mât avec
des anspects et des rames : on nous apercevrait de
loin ; il était impossible qu'un navire ne traversât
pas cette région, il nous verrait et nous déposerait
sur le rivage.

Ainsi parlaient ceux des naufragés dont l'heureuse nature ·se rattachait à l'espoir ; mais les
autres secouaient la tête d'un air triste ; ils oppo-

saient au raisonnement de leurs camarades un langage plus sérieux, qui finissait par nous décourager. Il est de ces gens qui aiment toujours à exposer le mauvais côté des choses, non pas qu'ils y trouvent grand plaisir ; mais c'est une manière de se familiariser avec l'événement qu'ils redoutent ; s'il arrive, ils y sont préparés ; si au contraire leurs tristes prévisions ne se réalisent pas, ils jouissent d'autant plus de ce bonheur qu'ils s'y attendaient moins.

Ces derniers répétaient sans cesse que le nombre des navires qui sillonnaient cette partie de l'Océan était bien faible ; et qu'en supposant même qu'il y en eût des centaines, ils ne pourraient pas s'approcher du radeau par le calme plat qui nous retenait immobiles ; comme nous, ils seraient cloués au même endroit, jusqu'au moment où la brise viendrait gonfler leurs voiles. Le calme pouvait durer plusieurs semaines ; et comment vivre en attendant ?

Ces remarques désolantes conduisirent l'équipage à l'examen de nos ressources alimentaires : chose étrange, c'était l'eau qui nous manquait le moins ; la futaille qui se trouvait sur le pont au moment de l'incendie avait été prise et déposée au milieu des espars, où elle flottait à côté du radeau. Cette découverte produisit un moment de joie parmi les naufragés, car en pareil cas l'eau est ce

qu'il y a de plus important et ce dont, en général,
on oublie de se munir.

Mais l'abattement succéda bientôt à la joie; on
eut beau chercher dans toutes les caisses, ouvrir
les barriques, fouiller dans tous les sacs, on ne
trouva qu'une quarantaine de biscuits, pas assez
pour faire un seul repas!

Cette nouvelle fut accueillie par les marques du
plus profond chagrin; les uns s'abandonnèrent au
désespoir, les autres à la fureur. On accabla de re-
proches ceux qui avaient été spécialement chargés
d'approvisionner le radeau; les accusés affirmèrent
qu'ils avaient descendu un tonneau de porc; mais
où était-il? On trouva effectivement une barrique,
on s'empressa de la défoncer; hélas! c'était de la
poix qu'elle renfermait.

Il est impossible de décrire la scène qui suivit
cette découverte; les gros mots, les récriminations,
les jurons les plus odieux, s'échangèrent entre tous
ces désespérés, qui pendant un instant faillirent se
battre. La poix fut jetée à la mer, et ceux qui
l'avaient mise sur le radeau furent menacés du
même sort. Quel espérance nous restait-il? combien de temps pourrions-nous vivre avec deux biscuits par tête? Avant trois jours nous éprouverions
toutes les tortures de la faim, et la mort la plus
horrible nous emporterait tous avant qu'une semaine fût écoulée.

Cette affreuse certitude augmenta la colère des uns et l'abattement des autres; les menaces et les blasphèmes continuèrent pendant toute la nuit, et je crus plus d'une fois qu'on allait vraiment jeter à la mer ceux qu'on accusait d'avoir trahi l'équipage.

Nous avions, en échange du tonneau de porc, une futaille qu'il aurait mieux valu abandonner aux flammes et qu'on n'avait pas oubliée; son contenu était trop précieux pour que l'on ne se fût pas, tout d'abord, empressé de la descendre. C'était une pipe de rhum; l'ivresse empêche de ressentir les horreurs de la mort, et les matelots qui ont perdu tout espoir s'y précipitent comme dans les bras d'un ami : triste ressource que le misérable appelle à ses derniers moments!

Était-ce la futaille que l'on avait descendue dans la chaloupe et qui l'avait brisée en tombant? je l'ignore; mais la chose était possible. Toutefois, on pouvait en avoir trouvé d'autres sur le navire : car, parmi les provisions du malheureux négrier, cette affreuse liqueur était en abondance. C'était la boisson favorite de l'équipage, la principale source des jouissances grossières de ces hommes dissolus. D'une qualité fort commune, on ne se donnait pas la peine de la mettre sous clef; ils en usaient librement, et il ne se passait pas d'heure où l'un ou l'autre des matelots n'allât s'abreuver à cette odieuse

fontaine. Si le tonneau de porc était resté sur le
navire, la pipe de liqueur était là, qui pouvait le
remplacer : il n'en fallait pas davantage pour remonter le moral de la plupart de ces infortunés ;
et quelques-uns de ces malheureux s'écrièrent, par
une sorte de bravade, que si le rhum ne les
faisait pas vivre, il leur rendrait la mort plus douce
et plus facile.

CHAPITRE LXIII.

A peine le jour commençait-il à paraître, que
tous les yeux se fixèrent à l'horizon : pas un point
de la mer qui ne fût scruté d'un œil inquiet ; pas
un des naufragés qui ne s'efforçât de monter plus
haut que ses camarades pour embrasser du regard
une surface plus étendue. Mais l'horizon demeura
désert ; on ne voyait pas une voile, pas un mât,
rien qui annonçât la vie, pas même un poisson qui
agitât l'eau dormante, un oiseau qui vînt remuer de
ses ailes l'atmosphère embrasée.

La guigue ne s'apercevait nulle part ; elle s'était
probablement éloignée dans une direction diffé-

rente de celle que le radeau avait prise. On ne distinguait plus aucun vestige de *la Pandore* : ses derniers débris avaient disparu depuis longtemps.

Il était midi. Le soleil nous brûlait de ses rayons
perpendiculaires, contre lesquels nous ne pouvions
pas nous protéger. L'accalmie continuait toujours.
Personne ne bougeait sur le radeau, qui restait immobile : à quoi bon changer de place? Les uns
étaient assis, les autres couchés sur les planches.
La plupart étaient trop abattus pour avoir le courage d'aller et de venir ; quelques-uns, d'une nature
plus légère, ou dominés par l'influence du rhum
qu'ils buvaient largement, causaient entre eux et
parfois se disputaient.

A de fréquents intervalles, l'un ou l'autre se levait tout à coup, jetait les yeux sur l'horizon, et
revenait sans rien dire à la place qu'il occupait
auparavant, où son silence témoignait assez du triste
résultat de son examen. L'apparition d'une voile
aurait soulevé immédiatement des hourras enthou-
siastes de la part du plus flegmatique de l'équipage.

Lorsque midi arriva, tout le monde souffrait de
la soif, et les gens qui avaient bu du rhum, encore
plus que tous les autres.

Une portion d'eau fut distribuée à chacun; il
avait été convenu qu'on nous en donnerait tous les
jours une pinte, et que le biscuit serait également
partagé entre tous. En temps ordinaire, une pinte

d'eau[1] aurait suffi pour nous permettre de vivre;
mais sous un soleil dont l'ardeur semblait dessécher
nos veines, la soif devenait excessive, et la pinte
d'eau s'avalait sans apporter le moindre soulagement à nos tortures. Je suis persuadé qu'un demi-
gallon[2] ne m'aurait pas désaltéré. La chaleur même
de l'eau rendait encore plus insuffisante la ration
qui nous était donnée. Le soleil, en frappant sur la
barrique, en avait échauffé le contenu au point de
le faire presque bouillir, et l'on n'éprouvait aucune
satisfaction à boire ces quelques gorgées d'eau
chaude.

Il eût été facile de prévenir cet inconvénient en
couvrant la barrique de l'un des morceaux de voile
dont on ne se servait pas, et qui, étant mouillé, aurait conservé à l'eau sa fraîcheur; mais on n'avait
pas songé à faire usage de ce procédé bien simple.

Le désespoir faisait des progrès rapides au milieu
des naufragés; la torpeur commençait à les gagner,
et personne n'avait plus assez d'énergie pour prendre la plus petite précaution.

Quant aux biscuits, nous en avions trop peu pour
que l'on songeât à en faire des rations quotidien-
nes : un seul partage suffisait pour nous diviser
tout ce qui était sur le radeau. La distribution faite,
chaque homme en eut deux pour sa part, et les sept

1. Un demi-litre.
2. Deux litres et quart.

ou huit qui restèrent furent joués à la rafle, à raison d'un seul biscuit à la fois. Jamais partie ne fut
plus intéressante et plus vivement disputée ; on
aurait dit qu'une somme énorme en constituait
l'enjeu. Mais quelle somme, en effet, aurait pu
payer ces quelques bouchées de pain ?

L'excitation bruyante causée par le jeu et par la
quantité de liqueur absorbée depuis le matin dura
quelques instants ; mais après que le dernier biscuit
eut été gagné, chacun retomba dans son affaisse-
ment, et le silence régna de nouveau parmi les
naufragés.

Quelques-uns de ces malheureux, torturés par la
faim, dévorèrent immédiatement leurs deux biscuits, tandis que les autres, plus prévoyants ou plus
forts, n'en mangèrent qu'une portion et gardèrent
le reste avec soin pour plus tard.

Au moment où le soleil allait se coucher, une
grande agitation régna sur le radeau, et l'espérance
se ranima dans tous les cœurs. L'un des hommes
qui regardaient à l'horizon s'écria tout à coup :
« Une voile ! une voile ! »

Il est impossible de se figurer la joie délirante que
ces mots produisirent ; chacun se leva en battant
des mains et en vociférant des hourras insensés ;
les uns agitaient leurs chapeaux, les autres dansaient follement ; les plus désespérés semblaient
renaître à la vie.

Mais s'il est impossible de décrire la joie que ces paroles avaient d'abord produite parmi les naufragés, il l'est encore bien davantage de dépeindre la déception poignante de ces malheureux lorsqu'ils se furent assurés que cette nouvelle était fausse.

Aucun vaisseau n'apparaissait à l'horizon, rien ne se voyait à la surface de l'Océan. La voile qui avait été signalée n'existait que pour le malheureux qui l'avait vue dans son délire, et dont les cris et les gestes prouvaient assez qu'il avait perdu la raison.

CHAPITRE LXIV.

On n'en pouvait douter, le malheureux était fou : sa raison n'avait pu résister aux horribles scènes de la nuit précédente. Quelques-uns de ses camarades s'écrièrent qu'il fallait le jeter à l'eau. Personne n'éleva la voix pour s'opposer à cette mesure odieuse, et déjà plusieurs individus s'apprêtaient à saisir le malheureux, quand celui-ci, comprenant sans doute leur intention, se réfugia dans un coin, d'où il ne bougea plus et où on le laissa tranquille.

L'agitation produite par cet incident fut bientôt

dissipée, et le désespoir des matelots devint d'autant plus sombre, que leur espérance avait été plus vive.

La soirée s'écoula sans amener aucun changement. Toutefois, au milieu de la nuit, à la même minute que la veille, le temps fraîchit et l'on sentit la brise. Cela ne pouvait nous être d'aucune utilité ; mais, après l'horrible chaleur du jour, on éprouvait un soulagement réel de cette fraîcheur bienfaisante.

Plusieurs matelots voulaient qu'on étendît la voile. « A quoi bon? demandaient les autres ; quand elle nous conduirait à trente ou quarante milles d'ici, nous n'en serions pas plus avancés ; nous n'avons pas plus de chances de rencontrer un navire en nous éloignant de l'endroit où nous sommes qu'en restant immobiles. La nourriture nous manque, et, puisqu'il faut mourir, la mort ne sera pas plus pénible à cette place qu'à vingt ou trente nœuds plus loin. »

Les premiers répondaient qu'en marchant nous avions plus de probabilités d'être aperçus d'un vaisseau ; que nous n'en serions pas plus mal, et que le hasard pouvait nous conduire dans un endroit plus fréquenté. « Et si au contraire nous nous éloignons davantage de la voie que parcourent les bâtiments? » répondaient ceux qui penchaient pour l'immobilité. Car, à vrai dire, personne ne savait où nous étions; et nous confier à la brise, c'était marcher à l'aventure.

Toutefois, lorsqu'on est dans une situation déses-

15

pérée, le mouvement est moins pénible qu'un repos
absolu, et la majorité opinait pour que l'on profitât
du vent. On éleva donc un mât, ou plutôt on en
construisit deux avec des rames et des anspects, et
l'on tendit un morceau de voile de l'un à l'autre,
sans vergues et sans cordages, car on n'avait nulle
intention d'opérer aucune manœuvre. La voile était
simplement tendue comme une couverture entre
les deux mâts, afin d'opposer un obstacle à la brise;
et le radeau, poussé par le vent, marcha sans autre
guide que le hasard, sur le pied de trois ou quatre
nœuds à l'heure.

Les naufragés se recouchèrent et tout devint silencieux; quelques-uns s'endormirent et ronflèrent
aussi fort que s'ils avaient été dans leur lit; d'affreux rêves semblaient troubler le sommeil des autres; leurs paroles entrecoupées rappelaient d'effroyables drames où le crime, peut-être, avait une
large part; un petit nombre veilla toute la nuit,
s'agitant par intervalles sous l'influence de la faim,
de la soif, ou de la pensée d'une mort prochaine.

Ben Brace et moi, nous étions toujours restés sur
nos deux planches; les trente-deux hommes qui se
trouvaient sur le grand radeau l'occupaient entièrement, et, en définitive, nous étions tout aussi bien,
pour ne pas dire mieux, que nous ne l'aurions été
avec les autres. Nos planches étaient recouvertes
d'une voile et d'un morceau de prélart qui consoli-

daient notre édifice et qui formaient une couche
moins dure que le plancher nu et disjoint qui portait nos camarades.

Nous avions d'abord échangé quelques paroles;
mon brave ami s'était efforcé de relever mon courage; mais à la fin notre situation était devenue
tellement désespérée qu'il avait gardé le silence, et
lui-même, le plus brave de toute la bande, se laissait envahir par le découragement.

La brise tomba au point du jour, comme la nuit
précédente; une seconde matinée arriva, mais sans
qu'une voile apparût à l'horizon; le soleil parcourut
de nouveau le ciel embrasé. La nuit ramena la
brise, le radeau franchit quelques milles; les jours
et les nuits se succédèrent, j'avais cessé de les comp-
ter. Aucun événement n'en variait l'affreuse monotonie, si ce n'est de temps à autre une querelle entre
les naufragés; querelle sanglante, où les couteaux
faisaient de profondes blessures.

Les animaux sauvages, les bêtes de proie les plus
féroces, se rallient sous l'influence d'un danger commun : le péril exaspérait au contraire les passions
farouches de ces hommes inhumains; tout devenait
pour eux un objet de dispute qui dégénérait bientôt en combat; la distribution de l'eau et du rhum,
moins que cela, un regard, un mouvement, suffisait
pour faire naître une de ces querelles, devenues si
fréquentes que personne n'y faisait plus attention.

Mais un nouvel incident allait bientôt avoir pour
moi un intérêt de la plus horrible nature ; je fris-
sonne encore lorsque je pense à cette résolution,
que l'on avait eu soin de bien cacher à Ben Brace
jusqu'au moment où elle nous fut déclarée.

CHAPITRE LXV.

Les deux biscuits que l'on avait distribués à chacun avaient été mangés immédiatement ; depuis
lors personne n'avait rien pris, à l'exception des
deux verres d'eau qui nous étaient distribués chaque jour, et la faim commençait à devenir intolé-
rable. Quelques-uns d'entre nous avaient les yeux
caves, les joues creuses, les membres décharnés ;
les autres paraissaient avoir engraissé : non pas
qu'ils eussent réellement pris de la chair, mais leur
visage était bouffi, leur corps gonflé outre mesure ;
tous avaient dans le regard et autour de la bouche
cette expression particulière que l'on observe chez
les chiens affamés, et qui est encore plus marquée
chez les loups tourmentés par la faim.

Depuis quelque temps il paraissait exister une

secrète intelligence entre les meneurs de la bande :
car, au milieu des tortures que nous subissions
tous, quelques hommes énergiques avaient pris
sur les autres une certaine autorité. J'étais d'abord
resté fort indifférent à leurs conciliabules; mais je
finis par observer que, tout en se parlant à l'oreille,
ils nous regardaient, Ben Brace et moi, d'une manière qui me parut significative. Leurs regards fa-
méliques me causaient un singulier malaise, et,
toutes les fois que leurs yeux rencontraient les
miens, ils détournaient la tête et paraissaient em-
barrassés, comme s'ils avaient été surpris au milieu
d'une action criminelle.

J'attribuai à la faim ce qu'il pouvait y avoir d'é-
trange dans leur physionomie, et je ne m'en préoc-
cupai pas davantage.

Néanmoins, le jour suivant, les conversations se
multiplièrent et me parurent beaucoup plus animées qu'elles ne l'étaient la veille.

Ben Brace en fut également frappé, et, sans connaître au juste le résultat de leurs délibérations, il
devina mieux que moi quel était le but de ces en-
tretiens mystérieux, et crut devoir me faire part de
sa découverte, afin de me préparer, aussi doucement que possible, à l'horrible décision qui nous
serait communiquée.

« C'est l'un de nous qui va mourir, afin de sauver
les autres, me dit-il; on va tirer au sort, et ils cher-

chent probablement de quelle manière ils s'y pren-
dront pour en arriver là. Nous aurons peut-être
bonne chance, mon enfant; il ne faut pas déses-
pérer. »

Comme il achevait sa phrase, l'un des matelots
s'étant levé réclama l'attention de ses camarades, an-
nonçant qu'il avait à leur faire une proposition importante.

Venant tout de suite au fait, l'orateur déclara,
sans préambule, que la mort de l'un de nous était
indispensable; nous avions encore de l'eau, mais ce
n'était pas assez; tout le monde allait périr à moins
qu'on n'eût à manger, et l'on ne pouvait avoir à
manger que si l'on sacrifiait....

En un mot, l'orateur fut aussi clair que bref, et,
son discours terminé, il se recoucha tranquillement.

Après un instant de silence, un autre individu se
leva, prit la parole, exprima son adhésion au projet
que l'on venait d'entendre, et ajouta que celui
d'entre nous qui devait mourir devait être choisi
par le sort. Nous nous attendions à cette mesure,
Ben Brace et moi; car il n'était pas probable que
quelqu'un s'offrît volontairement à servir de nourriture aux autres.

Mais quelles ne furent pas ma terreur et la colère
de mon ami, quand l'un des plus influents de la
bande, non-seulement protesta contre le moyen

qui venait d'être proposé, mais encore *me* désigna
pour victime !

Un cri d'indignation s'échappa des lèvres de
Ben; il avait bondi en entendant ces paroles et il
regardait ses camarades avec confiance, comme
s'il avait été sûr de trouver parmi eux des gens
qui s'uniraient à lui pour combattre en ma faveur.

Personne, hélas ! ne répondit à son attente; au
contraire, la proposition fut accueillie avec tant
d'empressement qu'il devenait certain qu'elle avait
été convenue d'avance. C'était l'objet de ces entre-
tiens mystérieux dont j'avais été frappé; les quelques individus qui n'étaient pas dans le secret, pauvres diables qui n'avaient pas voix au chapitre,
n'essayèrent même pas de s'opposer à la majorité;
je crois même qu'ils furent enchantés, pour leur
compte, de la décision qu'on avait prise.

L'Américain féroce appuya sa proposition d'arguments qui furent trouvés sans réplique : ils
étaient matelots, disait-il, et par conséquent mes
supérieurs, puisque je n'étais qu'un mousse; pourquoi réclamerait-on, à mon égard, le bénéfice du ti-
rage au sort ? L'égalité n'existant pas entre nous, je
ne devais pas être admis à partager les chances que
les autres naufragés pouvaient avoir; rien n'était
plus évident.

Ben Brace en appela de ces paroles au cœur de

ses camarades, à leur équité, à leur honneur, sentiments qu'ils n'avaient jamais eus. « Que le sort en décide ! leur disait-il ; laissez-lui au moins la chance que vous aurez vous-mêmes ; c'est ainsi que le veut la justice, que l'humanité l'exige. »

Mais ces bandits n'étaient pas des hommes. Chacun d'entre eux se félicitait de cette décision qui lui enlevait la crainte de se voir désigner par le sort ; l'argument spécieux de l'Américain satisfaisait leur conscience, et la motion infâme, qui avait été faite, prévalut contre les instances de mon généreux ami.

CHAPITRE LXVI.

Il était donc bien décidé que j'allais mourir ; il ne restait plus qu'à déterminer le genre de mort et l'instant du supplice, deux choses qui furent bientôt réglées : un coup de couteau dans la gorge devait à l'instant même arranger cette affaire.

On n'avait pas besoin de délibérer pour prendre cette détermination ; la faim n'attend pas, et déjà six ou huit de ces bêtes féroces s'avançaient vers

moi pour me saisir et pour exécuter l'odieuse sentence, lorsque Ben Brace, s'élançant d'un bond au-
devant des cannibales, me couvrit de son corps, et,
tirant son couteau, menaça de tuer le premier qui
porterait la main sur moi.

« Arrière ! s'écria-t-il, arrière ! lâches que vous êtes !
Nul ne touchera l'enfant sans m'avoir tué d'abord.
Il est possible qu'il soit le premier qu'on mange ;
mais il y en aura d'autres qui mourront avant lui. »

La contenance intrépide que Ben opposait à mes
bourreaux, son regard, son attitude, les firent re-
culer immédiatement. Toutefois, c'était plutôt la
surprise que la crainte qui les avait arrêtés : ils savaient d'avance que Ben Brace n'approuverait pas
ma mort, qu'il protesterait vivement contre elle ;
mais ils ne croyaient pas qu'il essayât de disputer
ma vie à l'équipage entier.

Je me tenais à côté de mon protecteur, résolu de
combattre avec lui jusqu'à mon dernier souffle ;
mon bras était trop faible pour me défendre contre
les hommes vigoureux qui venaient nous attaquer ;
mais il valait mieux mourir en se défendant, que
d'être égorgé de sang-froid comme un animal de
boucherie.

Tout à coup un changement s'opéra dans la physionomie de Ben ; il agita la main pour annoncer
qu'il avait quelque chose à proposer, et réussit enfin à obtenir le silence qu'il demandait.

« Camarades, s'écria-t-il, comment pouvons-nous songer à nous quereller dans la position où nous sommes ? »

La voix de Ben était presque devenue suppliante : il était évident qu'il cherchait à faire accepter un compromis quelconque. En effet, il eût été insensé de vouloir pousser plus loin la lutte impossible qu'il avait déclarée tout d'abord.

« C'est une chose affreuse que de mourir, poursuivit-il ; je reconnais cependant que l'un d'entre nous doit être sacrifié pour sauver tous les autres ; cela vaut bien mieux que de périr tous ensemble ; mais vous savez qu'en pareil cas il est d'usage que la personne qui doit mourir soit désignée par le sort.

— Nous ne voulons pas de cet usage-là, répondirent plusieurs voix en ajoutant à ces paroles une kyrielle de jurons énergiques.

— Dans ce cas-là, continua Ben sans changer de ton, puisque vous êtes tous du même avis, et que le mousse doit être mangé le premier, je ne vois pas pourquoi je m'y opposerais plus longtemps ; je suis d'accord avec vous, et je ne le défends plus. »

Ces paroles me frappèrent de stupeur, et je levai les yeux sur Ben Brace. Parlait-il sérieusement, et devais-je être abandonné à ces hommes sans entrailles ?

Il ne fit pas attention à moi ; il continua de regar-

der les matelots, et je crus m'apercevoir qu'il avait
encore quelque chose à leur dire.

« Mais, reprit-il en effet après un instant de silence, mais à une condition.

— Laquelle ? s'écrièrent plusieurs voix impa-
tientes.

— Peu de chose, répondit Ben ; je demande seulement que vous le laissiez vivre jusqu'à demain
matin. Si, au lever du soleil, on n'aperçoit pas de
voile, vous agirez envers lui comme bon vous sem-
blera. Il est juste de lui accorder cette unique
chance de salut; d'ailleurs, si vous ne la lui donnez
pas, ajouta-t-il en reprenant sa première attitude, je
me battrai pour lui tant que j'en aurai la force, et
je vous répète que, s'il doit être le premier mangé,
ce n'est pas lui qui mourra le premier de vous
tous. »

Les paroles de Ben produisirent l'effet qu'il en
avait espéré. Quelle que fût la dureté de ces hommes sans cœur, ils ne pouvaient s'empêcher de reconnaître et d'avouer que cette demande était juste;
mais je crois que la fermeté avec laquelle mon généreux ami faisait mouvoir à leurs yeux la lame
brillante de son couteau, influa sur leur esprit plus
que toute autre considération.

Toutefois, quel que fût le motif qui les détermina,
ils n'en acceptèrent pas moins la proposition de
Ben ; et ceux qui, l'instant d'avant, s'étaient appro-

chés pour me saisir, se retirèrent d'un air sombre,
et allèrent se recoucher à la place qu'ils occupaient
ordinairement.

CHAPITRE LXVII.

Il serait difficile de décrire les émotions qui bou-
leversaient mon âme. Je venais d'échapper à un
supplice immédiat ; mais ce n'était que différé : ma
mort n'en était pas moins certaine. Il y avait si peu
de chance de rencontrer un vaisseau, qu'il m'était
impossible de concevoir la moindre espérance.

Tous les efforts de Ben seraient inutiles ; le jour
viendrait, et, comme il était sûr que l'on n'apercc-
vrait pas de navire, mon protecteur serait forcé de
tenir la parole qu'il avait donnée à mes bourreaux.
J'éprouvais tout ce que ressent un condamné à
mort qui sait l'heure de son exécution ; toutefois
avec cette différence, que je n'avais pas de crime à
expier, et que mon supplice devait être celui d'un
innocent.

Vous pensez bien qu'il me fut impossible de fermer l'œil ; qui aurait pu s'endormir en songeant à

l'affreuse destinée qui m'attendait au réveil? Avec
quelle douleur je pensais alors à ma famille, à mes
amis, à l'Angleterre, que je ne reverrais plus! avec
quelle amertume je me reprochais la passion qui
m'avait arraché de la maison paternelle!

Comme tant d'autres, hélas! qui ont follement
agi, l'expérience venait trop tard; il n'était plus
temps de se repentir.

Le lendemain, au lever du soleil, je devais être
égorgé, sans qu'il y eût moyen de me défendre, et
cette effroyable mort ne serait connue de personne.
Il était probable que mes bourreaux ne me survi-
vraient pas longtemps; et si d'ailleurs quelques-uns
d'entre eux étaient sauvés un jour, ils ne divulgue-
raient pas le secret de ma fin tragique. Personne
n'entendrait parler de moi; tous ceux dont j'étais
aimé ignoreraient mon triste sort, et mieux valait
qu'il en fût ainsi : mais quelle horrible destinée!

Ben Brace et moi nous étions toujours sur notre
petit radeau; nous nous trouvions si près l'un de
l'autre que nos épaules se touchaient. Il aurait pu
murmurer à mon oreille tout ce qu'il aurait voulu,
sans que personne l'entendît ; mais il paraissait
plongé dans de profondes méditations, et, comme
il ne semblait pas disposé à rompre le silence, je
m'abstins de lui adresser la parole.

La nuit arriva et promit d'être obscure; dans la
soirée de gros nuages s'étaient montrés à l'horizon,

et, quoique la mer fût toujours calme, on prévoyait que le temps allait bientôt changer. Après le coucher du soleil, ces nuages s'étaient élevés de plus en plus, ils avaient couvert tout le firmament et déployé devant la lune un rideau si épais, qu'elle avait complétement disparu à nos regards.

La mer, au lieu de briller autour de nous comme pendant les nuits précédentes, réfléchissait les nuages, qui la coloraient d'une teinte sombre en harmonie avec mes tristes pensées.

Je fis remarquer à mon compagnon le changement qui s'était opéré dans l'atmosphère, et je ne pus m'empêcher de lui dire que je trouvais la nuit bien noire.

« Tant mieux, enfant! » répondit-il d'une voix brève; et il retomba dans le silence qu'il avait gardé jusque-là.

Je restai longtemps préoccupé de sa réponse.

« Tant mieux! répétais-je en moi-même; qu'est-ce qu'il a voulu dire? A quoi l'obscurité peut-elle nous être bonne? Quel avantage peut-il trouver à ce que le temps soit obscur? Les ténèbres, si profondes qu'elles puissent être, n'amèneront pas de navires dans ces parages; le soleil ne s'en lèvera pas moins, et, au point du jour, il me faudra mourir. Que signifie donc cette parole de Ben Brace, et pourquoi m'a-t-il fait cette réponse? Était-ce avec l'intention de m'encourager, de me rendre un peu d'espoir?

ou l'a-t-il proférée machinalement, sans savoir ce qu'il disait?

« Il est impossible qu'il ait songé à me donner de l'espérance ; depuis le moment où il a obtenu pour moi le répit de quelques heures, il ne m'a pas même adressé la parole ; à quoi bon ? Il n'y a pas de consolation, pas de soulagement à m'offrir , et cependant il m'a bien dit : Tant mieux ! »

J'allais enfin lui demander ce qu'il avait voulu dire ; mais au moment où je me disposais à le faire, il se retourna sur lui-même , et il me devint impossible de lui parler assez bas pour que les autres n'entendissent point mes paroles ; il était plus prudent de garder le silence, et j'attendis une meilleure occasion pour questionner Ben Brace à l'égard de cette réponse que je ne pouvais comprendre.

CHAPITRE LXVIII.

Les ténèbres étaient devenues tellement épaisses, que je distinguais à peine mon compagnon qui se trouvait auprès de moi ; le grand radeau lui-même ne formait plus à mes yeux qu'une masse

informe dont la voile blanche se détachait vaguement sur le fond noir du ciel.

Malgré cette profonde obscurité, j'avais cru voir
que Ben Brace avait son couteau à la main, et qu'il
le tenait comme un homme qui est prêt à en faire
usage ; mais quelle pouvait être son intention ?

Tout à coup il me vint à l'idée qu'il soupçonnait
quelque chose, qu'il avait peur que mes bourreaux
ne voulussent pas attendre jusqu'au lendemain
pour exécuter leur odieux projet, et que, redou-
tant une attaque de leur part, il s'était placé entre
eux et moi, afin de me défendre si les matelots
manquaient à leur parole. L'attitude qu'il avait
prise pouvait donner lieu à cette supposition, qui
m'était confirmée par la manière dont il tenait son
couteau.

Ainsi que je l'ai rappelé dans le chapitre précédent, Ben Brace et moi nous étions toujours sur les
deux planches qui nous avaient portés depuis l'instant où nous avions quitté *la Pandore* ; elles étaient
attachées à l'arrière du grand radeau, c'est-à-dire
que, lorsque celui-ci était poussé par la brise, nous
nous trouvions dans son sillage. La figure de mon
protecteur se trouvait tournée du côté des matelots ;
il me sembla qu'il n'était plus couché, mais ac-
croupi comme un homme qui cherche quelque
chose. Dans tous les cas, il était impossible d'arriver
jusqu'à moi sans passer sur son corps, et c'est pour-

quoi je supposais qu'il avait pris cette position afin de veiller à ma défense.

Non-seulement l'obscurité devenait de plus en plus profonde, mais la brise, beaucoup plus forte qu'à l'ordinaire, s'était levée à la même heure que la nuit précédente, et le radeau glissait rapidement sur la mer, en produisant un bruit qui annonçait la vitesse de sa marche.

Plongé dans une sorte de stupeur, j'écoutais ce bruit monotone qui engourdissait ma pensée, lorsque je fus tiré de ma rêverie par cette observation qui me frappa tout à coup : le froissement de l'eau était moins fort, le bruit s'affaiblissait peu à peu, et je finis par ne plus rien entendre.

La voile était probablement tombée, car la brise soufflait toujours avec la même force, et le radeau ne marchait plus.

J'écoutai de nouveau en redoublant d'attention; et, à ma grande surprise, j'entendis encore le bruit du radeau, mais dans le lointain. Comme j'allais demander à mon compagnon l'explication de ce phénomène, un cri frénétique retentit sur la mer et fut suivi d'un bourdonnement confus de voix animées qui arrivaient jusqu'à nous.

« Sauvés ! m'écriai-je en me levant tout ému ; sauvés ! n'est-ce pas, c'est un navire qui approche ?

— Oui, nous sommes sauvés, enfant, mais seulement de ces misérables, répondit une voix que je reconnus pour celle de Ben Brace ; le vent pousse au loin tous ces lâches, et, tant qu'il soufflera, nous n'avons rien à craindre. »

J'aperçus alors un point blanchâtre qui ne tarda pas à disparaître : c'était la voile du radeau qui fuyait devant la brise.

Ben avait coupé les cordes qui reliaient nos planches à celles des naufragés, et ceux-ci étaient déjà à plusieurs centaines de mètres de l'endroit où nous étions restés. Au milieu des ténèbres qui nous enveloppaient tous, l'équipage n'avait pas surpris la manœuvre de Ben ; mais il avait fini par découvrir que nous nous étions séparés de lui, et c'est alors qu'il avait exprimé sa colère et son désappointement par les cris et les menaces qui avaient frappé mon oreille.

« Ne crains rien, ils ne peuvent plus nous attaquer, me dit mon brave protecteur ; quand même ils essayeraient de nous rejoindre lorsque la brise tombera, nous ferions marcher notre radeau plus vite que leur pesante machine. Toutefois, comme il vaut mieux augmenter la distance qui est entre nous et ces bandits, tiens, enfant, voilà pour toi, et rame avec courage. »

Je ne sais pas comment Ben avait fait, mais il était parvenu à se procurer deux rames qu'il avait enlevées du grand radeau ; il m'en donna une, s'empara de la seconde ; et, nageant dans le

Seuls au milieu de l'Océan.

sens opposé de l'équipage, c'est-à-dire contre le vent, nous continuâmes de ramer pendant le reste de la nuit.

Nous nous arrêtâmes lorsque le jour vint à paraître, et, nous reposant de nos fatigues, nous jetâmes les yeux autour de nous, espérant qu'une voile se dessinerait à l'horizon.

Mais rien ne frappa nos regards, la mer était déserte, le radeau avait complétement disparu; nous étions seuls à la surface de l'Océan!

Je pourrais vous raconter les autres périls qu'il nous a fallu traverser, mon brave compagnon et moi, avant d'arriver à cette heure bénie où nos yeux découvrirent enfin les voiles blanches d'un navire, d'un beau vaisseau qui nous prit à son bord, et grâce auquel nous avons revu l'Angleterre et tous ceux que nous aimions. Mais je ne veux pas vous fatiguer de ces détails; qu'il me suffise de vous dire que nous avons été sauvés : comment, sans cela, aurais-je pu vous raconter cette histoire?

Oui, nous vivons encore, mon compagnon et moi, et nous sommes restés marins, parcourant toujours la mer, non plus, il est vrai, sous la domination d'un monstre comme le chef du négrier. Nous sommes tous les deux capitaines, moi d'un navire appartenant à la compagnie des Indes, et mon

brave ami d'une grande barque tout aussi belle
que l'était *la Pandore*, et dont il est actionnaire.

Ben Brace fait toujours le commerce avec la côte
d'Afrique, mais un commerce honnête et légitime ;
sa cargaison est composée d'ivoire, de poudre d'or,
d'huile de palme, de plumes d'autruche, et non pas
de chair humaine. Il a fait de bonnes affaires, et
chaque fois qu'il revient au pays, il dépose à la
Banque, ou ailleurs, une somme d'argent considérable. Je me réjouis de sa prospérité, et je suis
convaincu, lecteur, que vous prenez part à la joie
de cet excellent ami.

Quant à ceux qui composaient l'équipage de *la
Pandore*, pas un des forbans qui étaient dans la
guigue, ou sur les planches du radeau, n'a jamais
revu le rivage ; ils ont tous péri misérablement sans
qu'une main les ait assistés, sans qu'une larme ait
été donnée à leur mémoire. Dieu seul contempla
leur agonie ; et quand un navire, ayant aperçu le
radeau, s'en approcha pour sauver les malheureux
qu'il portait, ceux-ci n'existaient plus : leurs victimes étaient vengées.

FIN.

Ch. Lahure et Cie, imprimeurs du Sénat et de la Cour de Cassation,
rue de Vaugirard, 9, près de l'Odéon.

Librairie de **L. Hachette et Cie**, rue Pierre-Sarrazin, 14, à **Paris**.

BIBLIOTHÈQUE VARIÉE

NOUVELLE COLLECTION IN-18 JÉSUS.

On peut se procurer chaque volume de cette collection relié;
le prix de la demi-reliure, dos en chagrin, est de 1 franc 50 centimes;
tranches dorées, 1 fr. 75 c.; avec plats dorés, 2 fr. 10 c.

I. LITTÉRATURE CONTEMPORAINE.

(A 3 FR. 50 C. LE VOLUME.)

About (Ed.) : *La Grèce contemporaine.*
3ᵉ édition. 1 vol.
— *Nos artistes au salon de 1857.* 1 vol.

Balzac (H. de) : *Théâtre*, contenant
*Vautrin, les ressources de Quinola.
Paméla Giraud, la Marâtre.* 1 vol.

Barrau (Th. H.) : *Histoire de la Révolution française* (1789-1799). 1 vol.

Bautain (l'abbé) : *La belle saison à la
campagne.* 2ᵉ édition. 1 vol.

Bayard (J. F.) : *Théâtre*, avec une Notice de M. Eugène Scribe, de l'Académie française. 12 vol.
Chaque volume se vend séparément.

Belloy (marquis de) : *Le chevalier d'Aï,
ses aventures et ses poésies.* 1 vol.
— *Légendes fleuries*, 1 vol.

Brizeux (A.) : *Histoires poétiques*, sui-
vies de *l'Inspiration*, ou poétique
nouvelle. 1 vol.
Ouvrage couronné par l'Académie
française.

Busquet (A.) : *Le poëme des Heures.*
1 vol.

Caro (E.) : *Études morales sur le temps
présent.*
Ouvrage couronné par l'Académie
française.

Carrel (Armand) : *OEuvres littéraires.*
1 vol.

Castellane (comte P. de) : *Souvenirs de*
la vie militaire en Afrique. 3ᵉ édition. 1 vol.

Champfleury : *Contes d'été.* 1 vol.

Charpentier : *Les écrivains latins de
l'empire.* 1 vol.

Dargaud (J. M.) : *Histoire de Marie
Stuart.* 1 vol.
— *Voyages aux Alpes.* 1 vol.

Daumas (général E.) : *Mœurs et cou-
tumes de l'Algérie* (Tell, Kabylie, Sa-
hara). 3ᵉ édition. 1 vol.

Énault (L.) : *Constantinople et la Tur-
quie*, tableau historique, pittoresque,
statistique et moral de l'empire otto-
man. 1 vol.
— *La Norvége.* 1 vol.
— *La terre sainte*, voyage des quarante
pèlerins de 1853, avec la carte de la
Palestine et le panorama de Jérusa-
lem. 1 vol.

Eyma (X.) : *Les deux Amériques*, histoire, mœurs et voyages. 1 vol.
— *Les femmes du nouveau monde.* 1 vol.
— *Les Peaux-Rouges*, scènes de la vie
indienne. 1 vol.

Fétis : *La musique mise à la portée de
tout le monde*; exposé succinct de
tout ce qui est nécessaire pour juger
de cet art, et pour en parler sans en
avoir fait une étude approfondie.
Deuxième édition, suivie d'un diction-

naire des termes de musique, et d'une bibliographie de la musique. 1 vol.

Figuier (L.) : *L'alchimie et les alchimistes*, ou essai historique et critique sur la philosophie hermétique. 2ᵉ édition. 1 vol.

— *L'Année scientifique et industrielle*, 1ʳᵉ année (1856). 1 vol.; 2ᵉ année (1857). 1 vol.; 3ᵉ année (1858). 2 vol.

Gautier (Th.) : *Un trio de romans.* 1 vol.

Gérard de Nerval : *Le rêve et la vie.* 1 vol.

— *Les illuminés*, ou les Précurseurs du socialisme. 1 vol.

Gotthelf (J.) : *Nouvelles bernoises*, traduites par M. Max Buchon. 2ᵉ édit. 1 vol.

Houssaye (A.) : *Histoire du quarante et unième fauteuil de l'Académie française.* 4ᵉ édition. 1 vol.

— *Le violon de Franjolé.* 6ᵉ édit. 1 vol.

— *Poésies complètes.* 4ᵉ édition. 1 vol.

— *Voyages humoristiques.* 1 vol.

Hugo (Victor) : *Théâtre.* 3 volumes :

Tome I : Lucrèce Borgia, Marion Delorme, Marie Tudor, la Esméralda, Ruy-Blas.

Tome II : Hernani, le Roi s'amuse, les Burgraves.

Tome III : Angelo, procès d'Angelo et d'Hernani, Cromwell.

— *Les Contemplations.* 2 vol.

— *Les Enfants*, livre des mères, extrait des œuvres poétiques de l'auteur. 1 v.

Jouffroy (Th.) : *Cours de droit naturel.* Nouvelle édition. 2 vol.

Lamartine (Alph. de) : *OEuvres.* 9 vol.

Méditations poétiques. 2 vol.

Harmonies poétiques. 1 vol.

Recueillements poétiques. 1 vol.

Jocelyn. 1 vol.

La chute d'un ange. 1 vol.

Voyage en Orient. 2 vol.

Lectures pour tous. 1 vol.

— *Histoire de la Restauration.* 8 vol.

Lanoye (Ferd. de) : *L'Inde contemporaine.* 2ᵉ édition. 1 volume contenant une carte.

— *Le Niger* et les explorations de l'Afrique centrale, depuis Mungo-Parck jusqu'au docteur Barth. 1 vol.

Libert : *Histoire de la chevalerie.* 1 vol.

Lutfullah : Mémoires traduits de l'anglais et annotés par l'auteur de l'*Inde contemporaine.* 1 vol.

Marmier (X.) : *Les fiancés du Spitzberg.* 1 vol.

— *Lettres sur le Nord.* 5ᵉ édition. 1 vol.

— *Un été au bord de la Baltique et de la mer du Nord* (Dantzig; Oliva; Marienbourg; la côte de Poméranie; l'île de Rugen; Hambourg; l'embouchure de l'Elbe; Helgoland). 1 vol.

Méry : *Mélodies poétiques.* 1 vol.

Michelet : *L'Oiseau.* 5ᵉ édition. 1 vol.

— *L'Insecte.* 2ᵉ édition. 1 vol.

Milne (W. C.) : *La vie réelle en Chine* traduite de l'anglais par M. Tasset, et annotée par G. Pauthier. 1 vol.

Molé-Gentilhomme et **Saint-Germain Leduc** : *Catherine II*, ou la Russie au XVIIIᵉ siècle; scènes historiques. 1 vol.

Montfort (le capitaine) : *Voyage en Chine*, avec un appendice historique sur les derniers événements, par *George Bell.* 1 vol.

Mornand (F.) : *La vie des eaux*, contenant les bains de mer et les eaux thermales, avec des notes sur la vertu curative des eaux, par le Dʳ *Roubaud.* 2ᵉ édition. 1 vol.

Mortemart-Boisse (baron de) : *La vie élégante à Paris.* 2ᵉ édition. 1 vol.

Nodier (Ch.) : *Les sept châteaux du roi de Bohême ; les quatre talismans.* Édition illustrée. 1 vol.

Nourrisson (J. F) : *Les Pères de l'Eglise latine*, leur vie, leurs écrits, leur temps. 2 vol.

Orsay (comtesse d') : *L'ombre du bonheur.* 1 vol.

Patin (Th.) : *Études sur les tragiques grecs.* 2ᵉ édition. 4 vol.

Perrens (F. T.) : *Jérôme Savonarole* d'après les documents originaux et avec des pièces justificatives en grande partie inédites. 2ᵉ édition. 1 vol.

Ouvrage couronné par l'Académie française.

— *Deux ans de révolution en Italie* (1848-1850). 1 vol.

Pfeiffer (Mme Ida): *Voyage d'une femme autour du monde*, traduit de l'allemand, avec l'autorisation de l'auteur, par *W. de Suckau*. 1 vol.

— *Mon second voyage autour du monde*, traduit de l'allemand, avec l'autorisation de l'auteur, par *W. de Suckau*. 1 vol.

Rougebief (Eug.) : *Un fleuron de la France*. 1 vol.

Saint-Félix (J. de) : *Les nuits de Rome*, 1 vol.

Saintine (X.-B.) : *Picciola*. 1 vol.

— *Seul!* 1 vol.

Scudo (P.) : *Critique et littérature musicales*. 1 vol.

— *Le chevalier Sarti*. 1 vol.

Simon (Jules) : *La liberté de conscience*. 3e édition. 1 vol.

— *La religion naturelle*. 4e édition. 1 vol.

— *Le devoir*. 5e édition. 1 vol.
Ouvrage couronné par l'Académie française.

Soltykoff (prince A.) : *Voyages dans l'Inde et en Perse*, avec une carte. 1 vol.

Sudre (A.) : *Histoire du communisme*, ou réfutation historique des utopies socialistes. 1 vol.
Ouvrage couronné par l'Académie française.

Taine (H.) : *Essai sur Tite Live*. 1 vol.
Ouvrage couronné par l'Académie française.

— *Essais de critique et d'histoire*. 1 vol.

— *Les Philosophes contemporains*. 1 vol.

— *Voyage aux Pyrénées*. 2e édit. 1 vol.

Théry : *Conseils aux mères*. 2 vol.

Töpffer (R.). : *Nouvelles genevoises*. 1 vol.

— *Rosa et Gertrude*. 1 vol.

— *Le presbytère*. 1 vol.

— *Réflexions et menus propos d'un peintre genevois*, ou Essai sur le beau dans les arts. 1 vol.

Troplong : *De l'influence du christianisme sur le droit civil des Romains*. 1 vol.

Warren (comte Edouard de) : *L'Inde anglaise avant et après l'insurrection de 1857*. 3e édition, revue et considérablement augmentée. 2 vol.

Zeller (J.) : *Episodes dramatiques de l'histoire d'Italie*. 1 vol.

II. ŒUVRES COMPLÈTES DES PRINCIPAUX ÉCRIVAINS FRANÇAIS.
(A 2 FRANCS LE VOLUME.)

Boileau : *OEuvres complètes*. 1 vol.
Notice sur Boileau, — Satires, — Épîtres. — Art poétique, — Le Lutrin, — Poésies diverses, — OEuvres diverses en prose, — Réflexions sur Longin, — Traité du sublime, — Lettres.

Corneille : *OEuvres complètes*. 5 vol.
Tome I : Notice sur P. Corneille, — Mélite, — Clitandre, — la Veuve, — les Galeries du palais, — la Suivante, — la Place royale, — Médée, — l'Illusion, — le Cid.

Tome II : Horace, — Cinna, — Polyeucte, — Pompée, — le Menteur, — la suite du Menteur, — Théodore, — Rodogune, — Héraclius, — Andromède.

Tome III : Don Sanche d'Aragon, — Nicomède, — Pertharite, — OEdipe, — la Conquête de la Toison d'or, — Sertorius, — Sophonisbe, — Othon, — Agésilas, — Attila, — Tite et Bérénice.

Tome IV : Psyché, — Pulchérie, — Suréna, — l'Imitation de Jésus-Christ, — l'Office de la sainte Vierge.

Tome V : Psaumes, — Hymnes, — Prières, — Poésies diverses, — Poëmes sur les victoires du roi, — Poésies latines, — Discours, Lettres, — OEuvres choisies de Thomas Corneille.

La Fontaine : *OEuvres complètes*. 2 vol.
Tome I : Notice sur La Fontaine, — Fables, — Contes.

III. CHEFS-D'ŒUVRE DES LITTÉRATURES MODERNES ÉTRANGÈRES.

(A 3 FR. 50 C. LE VOLUME.)

Byron (lord) : *OEuvres complètes*, traduites de l'anglais par *Benjamin Laroche*, quatre séries :
  1re série : *Childe-Harold*. 1 vol.
  2e série : *Poëmes*, 1 vol.
  3e série : *Drames*. 1 vol.
  4e série : *Don Juan*. 1 vol.

Dante : *La divine comédie*, traduite de l'italien par *P. A. Fiorentino*. 1 vol.

Ossian : Poëmes gaéliques recueillis par *Mac-Pherson*, traduits de l'anglais par *P. Christian*, et précédés de recherches sur Ossian et les Calédoniens. 1 vol.

Des traductions de Schiller, de Gœthe et de Shakspeare sont en préparation.

IV. BIBLIOTHÈQUE DES MEILLEURS ROMANS ÉTRANGERS.

(A 2 FRANCS LE VOLUME.)

Ainsworth (W. Harrisson) : *Abigaïl*, ou la cour de la reine Anne, roman historique traduit de l'anglais par M. Révoil. 1 vol.
— *Crichton*, roman traduit par Ch. Romey. 1 vol.
— *La Tour de Londres*, roman traduit par Éd. Scheffter. 1 vol.

Anonymes : *Whitefriars*, traduit de l'anglais par M. Éd. Scheffter. 1 vol.
— *Whitehall*, traduit de l'anglais, par M. Éd Scheffter. 1 vol.
— *Paul Ferroll*, traduit de l'anglais par Mme H. Loreau. 2 vol.
— *Les pilleurs d'épaves*, traduits de l'anglais par Louis Sténio. 1 vol.
— *Violette ;* — *Éléanor Raymond*. Imité de l'anglais par Old-Nick. 1 vol.

Beecher-Stowe (Mrs) : *La case de l'oncle Tom*, traduit de l'anglais par Louis Énault. 1 vol.

Bulwer (sir Lytton) : *OEuvres*, traduites de l'anglais, avec l'autorisation de l'auteur, sous la direction de P. Lorain.
En vente :
— *Le Désavoué*, traduit par M. Corréard. 2 vol.
— *Les derniers jours de Pompéi*, traduits par M. Hippolyte Lucas. 1 vol.
— *Mémoires de Pisistrate Caxton*, traduits par Éd. Scheffter. 1 vol.
— *Paul Clifford*, traduit par M. Virgile Boileau. 2 vol.

— *Zanoni*, traduit par M. Sheldon. 1 vol.
Cervantès : *Don Quichotte*, traduit de l'espagnol par L. Viardot. 2 vol.
— *Nouvelles*, traduites par le même. 1 v.
Cummins (miss) : *L'allumeur de réverbères*, traduit de l'anglais par MM. Belin de Launay et Éd. Scheffter. 1 vol.
— *Mabel Vaughan*, traduite de l'anglais, avec l'autorisation de l'auteur, par Mme H. Loreau. 1 vol.

Currer-Bell (Mrs Brontë) : *Jane Eyre*, ou les Mémoires d'une institutrice, roman traduit de l'anglais, avec l'autorisation de l'auteur, par Mme Lesbazeilles-Souvestre. 1 vol.
— *Le professeur*, trad. avec l'autorisation de l'auteur, par Mme H. Loreau. 2 vol.
— *Shirley*, traduit par M. Ch. Romey. 1 v.

Dickens (Charles) : *OEuvres*, traduites de l'anglais, avec l'autorisation de l'auteur, sous la direction de P. Lorain.
En vente :
— *Barnabé Rudge*. 2 vol.
— *Bleak-House*. 2 vol.
— *Contes de Noël*. 1 vol.
— *David Copperfield*. 2 vol.
— *Dombey et fils*. 2 vol.
— *La petite Dorrit*. 3 vol.
— *Le magasin d'antiquités*. 2 vol.
— *Les temps difficiles*. 1 vol.
— *Nicolas Nickleby*. 2 vol.
— *Olivier Twist*. 1 vol.

— *Vie et aventures de Martin Chuzz-lewit.* 2 vol.

Disraeli : *Sybil*, traduit de l'anglais, avec l'autorisation de l'auteur, par***. 1 vol.

Freytag (G.) : *Doit et avoir*, traduit de l'allemand, avec l'autorisation de l'auteur, par W. de Suckau. 2 vol.

Fullerton (lady) : *L'Oiseau du bon Dieu*, traduit de l'anglais par Mlle de Saint-Romain, et publié avec l'autorisation de l'auteur. 1 vol.

Fullon (S. W.) : *La comtesse de Mirandole*, roman anglais traduit par Ch. Roquette. 1 vol.

Gaskell (Mrs) : *OEuvres*, traduites de l'anglais, avec l'autorisation exclusive de l'auteur.

En vente :

— *Marie Barton*, traduite par Mlle Morel. 1 vol.

— *Nord et sud*, traduit par Mme H. Loreau. 1 vol.

— *Ruth*, traduit par M.***. 1 vol.

Gerstäcker : *Les pirates du Mississipi*, traduits de l'allemand par B.-H. Révoil. 1 vol.

— *Les deux Convicts*, traduits par B.-H Révoil. 1 vol.

Hackländer : *Boutique et comptoir*, traduit de l'allemand, avec l'autorisation de l'auteur, par Louis Sténio. 1 vol.

Hauff (Wilhem) : *Nouvelles*, traduites de l'allemand par A. Materne. 1 vol.

— *Lichtenstein*, traduit par MM. E. et H. de Suckau. 1 vol.

Hildreth : *L'esclave blanc*, nouvelle peinture de l'esclavage en Amérique, trad. de l'anglais par M. Mornand. 1 vol.

James : *Léonora d'Orco*, traduite de l'anglais, avec l'autorisation de l'auteur, par Mme de Morvan. 1 vol.

Lennep (J. Van) : *Les aventures de Ferdinand Huyck*, traduites du hollandais, avec l'autorisation de l'auteur, par M. Wocquier et D. Van Lennep. 1 vol.

Lever (Ch.) : *Harry Lorrequer*, traduit de l'anglais, avec l'autorisation de l'auteur, par M. Baudéan. 2 vol.

Ludwig (Otto) : *Entre ciel et terre*, tra-duit de l'allemand, avec l'autorisation de l'auteur, par A. Materne. 1 vol.

Marvel (Isaac) : *Le rêve de la vie*, roman anglais, traduit, avec l'autorisation de l'auteur, par Mme Mezzara. 1 vol.

Mayne-Reid : *La Quarteronne*, roman anglais traduit avec l'autorisation de l'auteur par L. Sténio. 1 vol.

Mügge (Th.) : *Afraja*, traduit de l'allemand, avec l'autorisation de l'auteur, par W. et E. de Suckau. 1 vol.

Smith (J. F.) : *Dick Tarleton*, traduit de l'anglais, avec l'autorisation de l'auteur, par Éd. Scheffter. 2 vol.

— *La femme et son maître*, traduit, avec l'autorisation de l'auteur, par M. ***. 3 vol.

Stephens (miss A. S.) : *Opulence et misère*, traduit de l'anglais par Mme Loreau. 1 vol.

Thackeray : *OEuvres*, traduites de l'anglais, avec l'autorisation de l'auteur.

En vente :

— *Henry Esmond*, traduit par Léon de Wailly. 1 vol.

— *Histoire de Pendennis*, traduite par Éd. Scheffter. 3 vol.

— *La foire aux vanités*, traduite par G. Guiffrey. 1 vol.

— *Le livre des Snobs*, traduit par G. Guiffrey. 1 vol.

— *Mémoires de Barry Lyndon*, traduits par Léon de Wailly.

Tourguéneff : *Scènes de la vie russe*, traduites du russe avec l'autorisation de l'auteur.

1re série, trad. par X. Marmier. 1 vol.
2e série, trad. par M. L. Viardot. 1 v.
Chaque série se vend séparément.

— *Mémoires d'un seigneur russe*, traduits par E. Charrière. 2e édition. 1 vol.

Trollope (Frances) : *La pupille*, roman anglais traduit par Mme Sara de La Fizelière. 1 vol.

Wilkie Collins : *Le secret*, roman anglais, traduit, avec l'autorisation de l'auteur, par Old-Nick. 1 vol.

Zschokke : *Le château d'Aarau*, traduit de l'allemand par W. de Suckau. 1 vol.

— *Contes suisses*, traduits par W. de Suckau. 1 vol.

V. CHEFS-D'ŒUVRE DES LITTÉRATURES ANCIENNES.

(A 3 FR. 50 C. LE VOLUME.)

Homère : *OEuvres complètes*, traduction nouvelle, suivie d'un Essai d'encyclopédie homérique, par M. *P. Giguet*. 4ᵉ édition. 1 vol.

Lucien : *OEuvres complètes*, traduction nouvelle, suivie d'une table analytique, par M. Talbot. 2 vol.

Tacite : *OEuvres complètes*, traduites en français avec une introduction et des notes par J. L. Burnouf. 1 volume.

Xénophon : *OEuvres complètes*, traduc-nouvelle par M. Talbot. 2 vol.

L'*Histoire* d'Hérodote est en préparation.

VI. CHEFS-D'ŒUVRE DE LA PHILOSOPHIE ANCIENNE ET MODERNE

(A 3 FR. 50 C. LE VOLUME.)

Bossuet : *OEuvres philosophiques*, comprenant les Traités de la connaissance de Dieu et de soi-même, et du Libre arbitre, la Logique, et le Traité des causes, publiées par M. de Lens. 1 vol.

Descartes, Bacon, Leibnitz, recueil contenant : 1° Discours de la Méthode ; 2° Traduction nouvelle en français du *Novum organum* ; 3° Fragments de la Théodicée, avec des notes, par M. Lorquet, professeur de philosophie au lycée Saint-Louis. 1 vol.

Fénelon : *OEuvres philosophiques*, comprenant le Traité de l'Existence de Dieu, les lettres sur divers sujets de métaphysique, etc., publiées par M. Danton. 1 vol.

Nicole : *OEuvres philosophiques et morales*, comprenant un choix de ses essais et publiées avec des notes et une introduction, par M. Jourdain. 1 v.

Ch. Lahure et Cⁱᵉ, imprimeurs du Sénat et de la Cour de Cassation, rue de Vaugirard, 9, près de l'Odéon.

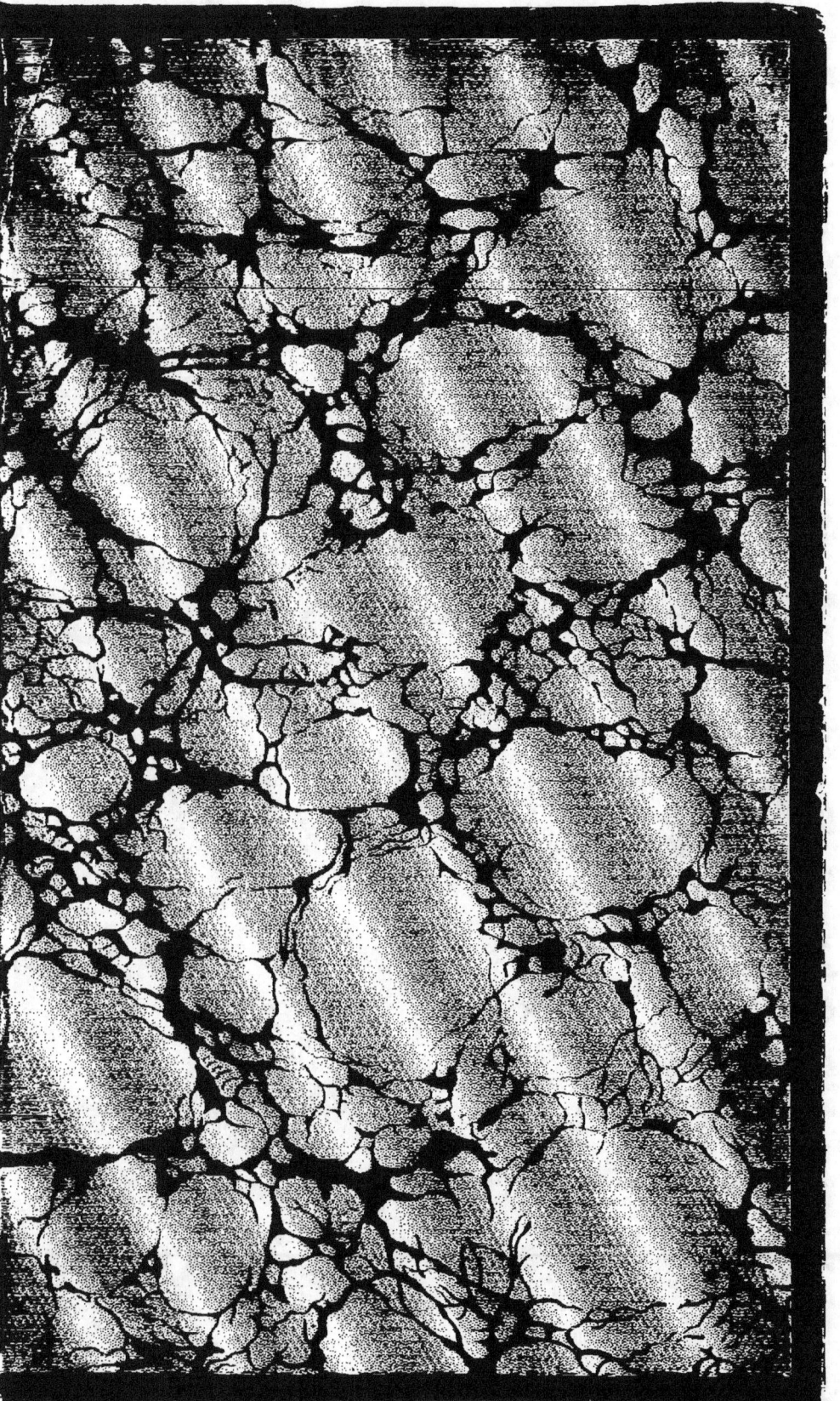

www.ingramcontent.com/pod-product-compliance
Lightning Source LLC
Chambersburg PA
CBHW050752030726
47505CB00002B/503